KB120627

ÉDUCATION
EUROPÉENNE

ÉDUCATION EUROPÉENNE
by Romain Gary

유럽의

교육

ÉDUCATION
EUROPÉENNE

로맹 가리
장 편 소 설

한선예 옮김

책세상

나의 동지 '자유 프랑스인' 로베르 콜카나프를 추억하며

/ 차례 /

01

새벽 여명이 비칠 때 은신처가 완성되었다. 비가 축축이 내린 9월의 궂은 새벽이었다. 소나무들이 안개 속에서 떠다니고 있었고, 하늘은 보이지 않았다. 한 달 전부터 그들은 밤마다 비밀리에 작업을 해왔다. 독일군은 해가 지고 나면 감히 길 밖으로 벗어나지 않았지만, 낮에는 허기지고 절망적인 상태에서도 아직 싸움을 포기하지 않은 몇 안 되는 빨치산들을 찾아내기 위해 척후병들이 종종 숲을 뒤지고 다녔기 때문이다. 구덩이는 깊이가 3미터에 폭이 4미터였다. 그들은 구덩이 속 한구석에 매트와 모포를 던져두었다. 50킬로그램짜리 감자 자루 열 개가 흙벽을 따라 쌓여 있었다. 매트 옆 흙벽에는 구멍을 파 화덕을 만들었다. 굴뚝은 은신처에서 몇 미터 떨어진 덤불숲 속으로 뚫려 있었다. 지붕은 튼튼했다. 일 년 전 빨치산들이 빌노와 몰로데치노 간 철도에서 폭파시킨 장갑열차의 문짝을 사용했던 것이다.

"덤불을 매일 바꿔놓는 걸 잊지 마라." 의사가 말했다.

"잊지 않을게요."

"연기 조심하고."

"네."

"무엇보다, 아무한테도 말하지 말아라."

"말하지 않을게요." 야네크가 약속했다.

손에 삽을 든 채 아버지와 아들은 자신들의 작품을 바라보고 있었다. 덤불 속에 감쪽같이 숨어 있는 훌륭한 은신처라고 야네크는 생각했다. 빌노 중학교에서 '아파치족 추장 비네토우'라는 별명으로 더 알려져 있는 스테페크 포도르스키도─야네크는 '올드 섀터핸드'라는 영광스러운 이름을 갖고 있었다─, 아니 진짜 비네토우라도 알아채지 못할 것이다.*

"얼마 동안이나 이렇게 살아야 하는 거죠, 아버지?"

"오래가지 않을 거다. 머지않아 독일이 패할 거다."

"언제요?"

"······절망해선 안 된다."

"절망하지 않아요. 하지만 알고 싶어요. 그게 언제죠?"

"아마도 몇 달 안에······"

트바르도브스키가 아들을 쳐다보았다.

---

* 비네토우와 올드 섀터핸드는 독일 작가 카를 마이Karl May가 쓴, 미국 인디언을 다룬 모험 소설 《비네토우Winnetou》의 등장인물들이다. 이 소설에서 비네토우는 인디언이고, 올드 섀터핸드는 그의 백인 친구다.

"숨어 있거라."

"네."

"감기 걸리지 말고."

그는 주머니에서 브라우닝 권총을 꺼내 들었다.

"자, 봐라."

그가 사용법을 설명했다.

"소중하게 간직해라. 이 가방에 탄약통 오십 개도 들어 있단다."

"고맙습니다."

"난 이제 가봐야겠다. 내일 다시 오마. 잘 숨어 있어라. 네 두 형은 죽임을 당했다. 우리한테는 이제 너밖에 없단다, 올드 섀 터핸드!"

그가 미소 지었다.

"인내심을 가져라. 독일군이 이곳을 떠날 날이 올 거다. 그때 까지 놈들이 목숨을 부지한다면 말이다. 엄마를 생각해라…… 멀리 가지 말고 항상 사람들을 조심해라."

"네."

"명심해라. 사람들을 조심해."

의사는 안개 속으로 사라졌다. 날은 이미 밝았지만 모든 것이 여전히 잿빛이고 흐릿했다. 전나무들은 여전히 안개 속에서 떠 다니고 있었고, 나뭇가지들은 너무 무거워 어떤 바람에도 펄럭 이지 않을 날개들 같았다. 야네크는 슬그머니 덤불 속으로 들 어가 철문을 들어 올리고 사다리를 타고 내려가 매트 위에 몸 을 던졌다. 은신처 안은 깜깜했다. 자리에서 일어나 불을 피우려 했지만 나무가 젖어 있어 애를 먹었다. 마침내 불을 붙이는 데 성공한 야네크는 누워서 두꺼운 책을 집어 들었다.《인디언 신사 비네토우》. 그러나 읽을 수가 없었다. 두 눈이 점점 감겨오고, 피로가 그의 몸과 정신을 둔감하게 만들고 있었다. 그는 깊은 잠에 빠져들었다.

02

야네크는 다음 날 낮 동안 내내 구덩이 속에서 지내면서, 처형대에 묶인 올드 섀터핸드가 인디언들의 감시를 피해 도망치는 데 성공하는 부분을 다시 읽었다. 그가 가장 좋아하는 대목이었다. 그러고 나서 벌겋게 이글거리는 잉걸불 속에 감자를 묻어 구워 먹었다. 굴뚝이 시원찮아 은신처 안이 연기로 꽉 차는 바람에 눈이 아팠지만 밖으로 나가는 것은 엄두도 낼 수 없었다. 그는 밖에 혼자 있으면 무서우리라는 것을 알고 있었다. 구덩이 속에 있으면 사람들한테서 안전하게 피해 있다는 느낌이 들었다.

밤이 되자 의사 트바르도브스키가 왔다.

"잘 있었니, 올드 섀터핸드?"

"안녕하세요, 아버지?"

"밖에 나가지 않았지?"

"네."

"무섭지는 않았어?"

"안 무서웠어요."

의사가 슬프게 미소 지었다. 늙고 피곤해 보였다.

"엄마가 기도하라고 전해달라시더라."

야네크는 두 형을 생각했다. 어머니는 형들을 위해 기도를 많이 했었다.

"기도하는 게 무슨 도움이 되나요?"

"아니. 어쨌든 엄마 말씀대로 하거라."

"네."

의사는 밤새도록 함께 있었다. 두 사람은 별로 잠을 자지 않았다. 말도 많이 하지 않았다. 그저 야네크가 이렇게 물었을 뿐이다.

"아버지는 왜 숨지 않는 거죠?"

"수하르키에 환자들이 많거든. 티푸스 말이야. 기근이 들면 전염병이 기승을 부리는 법이지. 나는 그들과 함께 있어야 한단다, 올드 섀터핸드. 이해하겠지?"

"네."

의사는 밤새도록 불을 지켰다. 야네크는 눈을 크게 뜬 채, 장작이 붉어지고 이어 검어지는 것을 바라보고 있었다.

"너 안 자니?"

"네. 저, 그런데 아버지……"

"왜?"

"얼마나 계속될까요?"

"나도 모르겠구나. 누군들 알겠니…… 아무도 모를 거다."

그러더니 그가 불쑥 말했다.

"지금 볼가 강에서 대규모 전투가 벌어지고 있단다."

"어디라고요?"

"볼가 강. 스탈린그라드에서 사람들이 우리를 위해 싸우고 있어."

"우리를 위해서요?"

"그래. 너와 나를 위해서, 또 다른 수백만의 사람을 위해서."

장작은 이글거리다가, 사그라들다가, 이어 재가 되고 있었다.

"그 전투 이름이 뭐예요?"

"스탈린그라드 전투. 시작된 지 몇 달 됐어. 얼마나 더 갈지, 어느 편이 이길지는 아무도 모른단다."

새벽녘 그곳을 떠나기에 앞서 의사가 말했다.

"엄마와 나한테 무슨 일이 생기더라도 수하르키엔 절대 오지 마라. 네가 가진 식량이면 몇 달은 버틸 수 있어. 먹을 게 떨어지거나 견딜 수 없이 외로워지거든 그때는 빨치산을 찾아가거라."

"그들이 어디에 있는데요?"

"모르겠다. 이젠 몇 되지도 않지만 숲속에 숨어 있지. 그들을 찾아라. 하지만 그들에게 네 은신처는 절대 보여주지 마라. 그리고 상황이 악화되면 항상 여기 와 숨어라."

"네."

"하지만 걱정할 것 없다. 나한텐 아무 일도 없을 거니까."

아버지는 다음 날 다시 왔다. 하지만 오래 머무르지는 않았다.

"엄마 혼자만 남겨둘 수가 없어서."

"왜요?"

"수하르키에서 독일 하사관 하나가 살해당했거든. 그래서 독일군이 사람들을 인질로 잡아두고 있단다."

"인디언 세계 같네요." 야네크가 말했다.

"그래. 인디언 세계 같지."

그가 일어섰다.

"체념하고 함부로 굴면 안 된다…… 늘 반듯해라. 엄마가 가르친 대로 따르거라."

"네."

"성냥 낭비하지 마라. 화덕 근처에 보관해. 건조한 곳에. 성냥이 없으면 얼어죽기 십상이다."

"조심할게요. 저, 그런데……"

"응?"

"전투는요?"

"새로운 소식이 없구나. 거기서 벌어지는 일을 알기란 쉽지 않지. 기운 내렴, 올드 섀터핸드! 자, 이만 가마."

"안녕히 가세요, 아버지."

아버지는 떠났다. 다음 날 그는 다시 오지 않았다.

03

———

　나치 친위대 소속 '제국' 사단이 이미 닷새 전부터 수하르키에 머물고 있었다. 그들은 스탈린그라드 전선에서 몇 주를 보낸 뒤 돌아와 간신히 기력을 되찾아가는 중이었다. 퓌러*의 아버지 같은 따뜻한 배려 덕분에 그들은 마침내 스탈린그라드에서 귀환할 수 있었던 것이다.

　그 사단이 싸움터에 나간 것은 그것이 처음이었다. 최고 사령관은 마지못해 이 정예 부대를 그 치열한 전투에 투입했었다. 그 부대는 보통 점령 지역의 후방에서 활동하면서, 독일 정규군이 떠맡기 꺼리는 까다로운 특수작전에 투입되었다.

———

* Führer. 히틀러 총통을 가리킨다. '지도자'라는 뜻의 독일어로, 히틀러가 절대 권력자로 자신의 역할을 정의하기 위해 사용한 칭호이다.

그들이 수하르키에 들어온 지 스물네 시간 만에 나치 친위대 트럭 두 대가 전속력으로 마을 시가지에 들이닥쳤다. 벌거벗은 나뭇가지와 종탑과 지붕 들이 하늘과 마찬가지로 연기도 소리도 없이 부동 상태에 잠겨 있던, 흐린 잿빛 황혼녘에 일어난 일이었다.

저항은 없었다. 건강한 남자들은 모두 관목지대 속으로 들어가 있었기 때문이다.

가슴을 찢는 듯한 몇 차례의 울부짖음과 몇 번의 총소리, 유리창 깨지는 소리와 문 부수는 소리가 나는가 싶더니 어느새 두 대의 트럭은 기세 좋게 다시 달리고 있었다. 겁에 질린 스무여 명의 젊은 여자들을 싣고서, 그로드노의 도로를 달려 수하르키 남쪽으로 3킬로미터 떨어진 풀라키 백작의 여름 저택으로 가는 것이었다.

'제국' 사단은 점령 지역 곳곳에서 이러한 전술을 여러 번 써먹었고 거의 매번 성공을 거두었다. 이것을 생각해낸 장본인인 가울라이터* 코흐의 명언에 따르면, 그것은 '유용성과 쾌락'이 딱 맞아떨어지면서 인간 본성을 이용한 '고도의 책략, 이상적인 책략'임을 증명하는 교묘한 작전이었다.**

마침내 항독 지하운동원들은 자신들의 딸, 누이, 아내, 애인 등이 독일 병사들의 노리개가 되었다는 것을 알게 되었고, 상관

---

* 독일 나치당의 지구당 지도자를 일컫는 말.
** 나는 이것이 실은 다른 사람이 한 말임을 알고 있다. 그러나 가울라이터 코흐를 기념하는 뜻에서 그가 이 말을 한 것으로 설정한다. (원주)

들이 필사적으로 만류하려 노력했음에도 불구하고 숲에서 빠져나와 여인들을 구출하는 일에 뛰어들었다. 불행하게도 적들은 바로 이 점을 노렸다. 그들은 기관총 뒤에 앉아 조용히 담배를 피우기만 하면 되었다. 절망에 빠져 반쯤 정신이 나간 채 공격해 오는 남자들이, 그들을 맞을 준비가 되어 있는 바로 그 지점에서 조준선 안에 모습을 드러내기만을 기다리면 되었다. 이계획은 어느 곳에서나 예상했던 결과를 가져오긴 했지만, 체면에 특히 민감한 폴란드 남자들을 상대할 때는 절대 실패할 염려가 없었다.

풀라키 백작의 저택은 트리아농 궁에서 강한 영감을 받은 한 프랑스 건축가가 19세기 말에 지은 것이었다. 그것은 여름 별장—당시에는 '호화 별장'이라고들 불렀다—으로, 여러 개의 연회실, 극장, 프레스코 벽화, 목재 가구들을 갖추고 있었다. 그 저택은 1939년 전쟁 때에는 거의 피해를 입지 않았지만, 이후 방치와 약탈을 당해왔다. 저택의 창문들은 거의 모두 깨져 있었는데, 붙잡혀 온 여자들 중 몇이 그 유리 조각을 주워 정맥을 그으려는 시도를 했기 때문에 집 안에도 감시병을 두어야 했다. 그곳의 심한 추위와 습기는 인질들을 마비시켜 자신들에게 닥친 시련에 덜 민감해지게 했다. 암호명 '숲의 늑대'* 작전이 시작된 지 이틀이 지나서야 가족들은 감시원들을 매수해 여자들에게 따뜻한 옷가지와 덮을 것들을 전해줄 수 있었다.

---

* "늑대를 숲에서 나오게 만드는 것은 굶주림만이 아니다. 그것은 사랑이기도 하다"
—가울라이터 코흐. (원주)

이 '호화 별장' 주변에는 숲가까지 프랑스풍 정원이 펼쳐져 있었다. 인공 연못 속에서는 죽은 나뭇가지와 낙엽이 시멘트 위에서 썩어갔고, 그 시멘트 위로는 녹슨 관들이 뻗어 나와 있었다. 그리고 큐피드와 비너스, 1900년대 스타일의 대리석상 잡동사니들이 오솔길가에 늘어서 있었다. 병사들은 밤낮으로 우아한 정자들 위로 보초병을 올려 보냈다. 예전에는 풀라키 백작의 손님들이 찾아와 시시덕거리거나 달빛을 받으며 몽상에 잠기거나 불꽃놀이에 환호하거나 아니면, 지금은 기관총 진지가 있는 야외극장의 공연을 넋을 놓고 구경하던 정자들이었다.

나치 친위대는 저택 안에 난로를 놓았으나, 커다란 방들을 따뜻하게 할 정도로 석탄이 많지는 않았다. 커다란 무도회장에서 나 온기가 조금 느껴질 뿐이었다. 무도회장은 푸른색과 금색 판자들로 장식되었고, 천장에는 이탈리아 화가 티에폴로를 모방한 천사와 여신들 그림이 그려져 있었다. 여자들은 이 방에 수용되었고, 병사들이 그곳으로 와 마음에 드는 여자를 선택했다. 처음 마흔여덟 시간 동안 약 300명의 병사들이 이 방을 찾았다.

둘째 날 새벽에 열두 명의 빨치산 무리가 숲에서 나와 정원을 가로질러 열을 지어 전진하며 총을 쏘았다. 하지만 적에게는 아무런 타격도 입히지 못한 채 기관총에 맞아 쓰러졌고, 여섯 명을 잃고서 후퇴하고 말았다.

이 사건이 있은 후 '숲의 늑대' 작전이 한 번 더 성공을 거둔 데 대해 흡족해진 나치 친위대가 무도회장에 난로를 설치한 것이었다. 또 '입소자들'에게 따뜻한 음식을 제공하기 위해 요리

사도 하나 데려왔다.

기껏해야 열여섯 살밖에 되어 보이지 않는 한 금발 소녀가 입에 담배를 문 채 이 여자 저 여자에게 다가가, 자신들의 운명을 받아들이지 못하고 그 상황에 적응하지 못하는 여자들을 위로하려 애쓰고 있었다. 주근깨 가득한 야위고 창백한 얼굴의 소녀는 볼에 분을 덕지덕지 바르고 입술을 너무 붉게 칠했음에도 불구하고 제법 예뻤다. 수하르키에서는 본 적이 없는 소녀였다. 그녀는 군인들이 빌노에서 자신을 데려왔다고 설명했다. 부모는 돌아가셨고, 그녀의 표현에 따르면, 그녀는 일 년 전부터 '군인들을 따라다녔다'. 그녀는 베레모를 쓰고, 체구에 비해 너무 큰 군인 외투를 입고 있었다. 고무줄로 붙잡아 매놓은 검은 털양말은 계속 미끄러져 발목까지 기어 내려오곤 했다. 그러면 그녀는, 아이들이 하듯이 몸은 구부리지 않고 다리만 한 쪽씩 들어 올려 손으로 양말을 끌어당겼다.

한 여자가 히스테리 증상을 보이며 마구 울부짖기 시작하자 소녀는 여자에게 달려들어 손을 붙잡고 애원했다. "제발 그러지 마세요. 그렇게 심각할 것 없어요. 대수로울 것 없다고요. 아줌마가 자꾸 생각하지만 않으면 대단한 일도 아니에요. 생각을 하기 때문에 나쁜 거예요." 소녀는 서른 살쯤 된 한 아름다운 여자에게 특히 자상하고 친절하게 관심을 기울였다. 미친 사람처럼 커다란 검은 눈을 한곳에 고정하고 있는, 머리가 약간 희끗희끗한 여자였다. 그녀는 바로 수하르키의 의사 트바르도브스키의 아내였다. 소녀는 종종 그 여자 곁으로 와 무릎을 꿇고는, 그녀의 손을 다독이거나 머리카락을 쓰다듬으며 말하곤 했다.

"자, 걱정하지 마세요. 우리를 계속 붙잡아두지는 않을 거예요. 곧 우리를 풀어줄 거예요. 모든 게 다 잘될 거예요. 두고 보세요."

저택에는 가구라고는 없었다. 여자들은 바닥에 짚으로 된 매트를 깔고 그 위에서 잠을 잤다. 폴라키 백작 집안의 가족 초상화들은 찢어지거나 오발탄에 맞아 구멍이 난 채 여전히 벽에 걸려 있었다. 푸른색 비단옷을 입고 가슴엔 훈장들로 수를 놓고 은색 가발로 대단히 위엄을 갖춘 고관들, 온갖 보석으로 치장하고 무릎 위에 곱슬 강아지를 올려놓은 귀부인들.

한 군인이 금발 소녀─그녀의 이름은 조시아였다─를 선택하자, 그녀는 물고 있던 담배를 조심스럽게 불을 꺼 창가에 얹어놓더니 그와 함께 올라갔다. 잠시 후 돌아온 그녀는 그 담배를 집어 들고 다시 불을 붙였다. 마치 자신에게 일어나고 있는 일보다는 담배에 더 신경을 쓰는 것처럼 보였다. 심지어 그녀에게 아무 일도 일어나지 않은 것처럼, 그 모든 일이 정말 그다지 중요하지 않은 것처럼 보였다.

찾아온 군인들 중에 장교가 한 사람 끼어 있는 것을 보자 그녀는 즉시 그에게 달려들어 울음 섞인 날카로운 목소리로 비난하면서, 석탄과 먹을 것과 뜨거운 물, 담배, 비누를 좀 더 많이 달라고 요구했다. 그녀는 강아지처럼 그에게 매달려 거의 언제나 자기가 원하는 것을 끝내 얻어내곤 했다. 그러고 나면 금방 조용해져서 만족스러운 미소를 지으며 동료들에게 그 좋은 소식을 알렸다.

"독일 사람들을 상대하기는 아주 쉬워요. 그들에게서 뭔가 얻어내고 싶거나 그들을 감동시키고 싶으면 그들에게 '슈무트 치히, 슈무트치히'라고 말하면 돼요. '더럽다'는 뜻이에요. 더러운 것, 그들이 견딜 수 없어 하는 것 중 하나가 그거거든요. 그 말 한마디면 그들한테서 원하는 것을 얻어낼 수 있어요."

나치 친위대는 정원에다 숲과 마주하도록 기관총이 장착된 장갑차 세 대를 배치해두고서, 간간이 화로 곁으로 와 몸을 덥힐 때를 빼고는 그 무기 뒤에서 끈기 있게 대기했다. 빨치산 무리는 몇 차례 숲에서 나와 싸웠으나 짧은 일제 사격 끝에 거의 모두 사살되고 말았다. 그래도 그들은 계속 찾아왔고, 때로는 겨우 서너 명씩만 나타나기도 했다. 거의 언제나 남편이나 아버지나 애인인 남자들이었다.

넷째 날, 큰 키에 말쑥하게 마름질된 외투를 입고 펠트 모자를 쓰고 따뜻한 목도리를 두른, 코안경을 걸친 한 남자가 왕진 가방을 들고 저택 정문에 나타났다. 그는 별 하자가 없어 보이는 서류들을 보초병에게 제시하고는 정원 안으로 들어가는 것을 허락받았다. 오솔길을 따라 걸어서 저택 층계를 천천히 올라간 그는 왕진 가방을 열더니 그 안에서 느닷없이 경기관총을 꺼내 들었다. 그리고 자기 차례를 기다리며 테라스에서 히히덕거리고 있던 군인들의 코앞에 총구를 들이대고 마구 쏘아댔다. 창문을 통해 흡족한 마음으로 이 장면을 목격한 금발 소녀는, 한 남자가 정말 훌륭한 일을 해낸 뒤 쓰러지고 말았다고, 군용 식기로 뜨거운 차를 마시며 다른 여자들에게 이야기해주었다. 그는 바로 수하르키의 의사, 누구나 알고 있는 존경받는 의사 트바르도브스키였다.

04

야네크는 며칠 동안 끈기 있게 기다렸다. 때때로 은신처 밖으로 나가 귀를 기울이기도 했다. 숲에서 나는 소리들 속에서 그는 아버지의 발소리를 애타게 기다렸다. 바스락거리는 소리, 나뭇잎 속삭이는 소리가 들릴 때마다 희망이 되살아났다. 여드레 동안 그는 그렇게 희망과 기다림 속에서 지냈다. 여드레 동안 그는 점점 커져만 가는 공포, 고독과 침묵, 머릿속으로 조금씩 비집고 들어오는 확신, 마음을 얼어붙게 하기 시작한 절망과 완강하게 싸웠다. 아흐레째 되는 날 잠에서 깼을 때 그는 패배자가 되어 있었다. 눈을 뜨자 그는 이내 소리 없이 울기 시작했다. 자리에서 일어나지도 않았다. 하루 종일 매트 위에서 모포를 뒤집어쓰고 주먹을 꽉 쥔 채 몸을 떨면서 웅크리고 있었다. 자정 무렵 그는 구덩이에서 나와 수하르키 쪽으로 걸어가기 시작했다. 어둠 속에서 숲을 가로질러 나아갔다. 전나무 가지들이 그를 때렸고, 가시들이 옷과 피부를 찢었다. 몇 번이나 길을 잃었는지 모른다. 밤새도록 그렇게 방황한 그는 새벽에 어떤 도로에 이르렀다. 그는 그 길을 알아보았다. 빌노로 이어지는 길이었다. 그는 그 길을 따라 수하르키로 갔다. 마을은 짙은 안개에 싸여 있었다. 그러나 그 안개는 은신처에서 연기가 잘 빠지지 않을 때 그랬던 것처럼 눈을 아프게 했다. 그것은 연기였다. 마을 한 부분이 불타버렸다. 불은 이미 꺼진 상태였고, 잔잔한 공기 속에 꼼짝도 하지 않고 무겁게 내려앉은 연기와 목구멍을 아프게 하는 독한 냄새만 가득했다. 도로 위 조금 떨어진 곳에 장갑차 두 대가 서 있었다. 움직임이 없어서 꼭 버려진 조개껍질 같았다. 두 대의 장갑차 앞머리에서 기관총들만이 독침처럼 천천히 움직이고 있었다. 독침들 중 하나가 야네크 쪽으로 움직이더니 그의 가슴 앞에서 멈췄다. 그러더니 갑자기 조개껍질이 벌어지면서, 금발에 소녀처럼 뺨이 발그레한 독일군인 하나가 구멍 밖으로 반쯤 몸을 내밀고 서투른 폴란드어로 외쳤다.

"가라, 가. 여긴 금지 구역이다!"

후닥닥 몸을 돌린 야네크는 처음에는 걷다가 점점 달리기 시작했다. 도망치는 것이 아니었다. 어서 도착하려고 서두르는 것이었다. 그는 땅 밑으로 돌아가 자신의 구덩이 속에 웅크린 채 다시는 밖으로 나오고 싶지 않았다. 그는 은신처로 내려가 초라한 침대에 몸을 던졌다. 피곤하지도 두렵지도 않았다. 목이 마르지도, 졸립지도, 배가 고프지도 않았다. 아무 느낌이 없었고 아무 생각도 나지 않았다. 그는 똑바로 누워 추위와 어둠 속에서 허공을 응시하고 있었다. 한밤중이 되자 오직 죽어버리겠다는 생각밖에 들지 않았다. 그는 사람이 어떻게 죽는지 알지 못했다. 아마 사람은 죽을 준비가 되었을 때 죽고, 또 너무나 불행할 때 죽을 준비를 하는 것이리라. 아니, 더는 할 일이 없을 때 죽는 것인지도 모른다. 그것은 더 이상 갈 곳이 없을 때 사람들이 찾아드는 길이다…… 그러나 그는 죽지 않았다. 그의 가슴은 뛰고 있었다. 여전히 뛰고 있었다. 죽는 것이 사는 것보다 더 쉬운 것은 아니었다.

05

다음 날 그는 권총과 감자 몇 알, 소금,《인디언 신사 비네토우》를 챙겨 구덩이에서 나와, 아버지가 얘기했던 대로 빨치산을 찾아 떠났다. 어디로 가야 할지 알 수 없었다. 게다가 그는 '빨치산'이란 것이 무슨 뜻인지도 잘 알지 못했다. 사람들은 그들을 어떻게 알아보는 것일까? 그들은 제복을 입고 있을까? 그들에게는 어떤 식으로 말을 해야 할까? 어디서 그들을 찾아야 할까? 그는 발길 닿는 대로 숲속을 배회하다가 저녁때면 구덩이로 돌아왔다. 며칠이 지나도록 아무도 만나지 못했다. 그러던 어느 날, 아침에 숲속 빈터를 지나가는데 덤불숲에서 두 남자가 튀어나와 그를 둘러쌌다. 야네크는 우뚝 멈춰 섰다. 하지만 두렵지는 않았다. 두 남자는 형편없는 몰골을 하고 있었으나 위험해 보이지는 않았다. 그중 젊은 사람은 농부 아낙처럼 머리에 숄을 두르고 있었다. 그의 한쪽 눈이 끊임없이 신경질적으로 깜빡였다. 나이가 많은 쪽은 콧수염을 무성하게 기른 모습이었는데, 젊은 사람보다 심술궂어 보였다. 그가 다가오더니 야네크의 몸을 뒤졌다. 그러고는 이내 권총을 찾아냈다.

"너 이거 어디서 났어?"

야네크는 무슨 말인지 금방 알아듣지 못했다. 아니, 알아듣기 위해 애를 써야 했다. 폴란드어가 아니었다. 러시아어도 아니었다. 야네크는 그것이 어떤 언어인지 도무지 알 수가 없었다.

"그러니까 무슨 말이냐 하면……" 젊은 사람이 입을 열었다.

"내가 물어보게 놔둬!" 나이 든 사람이 으르렁거렸다.

"얘가 우크라이나어를 모르잖아요."

"난 지금 폴란드어로 말하고 있는 거야!" 나이 든 사람이 씩씩대며 주장했다.

그가 다시 야네크 쪽으로 고개를 돌렸다.

"이거 어디서 났니?"

"아버지가 주셨어요."

"아버지는 어디 있는데?"

"모르겠어요."

"들었나, 체르프?" 나이 든 사람이 의기양양하게 말했다. "아버지가 어디 있는지 모른다는군!"

"들었어요. 난 귀머거리가 아니라고요."

"하지만 아마 알고 있겠지? 단지 말하고 싶지 않은 것일 테지?"

"개 좀 가만 놔둬요, 사비엘리 르보비치." 젊은 동료가 성가시다는 듯이 항의했다. "나는 저 애를 알아요. 수하르키의 트바르도브스키 의사 선생의 아들이에요. 저 애 아버지가 나를 치료했어요."

"수하르키라고?" 나이 든 사람이 되뇌었다. "수하르키라……"

그는 약간 의심스러워하며 야네크를 쳐다보았다.

"좋아, 난 네 아버지가 어떻게 되었는지 알려줄 수 있지."

"어떻게 되었죠?"

"입 다물어요, 사비엘리 르보비치!" 젊은 남자가 갑자기 거칠게 말했다. "제발, 그 더러운 입 좀 닥쳐요!"

"응?" 나이 든 남자가 움찔했다. "나 아무 말 안 했어!" 그는 야네크의 두꺼운 책을 집어 들더니 제목을 보았다.

"비네토우." 그는 힘들게 더듬더듬 읽었다. "인디언…… 신사……?"

그러더니 그는 소리나게 책을 덮고 야네크를 바라보았다. 그러고는 낙담한 듯 욕설을 내뱉었다.

"에이 제기랄!"

"그렇게 욕 좀 하지 말아요, 사비엘리 르보비치. 말했잖아요, 그 나이에 보기 안 좋다고요!"

"우리 아버지가 어떻게 되셨죠?" 야네크가 다시 물었다.

"응?" 나이 든 사람이 말했다. "네 아버지가 어찌 되었는지 나는 모르지. 네 아버지가 어찌 됐든 알 게 뭐냐, 염병할!"

그는 흐느끼듯 훌쩍거리며 중얼댔다.

"인디언 신사 비네토우라……"

"흥분하지 말아요, 사비엘리 르보비치."

"흥분하지 않아. 난 절대 흥분하지 않아!"

그는 야네크에게 책을 돌려주었다.

"그런데 넌 숲에서 뭘 하고 있는 거지, 백인 친구?"

"숲에서 살고 있어요."

"응?"

"숲에서 산다고요."

"들었나, 체르프? 숲에서 산대!"

"저는 빨치산을 찾고 있어요." 야네크가 머뭇거리며 말했다.

"뭐야?" 나이 든 사람이 펄쩍 뛰었다. "맙소사…… 들었나, 체르프? 얘가 빨치산을 찾고 있대!"

"들었어요."

"무슨 빨치산?" 나이 든 사람이 갑자기 관심을 보이며 물었다.

"모르겠어요."

"모른대!" 나이 든 사람이 의기양양해했다. "들었나, 체르프? 얘가……"

"입 다물어요, 제발, 사비엘리 르보비치."

그러고 나서 젊은 남자는 잠시 심각하게 야네크를 쳐다보았다.

"우리와 함께 가도 된다." 그가 말했다.

"도대체 여기서 명령을 내리는 사람이 누구야?" 나이 든 사람이 격분하여 말했다.

"없어요. 여기서는 아무도 명령을 내리지 않아요. 나는 얘 아버지를 알아요. 그러니 얘는 우리와 함께 갈 수 있어요. 그뿐이에요."

"내가 언제 얘가 우리와 함께 갈 수 없다고 그랬어? 난 뭐 인정머리도 없는 사람인가. 내가 가진 거라곤 수다스러운 입밖에 없다 이거야?"

"당신이 수다쟁이인 건 확실해요, 사비엘리 르보비치."

"나도 알아. 우리와 함께 가도 된다, 백인 친구! 우리 이글루에 오는 걸 환영한다." 나이 든 사람이 거들먹거리며 말했다.

"위그웜." 야네크가 중얼거렸다.

"뭐라고?"

"인디언 집은 위그웜이에요. 이글루는 에스키모 집이고요."

"그게 누구네 집이든 알 게 뭐냐, 염병할!" 나이 든 남자가 투덜거렸다.

그가 몸을 돌려 재빨리 걷기 시작했다. 야네크와 젊은 사람이 뒤를 따랐다.

"저 아저씨 이름은 뭐예요?" 야네크가 물었다.

"크릴렌코. 우크라이나 사람이지. 너무 떠들어대서 탈이지만 나쁜 사람은 아니란다."

"알고 있어요." 야네크가 말했다.

06

굶주리고 지친 사람들이 깊은 숲속에 숨어 살고 있었다. 도시 사람들은 그들을 '빨치산'이라고 불렀고, 시골 사람들은 '산사람'이라고 했다. 이미 오래전부터 이들은 굶주림과 추위와 절망을 상대로 싸우고 있었다. 그들의 유일한 관심사는 생존이었다. 그들은 땅을 파고 덤불로 가려 만든 은신처에서, 사냥꾼에게 쫓긴 짐승들처럼 예닐곱씩 무리를 지어 근근이 살아가고 있었다. 식량을 구하기가 어려웠고, 때로는 아예 불가능했다. 그 지방에 부모나 친구를 두고 있는 사람들만이 먹을 것을 구경할 수 있었다. 그렇지 않은 사람들은 굶어 죽거나, 아니면 차라리 죽어버리기 위해 숲 밖으로 나갔다. 체르프와 크릴렌코가 속한 무리는 가장 활기차고 기가 덜 꺾인 무리 중 하나였다. 그들을 이끄는 사람은 기병대의 젊은 장교인 야블론스키 중위였다. 키가 크고 금발인 그는 폴란드에서 전투가 벌어졌을 때 폐에 폭탄 파편을 맞은 탓에 심한 기침에 각혈까지 했다. 그는 기병대의 군용 외투와 사각 군모를 늘 착용했다. 군모의 긴 챙 때문에 얼굴에는 항상 그림자가 져 있었다. 사람들이 야네크를 데려가자 그가 물었다.

"몇 살이니?"

"열네 살이요."

열 때문에 고통스러워하면서도 깊고 강렬하게 빛나는 두 눈으로 중위는 한참 동안 야네크를 바라보았다.

"내 심부름 좀 해주겠니?"

"네."

"빌노 알지?"

"네."

"잘 알아?"

"네."

중위는 잠시 주저하는 듯했다. 자신과 싸우는 듯이 보였다. 그는 주위를 둘러보았다.

"숲으로 가자."

그는 야네크를 덤불숲으로 데리고 갔다.

"이 편지 받아라. 그걸 전달해야 해. 봉투에 주소가 적혀 있어. 읽을 줄 알지?"

"네."

"좋아. 붙잡히면 안 된다."

"네."

"대답을 듣고 오너라."

"네."

중위는 갑자기 옆을 둘러보았다. 그러더니 속삭이는 듯한 목소리로 말했다.

"여기 있는 사람들한테 절대 말하지 마라."

"말하지 않을게요."

야네크는 주머니에 편지를 넣고 곧 출발했다. 그는 날이 어두워졌을 때 빌노에 도착했다. 길마다 독일군이 가득했고, 트럭들이 넓은 포장도로 위를 시끄럽게 지나다니며 나무 보도 위에 진흙을 튀겨댔다. 그는 포홀란카에서 어렵사리 그 집을 찾았다. 그는 뜰을 통과해 계단을 올라갔고, 2층에서 멈추어 성냥을 그었다. 문에 문패가 붙어 있었다. '야드비가 말리노브스카. 음악 교습.' 안에서 누군가 피아노를 치고 있었다. 그는 잠시 귀를 기울였다. 그도 음악을 매우 좋아했지만, 거의 들어본 적이 없었다. 이윽고 그가 문을 두드렸다. 음악 소리가 뚝 그치더니 어떤 여자의 목소리가 들렸다.

"누구세요?"

그는 주저했다.

"야네크입니다." 바보처럼 그는 그렇게 말하고 말았다.

그는 문이 열리는 것을 보고 놀랐다. 젊은 여자가 주의 깊게 야네크를 살폈다. 그녀는 노란색 갓 위에 논과 탑과 새가 그려진 램프를 들고 있었다. 램프와 여자가 만들어내는 그림자가 천장과 벽에 어른거렸다. 야네크의 눈에 여자는 매우 아름다워 보였다. 그는 공손하게 모자를 벗었다.

"이걸 전해드리려고 왔어요." 그가 말했다.

그가 편지를 내밀자 그녀는 받아서 곧장 뜯어보았다. 그녀가 편지를 읽는 동안 그는 다시 그녀를 바라보았다. 얼마나 아름다웠던지! 그녀가 그토록 피아노를 잘 치는 것도 당연했다…… 그 음악은 그녀와 너무 잘 어울렸고, 그녀와 닮아 보였다. 여자가 편지를 다 읽었다.

"들어와라." 그녀가 말했다.

그녀가 문을 닫았다.

"여기까지 걸어왔으니 배가 고프겠구나."

"아니에요."

"차 마실래?"

"괜찮아요."

그녀는 너무나도 진지하게 아이의 얼굴을 바라보았다.

"그렇다면 난 답장을 써야겠구나. 아니야. 그러지 않는 게 좋겠다. 네가 붙잡히기라도 하면……"

"저를 붙잡지는 않을 거예요."

그녀는 다시 야네크를 바라보았다.

"몇 살이니?"

"열네 살이요."

"그에게 전해. 그건 미친 짓이라고. 오면 안 된다고. 감시가 굉장히 심하단다. 하지만 정 온다면 내가 기다릴 거라고 전해 줘."

"그는 올 거예요." 야네크가 말했다.

"오지 말라고 해."

"그럴게요."

그녀는 부엌으로 가더니 빵과 소금을 신문지에 싸서 가지고 왔다. 그는 꾸러미를 옷 속에 넣어 가슴에 품었다. 그러고는 떠나지 않고 그녀를 계속 바라보았다⋯⋯ 그녀는 그가 할 말을 하기를 기다리고 있었다.

"피아노 쳐주세요." 그가 불쑥 부탁했다.

그녀는 아무 말도 하지 않고 피아노로 갔다. 놀라워하지도, 이상해하지도 않는 듯했다. 그녀는 피아노 앞에 앉아 연주하기 시작했다⋯⋯ 그녀가 얼마 동안이나 그렇게 연주를 했는지 야네크는 알지 못했다. 그는 정말 알지 못했다. 한 번도 그런 기분을 느껴본 적이 없었다. 어느 순간 그녀가 몸을 돌렸다.

"쇼팽이야. 폴로네즈란다." 그녀가 말했다.

그때 그녀는 그가 울고 있는 것을 보았다. 그것 또한 그녀를 놀라게 하지도, 혼란스럽게 하지도 않는 듯했다. 마치, 그 음악을 듣고 있으니 그가 우는 것도 너무나 당연하다는 듯이⋯⋯ 마침내 연주를 끝냈을 때 그녀는 야네크가 이미 가버리고 없음을 알게 되었다.

07

야네크는 야블론스키와 크릴렌코가 불 옆에 앉아 있는 것을 보았다. 나이 든 우크라이나인은 안경을 코에 걸치고 책을 읽고 있었다. 거기서 몇 발짝 떨어진 곳에서는 사람들이 구덩이 속에 누워 코를 골고 있었다. 그중 한 사람이 잠꼬대를 했다.

"두 아이 다! 두 아이 다!" 그가 계속 잠꼬대를 했다.

야네크는 몸서리를 쳤다.

"스탄치크가 꿈꾸고 있는 거야. 신경 쓸 것 없다." 중위가 말했다.

그는 자리에서 일어나 야네크의 팔을 잡고 불에서 떨어진 곳으로 데리고 갔다.

"그래, 뭐라던?"

"오지 마시래요. 하지만 당신을 기다릴 거래요……"

"고맙다, 꼬마야." 야블론스키가 말했다.

그가 우크라이나 사람에게 갔다.

"저 애한테 먹을 것 좀 줘요."

크릴렌코는 안경을 벗고 책을 내려놓았다. 야네크는 두껍고 빨간 그 책을 알아보았다. 《인디언 신사 비네토우》였다.

"없어! 안녕, 백인 친구. 평화의 담뱃대라면 여기 있지만, 먹을 것이라면…… 없어! 이상." 나이 든 사람이 말했다.

"내 몫을 줘요. 나는 생각 없으니까." 야블론스키가 말했다.

그러자 나이 든 사람은 군용 식기에 노르스름한 액체를 따라 야네크에게 주고는 다시 책을 들었다.

"결국 독일 놈들이 고안해낸 건 아무것도 없구먼. 인질이라는 것도 이미 수족 인디언들이 잘 알고 써먹었던 방법인걸." 그가 논평했다.

그는 중위가 기침을 하며 자리를 떠 가래를 뱉는 것을 바라보았다.

"그 여자가 그를 잡아먹고 말 거야." 그가 이를 갈듯이 말했다.

다음 날 야네크는 분대의 다른 일원들을 알게 되었다. 분대원은 모두 일곱 명이었다. 빌노의 이발사인 스탄치크도 그중 하나였다. 그는 열일곱 살, 스무 살의 두 딸을 두고 있었는데, 둘 다 독일군에게 강간당했다. 사건을 무마하기 위해 점령당국은 이들을 포메라니아에 있는 군대 위안소로 '일하러' 보내버렸다. 스탄치크는 다음과 같은 간단한 통보를 받았을 뿐이었다. '당신의 딸들은 독일로 일하러 떠났습니다.'

허약하고 소심해 보이는 그 자그마한 이발사는 가끔 정신착란을 일으켰다. 그럴 때면 그는 "두 아이 다! 두 아이 다!" 하고 외치며 숲속을 떠돌기 시작했다. 그러다가 사라져버리는 것이었다. 아무도 그가 어디로 갔는지 알지 못했다. 한데 어느 날 체르프가 스탄치크의 소지품 속에서 끔찍한 전리품들을 발견했다. 그는 하얗게 질려 구덩이 밖으로 나오더니 마구 토악질을 해댔다. 사람들은 스탄치크가 독일군 여남은 명의 팔다리를 잘라 온 거라고 얘기들을 했다. 사람들은 그를 장하게 여기지도 않았지만, 그렇다고 비난하지도 않았다. "두 아이 다! 두 아이 다!" 하는 비통한 외침이 숲에서 들려올 때면 사람들은 하얗게 질려 침을 뱉고는 "악마가 씌었군!" 하고 말했다. 그러고는 서로 시선을 피하는 것이었다.

빌노 대학의 법학도도 두 명 있었다. 그들은 늘 이동하는 '산사람' 부대 사령부와 무전으로 연락을 취하는 어렵고도 위험한 임무를 맡고 있었다. 그들의 출현은 항상 빨치산들을 언짢게 만들었다. 독일군이 늘 무전을 엿듣고 있었던 데다가, 몇 달 전부터는 새로운 기술로 송신기를 적발해내는 데 명수가 되어 있었기 때문이다. 그러므로 어디서나 두 젊은이의 출현은 곧 그곳 사람들이 더 큰 위험에 처하게 된다는 것을 의미했다. 그들이 나타나면, 마치 흉조凶鳥라도 본 듯 사람들의 얼굴이 금세 어두워졌다. 그 둘이 한 장소에서 몇 시간 넘게 머물도록 허용되는 경우는 거의 없었다. 그들은 배낭 속에 작은 공책을 넣어가지고 다녔는데, 그것은 아무 의미도 없어 보이는 문장들로 가득 찬 비밀 암호책이었다. 그 문장들 중 하나가 특히 야네크에게 강한 인상을 남겼다. 그때 그는 체르프의 은신처에 웅크리고 있었고, 체르프는 메시지 송신을 기다리는 중이었다. 그 문장은 이랬다. '나데이다는 내일 노래할 것이다.'

"이게 무슨 뜻이에요?" 야네크가 물었다.

"말 그대로야." 체르프가 대답했다.

야네크는 화가 났다. 사람들은 그를 어린애로 여길 뿐 완전히 신뢰하지 않았다.

"이건 암호가 분명해요. 이 문장에는 틀림없이 숨겨진 의미가 있어요." 야네크가 말했다.

체르프가 미소를 지을 듯이 보였다. 그러나 그는 결코 미소 짓는 법이 없었다. 잠깐 동안 어두운 쪽으로 얼굴을 피했을 뿐이었다. 그게 다였다.

"숨겨진 의미 같은 건 없어. 말 그대로야. '나데이다는 내일 노래할 것이다.' 나데이다는 우리 사령관의 가명인데, 목소리가 아주 좋지. 그는 언제나 노래를 불러. 머지않아 네가 직접 그 목소리를 들을 날이 있을 거야. 그는 종종 이 숲에 와 우리 앞에서 음악회를 여니까." 그가 말했다.

야네크는 '빨치산 나데이다'라고 불리는 이 신비스러운 빨치산의 위업에 대한 이야기를 자주 들었다. 그가 누구인지 아는 사람은 아무도 없었다. 아무도 그를 본 적이 없었다. 그러나 다리가 폭파되거나 철로가 파괴되거나 독일 수송차가 습격을 당할 때면, 또는 단지 멀리서 폭발 소리가 메아리쳐 들려오기만 해도 '산사람'들은 서로를 쳐다보고 고개를 주억거리고 다 알고 있다는 듯이 웃으며 말하는 것이었다. "빨치산 나데이다가 또

한 번 할 일을 했군."

독일군은 나데이다의 존재를 알고 있었다. 그들은 붙잡히지 않는 그 '산적'을 체포하기 위해 거액의 현상금을 걸었다. 이 붙잡히지 않는 적을 붙잡기 위해 엄청난 시간과 정열을 낭비했으나 그의 정체조차 파악하지 못하고 있던 그 지역 사령부에게 나데이다는 정말 강박관념 같은 존재였다.

야네크는 때때로 고요한 한밤중에 은신처에 반듯이 누워 눈을 크게 뜬 채 빨치산 나데이다를 생각하면서 그를 상상해보려 했다. 그 신비스러운 존재가 숲속에 출몰한다는 생각, 그의 공적에 대한 이야기, 그리고 독일군을 성가시게 하고 항상 독일군의 손가락 사이로 빠져 달아나는 이 전설적 영웅에 대해 빨치산들이 이야기할 때 그들의 얼굴에 떠오르는 평온한 미소에는 뭔가 안심하게 하는 것이 있었다. 때로 사태가 나쁘게 돌아가고 동료들이 살해되거나 붙잡히거나 고문을 당하거나 할 때면 '산사람'들 중 누군가는 탄식하면서 머리를 흔들며 묻곤 했다. "도대체 나데이다는 뭘 하고 있는 거야? 얼마 전부터 그의 얘기를 통 들을 수가 없으니."

어느 날 밤 야네크가 은신처에서 그렇게 생각에 잠겨 있을 때였다. 점점 확신이 되어가고 있던 어떤 생각이 어느 순간 대번에 분명한 것으로 여겨지자 그는 자리에서 벌떡 일어났다. 입가에는 미소가 번졌고, 가슴은 두근거렸다. '신비의 인물 빨치산 나데이다는 바로 우리 아버지다.' 자기가 아버지 얘기를 하고 아버지의 행방에 대해 물어보려 할 때마다 '산사람'들이 입을 다물고 이상한 분위기로, 다정하게, 심지어 경건하게 자기를 바라보는 것은 바로 그 때문이다. 다른 사람한테는 절대 털어놓지 않았지만 이 희망은 오랫동안 그의 마음속에 남아 있었다. 그는 자기 생각이 옳다고 확신했다. 혹 의심이 뇌리를 스치기라도 하면 감기가 들어서, 배가 고파서, 피곤해서 그럴 뿐이라고 생각했다. 진실이란 뜨겁게 고동치는 가슴속에서 모습을 드러내는 것이지 차가운 이성 속에서는 그러기가 쉽지 않다는 것을 그는 이미 알고 있었다.

쿠키에르라는 사람이 있었다. 스비에치아니에서 정육점을 하는 유대인으로, 신앙심이 깊고 장터의 씨름꾼처럼 건장한 사람이었다. 금요일 저녁이면 그는 숲속에 숨어 사는 다른 유대인들과 함께 안토콜로, 이제는 파괴되고 없는 그 옛 화약고의 폐허 위로 기도하러 갔다. 매일 저녁 그는 흰색과 검은색 명주로 된 탈레스*를 머리에 두르고 가슴을 치며 울었다. 다른 사람들은 조용히, 경건하게 그를 바라보았다. 또한 빌노 출신의 변호사도 있었다. 빨치산들은 항상 그를 '선생님'이라고 불렀다. 그에게 말을 놓는 사람은 아무도 없었다. 나이 많고 통통하고 슬픈 피에로를 연상시키는 눈썹을 한 그는 숲속 생활에 적응하지 못했다. 그의 이름은 스타히에비치였다. 언젠가 그가 추위와 배고픔으로 괴로워하고 있을 때 야네크는 야블론스키가 그에게 이렇게 말하는 것을 들었다.

"그만 좀 끙끙대세요. 선생님을 붙들어두려는 사람은 여기 아무도 없어요."

---

* 이스라엘 사람들이 기도할 때 두르는 숄.

변호사는 슬프게 고개를 끄덕였다.

"자기보다 서른 살이나 어린 여자를 사랑한다는 게 어떤 건지 당신은 모릅니다, 야블론스키……"

변호사가 아주 어린 여자와 결혼했으며, 빨치산이던 그녀의 오빠가 죽임을 당한 것으로 추측된다는 사실을 야네크는 나중에 알게 되었다. "이 중에서 그를 기억하는 사람은 아무도 없어요. 하긴 숲속 사람들을 모두 알 수도 없는 일이지요……" 변호사는 어린 아내의 오빠를 위해 복수를 하려고 항독 운동에 뛰어든 것이었다.

그리고 마호르카라는 사람이 있었다. 바라노비체 출신의 농부로 그리스 정교도인 그는 숲을 카타콤에, 빨치산을 초기 기독교도에 비유하곤 했다. 그는 예수의 부활을 기다리고 있었다. "때가 가까웠다!" 그는 늘 이렇게 말하며 기다림 속에 살았다. 그 지방에서 시골 아낙이 해산을 하면 그는 그 농가 주변을 배회하면서 기도를 했다. 그러고는 결국 어깨를 축 늘어뜨리고 돌아와서는 고개를 흔들며 슬픈 표정으로 말했다.

"표지가 없었어."

그가 기대하는 표지가 정확히 어떤 것인지는 아무도 몰랐다. 아마 그 자신도 몰랐을 것이다. 그러나 그는 결코 낙담하지 않았다. 그는 인근 지역 농부들의 닭장에 아직 남아 있는 몇 안 되는 닭을 훔치는 데 도사였다. 한번은 그가 야네크에게 물었다.

"너 하느님 믿니?"

"아니요."

"너한테는 어머니도 없었단 말이냐?" 마호르카가 말했다.

끝으로 즈보로브스키 삼형제가 있었다. 그들은 말수 적고 결단력 있고 의심이 많았다. 그들은 노상 붙어 있었고, 함께 먹고, 함께 자고, 함께 싸우면서 특히 분대와 바깥 세계 간의 연락을 담당했다. 그들의 부모는 피아스키 근처 마을에 농가를 가지고 있었다. 때때로 삼형제는 밤에 슬그머니 사라져 부모를 만나러 갔다. 그리고 한층 더 과묵하고 결단력 있고 의심 많은 사람이 되어 돌아오곤 했다.

08

야블론스키는 종종 야네크를 빌노로 보내 연인과 만날 약속
을 정했다. 야네크는 기꺼이 갔다. 갈 때마다 야드비가 양은 그
에게 먹을 것을 주고 피아노를 쳐주었다. 차는 탁자 위에서 식
어갔고, 야네크는 아무 생각 없이 빵 조각 위에 손을 얹은 채 꼼
짝도 않고 앉아 있었다. 여자는 그에게 아무 말도 하지 않았다.
그저 피아노만 쳤다. 그러다 뒤를 돌아보면 야네크가 벌써 가버
리고 없을 때도 있었다. 그런가 하면 그녀가 연주를 마친 후로
도 오랫동안 야네크가 눈이 부옇게 흐려진 채 꼼짝도 않고 앉아
있는 때도 있었다. 야블론스키는 점점 더 자주 연인을 보러 갔
다. 그의 건강은 더욱 악화되고 있었다. 푹 꺼진 그의 뺨은 불그
레한 병색을 띠고 달아올라 있었고, 밤이면 은신처에 누운 사람
들이 그의 기침 때문에 잠을 설쳤다. 그는 자기 몸이 치유 불가

능하다는 것을 알고 있었고, 자기 자리를 누구에게 넘겨줄 것인
지를 놓고 조용히 의논했다.

"체르프, 자네가 내 자리를 맡아줘." 그가 말했다.

체르프는 안절부절못하며 한쪽 눈을 깜빡였다.

"생각해봅시다."

야블론스키는 어느 날 저녁 야드비가 양을 만나러 갔다가 돌
아오지 않았다. 사람들은 온종일 걱정스럽게 그를 기다렸다. 다
음 날 체르프가 야네크를 따로 불러 물었다.

"너 그 집 알고 있지?"

"네."

"한번 가봐라."

야네크는 정오에 빌노에 도착했다. 비가 내리고 있었다. 야드
비가 양의 집 앞에 교수대가 두 개 세워져 있었다. 사람들은 눈
길을 돌린 채 빠른 걸음으로 그 옆을 지나쳤다. 성호를 긋는 사
람들도 있었다. 야블론스키와 그의 연인이 교수대에서 밧줄 끝
에 매달려 있었다. 군인 둘이 보초를 서고 있었다. 그들은 웃으
며 이야기를 나누고 있었고, 그중 하나가 주머니에서 봉투를 꺼
내더니 동료에게 사진을 몇 장 보여주었다.

09

10월의 추위와 비 때문에 분대의 상황이 위태로워졌다. 독일군에게 착취당한 농부들은 원조를 거부했다. 게다가 겨울이 다가옴에 따라 공포를 느낀 몇몇 '산사람'들이 농가를 습격해 약탈했다. 즈보로브스키 삼형제가 범인들을 붙잡아 약탈당한 농가의 마당에서 교수형에 처했지만 농민들은 금세 빨치산들을 나쁘게 보기 시작했다. 즈보로브스키 삼형제는 어렵게 감자 몇 자루를 구했다······ 그러나 어떤 일 덕분에 그들은 자신을 갖고 겨울의 시작과 맞서게 되었다. 어느 날 아침 체르프의 분대는 피아스키 농민 대표들의 방문을 받았다. 튼튼한 말 한 마리가 끄는 마차가 숲속에 도착했다. 마부 뒤에 여섯 명의 농부가 타고 있었다. 그들은 정장 차림에 장화를 신었고, 머리카락은 반들반들 윤이 났으며, 포마드를 정성껏 바른 콧수염은 꼿꼿했다.

그들은 위엄 있고 엄숙해 보이기까지 했다. 중요한 일을 처리하러 온 사람들이라는 것을 금방 알 수 있었다. 대표단의 우두머리는 요제프 코니에치니 씨였다. 요제프 코니에치니 씨는 피아스키에 술집을 하나 가지고 있었고 직접 운영도 했다. 그뿐 아니라 그 지역의 거의 모든 마을에 자기 소유의 술집을 하나씩 가지고 있었다. 등받이 없는 의자와 건들거리는 탁자, 별로 예쁘지 않은 여급들로 불결한 분위기를 자아내는, 연기 자욱한 어두운 지하 술집이었다. 장이 서는 날이면 농부들은 술을 마시기 위해, 때로는 이자 돈을 빌리거나 담보를 잡혀 돈을 빌리기 위해 그곳을 찾았다. 그 덕에 요제프 씨는 꽤 재미를 보았다. 그는 중년의 농부로, 동안에 눈은 약간 튀어나오고 애교머리 한 가닥이 이마 한가운데 귀엽게 내려와 있었다. 그는 마지막에 마차에서 내렸다. 그와 동행한 사람들은 모자를 벗어 들고서 공손한 태도로, 또는 태연한 척하려고 때때로 땅바닥에 침을 뱉으면서 그를 기다렸다.

"저 사람들은 모두 저자에게 빚을 지고 있지." 막내 즈보로브스키가 야네크에게 설명했다.

앞으로 나선 요제프 씨는 빨치산 대원 한 사람 한 사람의 눈을 한참 동안 진지하게 들여다보았다.

"자, 이 사람들이 누구신가?" 그가 외쳤다. "이 사람들의 혈관 속에는 이제 피가 흐르지 않는 건가? 이 사람들은 잠자고 있는 건가? 독일군이 우리 마을들을 점령한 지 삼 년입니다. 그런데 당신들은 그들을 몰아내는 일을 전혀 하지 않고 있어요. 도대체 누가 우리 아내와 아이들을 지켜야 한단 말입니까?"

"좋은 말씀입니다." 한 농부가 침을 뱉으며 흡족하게 말했다.

"도대체 누가 우리 애인들과 어머니들을 지켜야 한단 말입니까?" 요제프 씨가 덧붙였다.

마부가 마차에 앉아서 채찍으로 장난을 치고 있었다. 지루한 듯 보였다. 마부는 요제프 씨에게 빚진 게 없는 사람이었다. 사실 술집 주인 요제프 씨가 오히려 그에게 한 달치 급료를 빚지고 있었다. 그는 요제프 씨의 등을 바라보면서 채찍으로 휙휙 소리를 내고 있었다.

"내가 조금만 젊었더라면……" 술집 주인이 계속 말을 이었다. "내가 스무 살만 젊었더라면 자기 땅을 어떻게 지켜야 하는지를 보여주었을 겁니다!"

그가 두 팔을 뻗었다.

"자, 여러분! 강간당한 우리 딸들과 강제 수용되거나 사살당한 우리 아들들을 위해 복수해요!" 약간 울먹이는 목소리였다. 그는 주먹으로 눈물을 닦아내고 말했다.

"우리가 식량을 가지고 왔습니다."

"음…… 최근 전황은 좋지요?" 체르프가 한쪽 눈을 깜빡거리며 물었다.

요제프 씨가 곁눈질을 했다.

"아주 좋아요." 그가 우울한 어조로 말했다. "스탈린그라드에서 러시아군이 잘 막아내고 있는 것 같습니다."

"아마 곧 전진하기 시작하겠죠?"

"그럴 겁니다." 요제프 씨가 말했다.

한 농부가 통탄하며 말했다.

"일이 어떻게 돌아가는지 도대체 알 수가 없다니까!"

요제프 씨가 그를 노려보았다.

"아마 언젠가는 그들이 여기까지 오게 되겠죠?" 체르프가 말을 이었다.

"그렇겠지요." 술집 주인이 말했다.

"독일 놈들을 밖으로 내던진 다음……"

"우리 모두 그러기를 바라고 있어요." 요제프 씨가 재빨리 끼어들었다.

"독일 놈들을 밖으로 내던진 다음 우리를 도와 대독對獨 협력자들과 모리배, 그 밖의 기생충들을 찾아내겠죠?"

요제프 씨는 전혀 가식 없이 말했다.

"필요한 게 있으면 우리에게 신호를 보내요!"

"아무렴, 아무렴!" 농부들이 중얼거렸다.

체르프는 마차에서 짐을 내리게 했다. 요제프 씨는 후했다. 분대가 적어도 한 달간은 먹을 수 있을 정도의 양식이었다. 대표단이 다시 마차에 올랐고, 마부가 "이랴! 이랴!" 하고 외치자 마차가 출발했다. 농부들은 서로 아무 말도 하지 않았다. 심지어 서로 눈도 마주치지 않았다. 요제프 씨는 침울했다. 체르프라는 사람은 별 신통한 말을 하지 않았다. 위선자, 분명 위선자다. 믿을 수 없고, 속마음을 알 수 없는 사람이다. '그런 사람은 사람들과 악수하며 그들의 눈을 쳐다보겠지만, 다음 날이면 사람들을 죽이기 위해 길모퉁이로 빨치산 대원을 보내겠지.' 요제프 씨는 이렇게 생각하며 몸서리를 쳤다. 사는 것이 점점 힘들어지고 있었다. 이젠 아무도 빚을 갚으려 하지 않았고, 모든 사

50

업이 위태로워지고 있었다. 언제든 오늘의 승자가 내일의 패자가 될 수 있는 그런 상황이었다. 사람들은 이제 어떤 성인聖人을 믿어야 할지 알 수 없었다. 그러나 대대로 그의 선조들은 바람과 조수, 타타르족과 스웨덴인, 러시아인과 독일인에 맞서 자신의 목숨과 술집을 보존하는 법을 알고 있었다. 선조들은 그들을 침략자로 대하지 않고 손님으로 대했다. 주막에서는 모든 사람이 환영받았다. 그것이 조상들의 좌우명이었다. 냉정함, 육감, 결정적인 순간의 급선회에 관해서라면…… 요제프 씨는 한숨을 쉬었다. 저들은 공식 성명을 발표해 독일군이 마침내 스탈린그라드 변두리를 점령했다고 주장하고 있었다. 그것은 그 도시가 꿋꿋하게 버티고 있다는 뜻이었다. 미래를 예측하는 것이 점점 더 어려워지고 있었다. 마차에 타고 있는 다른 사람들은 아무 생각도 하지 않았다. 그들에게는 의견이란 게 있을 수 없었다. 요제프 씨에게 빚을 지고 있는 그들은 체념한 채 그저 그를 따를 뿐이었다.

10

마차는 그렇게 마을로 다가가고 있었다.

"돌아서 가!" 요제프 씨가 마부에게 명령했다. "숲에서 오는 걸로 보이고 싶지 않아."

그들은 빌노로 이어지는 길로 접어들어 피아스키로 들어갔다. 마차는 옛 시청 건물 앞에 멈췄다. 지금 그곳에는 나치 깃발이 걸려 있었고, 커다란 고딕체 글씨로 '사령부'라고 쓰여 있었다.

한 금발 청년이 굽실거리며 계단에서 그들을 맞았다. 그는 열심히 웃음을 보이느라 연신 이를 드러냈다. 독일 당국의 정보원 노릇을 하는 폴란드인이었다. 그 일을 시작한 후로 그는 해가 진 뒤에 거리에 혼자 나가는 일이 거의 없었다. 그가 두 손을 비비며 몇 번을 굽실거렸다.

"당신을 기다리고 있었습니다, 요제프 씨!"

그가 손을 내밀었으나 요제프 씨는 곁눈질로 주위를 살피며 그 손을 잡지 않았다. 그는 청년을 따라 현관으로 갔다. 그리고 거기서 남들의 눈을 피해 청년과 감격적인 악수를 나눴다.

"당신과 내놓고 악수하지 못해 미안합니다, 로무알드 씨."

"그런 말씀 마십시오, 요제프 씨. 충분히 이해합니다."

"우리만 있는 게 아니었으니까요. 더구나, 잘 알겠지만 지금은……"

그들은 열렬히 손을 맞잡은 채 현관 한가운데 서서 진심 어린 마음으로 서로의 눈을 바라보았다.

"이해합니다, 이해합니다." 로무알드가 이를 드러내 보이며 되풀이했다.

그들은 계속 손을 붙든 채 서로의 눈을 쳐다보았다.

"당신과 악수하기 싫다는 생각 같은 건 눈곱만큼도 없었어요." 요제프 씨가 명확히 했다. "오히려 나는 매우 영광스럽소이다. 영광……"

"아, 당신은 저의 친구이십니다!" 로무알드가 말했다.

"당신의 입장이 얼마나 미묘한지, 당신이 연기를 하기 위해…… 연기할 것을 수락하기 위해 얼마나 숭고한 마음과 용기를 가져야 했을지 나보다 더 잘 아는 사람은 없지요……"

그는 약간 말을 흐렸다.

"고맙습니다, 정말 고맙습니다!" 로무알드가 열렬히 말했다.

"당신의 어깨 위에 이 피할 수 없는, 대가 없는 의무를 지워놓은 덕분에……"

그가 기침을 했다.

"당신이 얼마나 많은 목숨을 구했는지 우리는 훗날 알게 되겠지요…… 누가 알겠습니까? 내 목숨도 당신에게 빚지고 있는지!"

"별말씀 다 하십니다." 청년이 겸손하게 말했다. "프라니아 부인은 안녕하십니까?"

술집 주인 요제프 씨는 그 지방 최고의 미녀와 결혼했다. 그는 아내를 애지중지했다.

"잘 있습니다!" 그가 무뚝뚝하게 말했다.

그러고는 농부들 쪽으로 고개를 돌렸다.

"비트쿠 씨, 로무알드 씨를 위해 가져온 양식 자루를 내리라고 하시오." 그가 명령했다.

그러자 청년이 말했다. "가울라이터가 당신들을 기다리고 계십니다!"

대표단은 가울라이터 앞으로 안내되었다. 요제프 씨가 가슴에 손을 얹고 말을 꺼내려는 순간, 그 독일 고위 관리가 성급하게 말을 잘랐다.

"압니다, 알아요! 저들은 모두 같은 말을 하지. 이 사람이 남편인가?"

"그렇습니다."

"그가 뭘 가져왔지?"

"계란하고 라드, 흰 치즈입니다!" 로무알드가 송곳니를 드러내며 말했다.

11

비가 그치자 사람들은 구덩이 밖으로 나왔다. 야네크는 불 옆에 앉아 생각에 잠긴 채, 젖은 장작이 휘파람 소리를 내며 불길 속에서 연기를 뿜어내는 것을 바라보고 있었다. 막내 즈보로브스키가 책상다리를 한 채 몸을 웅크리고서 하모니카를 불었다. 잘 분다기보다는 열심히 불었다.

"추잡해. 지금 네가 연주하는 노래 말이야. 형편없어!" 야네크가 말했다.

막내 즈보로브스키가 성을 냈다.

"멋진 곡이야." 그가 항의했다. "아무것도 모르면서. 가사도 아름다워."

그는 노래를 불렀다.

밀롱가의 탱고
꿈과 전율의 탱고……

"가사도 추해!" 야네크가 탄식했다. "너 쇼팽 연주할 줄 알아?"

막내 즈보로브스키가 고개를 가로저었다.

"그게 뭔데?"

"폴란드 사람이야. 음악가지."

야네크가 손을 내밀었다.

"이리 줘봐."

"너 불 줄 알아?"

"아니."

그는 하모니카를 받아 들더니, 혐오감을 느끼며 그것을 덤불 숲으로 던져버렸다. 즈보로브스키가 욕설을 퍼붓고는 하모니카를 찾아와 그 속을 훅훅 불기 시작했다.

"네 형들은 어디 있어?"

"빌노에."

즈보로브스키 형제는 오후 늦게 돌아왔다. 하지만 동행이 있었다. 그들은 소녀를 하나 데리고 왔다. 열네 살쯤 되어 보였다. 얼굴에 주근깨가 가득했다. 정성 들여 분을 바른 얼굴이었지만 주근깨는 뚜렷이 드러나 보였다. 그녀는 몸에 비해 너무 큰 군용 외투를 걸치고 베레모를 쓰고 있었다. 베레모는 헝클어진 금발머리를 별로 가려주지 못했다. 야네크가 처음 보는 소녀였다.

"누구야?"

막내 즈보로브스키가 그녀를 쳐다보았다.

"조심해." 그가 히죽거렸다. "저 애가 너한테 병을 옮길 거야."

"무슨 병?"

"그 병. 알잖아."

"모르겠는데." 야네크가 말했다.

그는 주의 깊게 소녀를 관찰했다. 하지만 어디가 아픈 것처럼 보이지 않았다.

소녀는 그들이 자기 얘기를 하고 있다는 것을 알아차린 것 같았다. 그녀는 슬픔이 가득한 커다란 검은 눈으로 야네크를 바라보았다. 그러고는 그에게 웃음을 지어 보였다.

"누구야?" 야네크가 다시 은밀히 물었다.

"주스카야. 여기 사람들은 모두 저 애를 알아. 저 애는 빌노에서 우리를 위해 일하고 있어. 저 애는 독일군들과 잠을 자고, 군인들은 자기들이 어디서 왔으며 어디로 가는지, 수송차량이 어떤 길로 지나가는지 따위를 저 애한테 불게 되는 거지. 그리고 저 애는 그들에게 병을 옮기는 거고."

그가 소리쳤다.

"주스카!"

소녀가 다가왔다. 그녀는 야네크에게서 눈을 떼지 않고 계속 미소 짓고 있었다. 외투가 발목까지 내려와 있었다. 야네크는 감히 그녀를 더 바라볼 수가 없었다. 얼굴이 화끈거렸다. 몸이 떨렸다. 명치끝이 텅 빈 것만 같은 느낌이었다. 몸속에서 파도처럼 밀려오는 더운 기운과 그녀를 품에 꽉 껴안고 싶은 갑작스러운 욕망에 그는 괜히 부끄러워졌다. 막내 즈보로브스키가 일어나서 그녀의 허리를 잡고 그녀의 가슴을 만졌다.

"얘한테는 병이 있어!" 그가 화난 목소리로 말했다. "유감스러운 일이지. 여기 사람들은 아무도 얘를 건드리지 않아. 그렇지, 주스카? 너, 병 있지?"

"그래." 소녀가 무심하게 말했다.

"죽을병이야." 막내 즈보로브스키가 확신을 갖고 말했다. "그렇지, 주스카? 죽을병이지?"

"그래."

그녀는 야네크에게서 눈을 떼지 않았다. 그러더니 갑자기 몸을 기울여 손끝으로 야네크의 얼굴을 살짝 만졌다.

"조금, 많이, 뜨겁게?"

"그 애 가만 놔둬." 즈보로브스키가 말했다. "걔는 그게 뭔지몰라. 한 번도 해본 적이 없어. 그렇지, 트바르도브스키? 너 그거 한 번도 해본 적 없지?"

"뭘?" 야네크가 물었다.

"거봐." 막내 즈보로브스키가 의기양양해서 말했다. "얘는 그게 뭔지도 모른다고!"

"조금, 많이, 뜨겁게, 전혀?" 소녀가 말을 끝냈다.

야네크는 벌떡 일어나 숲속으로 들어가 버렸다. 즈보로브스키가 웃음을 터뜨리는 것이 들렸……… 그는 한동안 걷다가 어떤 전나무 뒤에서 멈췄다. 소녀가 그를 따라왔던 것이다. 야네크는 움직이고 싶었다……… 하지만 다리에 힘이 없었다.

"왜 나를 겁내지?"

"겁내지 않아."

그녀가 그의 손을 잡았다. 그가 손을 뺐다.

"너는 친절해. 다른 사람들 같지 않아. 네가 좋아……"

"난 아무것도 한 게 없는데."

"아무도 그렇게 할 수 없어…… 난 네가 좋아. 부모님 안 계시니?"

"계셔. 어디 계신지는 몰라."

"우리 부모님은 삼 년 전에 폭격으로 돌아가셨어. 아버지는 기술자셨어. 너희 아버지는 무슨 일을 하셨니?"

"의사셨어."

소녀가 다시 그의 손을 잡았다.

"어딜 그렇게 가고 있었니?"

"내 은신처가 있거든."

"멀어?"

"아니."

"나도 가도 돼?"

그는 자기 것 같지 않은 목소리가 자기도 모르게 이렇게 말하는 것을 들었다.

"그래."

그들은 말없이 걸어갔다. 그는 아버지를, 그리고 누구에게도 절대 은신처를 보여주지 말라던 당부를 생각하고 있었다…… 소녀는 그의 생각을 읽어내기라도 한 것처럼 상냥하게 말했다.

"걱정 마. 아무에게도 말하지 않을게."

"걱정 안 해. 아무것도 걱정 안 해."

그녀가 미소 지었다.

"그럼 손 이리 줘."

그의 손에 소녀의 작은 손이 느껴졌다. 차갑고 가냘픈 손이었다. 그는 자기도 모르게 그 손을 꼭 쥐었다.

"이름이 뭐니?"

"얀 트바르도브스키."

"야네크." 그녀가 말했다. "야네크…… 예쁜 이름이다. 그렇게 불러도 돼?"

"그래."

그들은 은신처에 도착했다. 그는 나뭇가지들을 벌려 그녀가 내려오도록 도와주었다. 그녀는 매트 위에 앉아 주위를 둘러보았다.

"훌륭한 은신처다. 체르프의 은신처보다 훨씬 좋은데."

"아버지하고 내가 함께 만들었어."

그가 그녀 곁에 앉았다. 그녀는 야네크 곁으로 바싹 다가가더니 더 이상 말을 하지 않았다. 그들은 오랫동안 말없이 그렇게 앉아 있었다…… 그러다가 그녀가 한숨을 쉬더니 외투 단추를 하나 풀고는 다소곳한 태도로 말했다.

"하고 싶어?"

"아니, 아니. 그냥…… 아까처럼 있자."

그녀가 다시 그에게 붙어 앉았다.

"네가 원한다면…… 난 괜찮아. 나는 익숙해졌어." 그녀가 중얼거렸다.

"난 원하지 않아!"

"알았어. 나는 익숙해졌어. 처음에는 너무 아팠어. 하지만 지
금은 익숙해. 이젠 아무 느낌도 없어."

12

새벽에 그녀가 살며시 그를 깨웠다.

"나 갈게."

"가지 마."

"안 돼. 체르프와 약속했어. 마을로 돌아가야 해."

"중요한 일이야?"

"체르프는 독일군이 숲을 '청소'할 거라고 생각해."

"그래서?"

"내가 군인들을 만나야 해……"

"그들은 아무것도 말 안 할 거야."

"아니야, 해. 남자들은 그것만 하게 해주면 언제나 모든 걸 말해."

그녀의 목소리에서 체념과 슬픔이 묻어났다. 어두워서 그녀의 얼굴이 보이지 않았다.

"또 올 거니?"

"응."

"길은 알아?"

"물론이지. 걱정 마……"

그녀가 그를 껴안고, 오랫동안 그의 목덜미에 얼굴을 묻고 있었다.

"어서 자."

"금방 돌아와."

"일 끝내자마자 올게."

그녀는 떠났다. 그는 다시 자려고 해보았지만, 눈만 감으면 어둠 속에서 조시아의 목소리가 들렸다. "일 끝내면……" 야네크는 옷을 입고 은신처 밖으로 나갔다. 날씨가 좋았다. 구름이 푸른 하늘을 빠르게 달려가고 있었다. 그 구름들과 놀고 싶었다. 그는 주머니에 손을 찌른 채 가볍게 휘파람을 불며 발길 닿는 대로 숲속을 거닐었다. 집에 있는 것 같은 편안함이 느껴졌다. 이제는 숲이 두렵지 않았다. 처음에는 나무마다 뒤에 적을 숨기고 있는 것만 같았었다. 그러나 지금은 무한한 우정으로 둘러싸여 있는 듯한 기분이 들었다. 나뭇가지의 속삭임이 정답게 느껴졌고, 심지어 아버지의 정이 느껴졌다. 언젠가 즈보로브스키 맏형이 한 말이 생각났다. "자유는 숲의 딸이지. 자유가 태어나는 곳도 숲이고, 위험에 처했을 때 자유가 숨어드는 곳도 숲이거든."

그는 때로 멈춰 서서, 거칠면서도 안도감을 주는 나무껍질에 손을 대고 감사의 마음으로 나무를 올려다보았다. 그리고 분명 그 숲에서 가장 아름답고 가장 강하며, 보호 날개처럼 야네크 위로 가지를 뻗고 있는 늙은 떡갈나무에게 우정을 느끼기까지 했다. 그 늙은 나무가 끊임없이 속삭이고 중얼거리는 것만 같아서 야네크는 나무가 하려는 말을 이해하려 애썼다. 심지어 떡갈나무가 인간의 목소리로 이야기하기를 기대하는, 스스로 생각해도 좀 부끄러울 정도로 순진한 순간도 있었다. 그것이 빨치산에게는 어울리지 않는 유치한 짓이라는 것을 그는 잘 알고 있었지만, 그래도 종종 늙은 나무에 몸을 밀착시키고, 기대하고, 귀 기울이고, 희망을 품고 하는 것을 그칠 수는 없었다.

그러나 그는 아버지가 죽었다는 것을 느낌으로 충분히 알고 있었다. 빨치산들은 그 이야기만 나오면 눈에 띄게 난처해하며 피하려 했고, 그는 상황을 파악하게 되었다. 그는 더 이상 그들에게 묻지 않았다. '산사람'들은 가족 이야기는 하지 않았고, 그도 그들처럼 하려고 애썼다. 아예 가족 생각을 하지 말아야 했다. 야네크는 초연하고 거칠고 씩씩하게 보이려고 노력했다. 남자답고자 애썼던 것이다. 그러나 그건 너무 어려운 일이었다. 그가 너무 어린 탓일 수도 있었고, 아니면 아직 사람을 죽여본 경험이 없는 탓일 수도 있었다. 그는 여전히 매트 위에서 갑자기 벌떡 일어나 발소리에 귀 기울이며, 그것이 아버지가 돌아오는 소리라고 믿곤 했다. 그러면 밖으로 뛰어나오지만, 거기에는 늘 아무도 없고 나뭇가지들만이 바스락거리고 있었다. 즈보로브스키 형제가 그의 어머니 소식을 알려준 적은 한 번 있었다. 어머니는 아직 살아 있는데 조금 아프며, 친구들이 돌봐주고 있으니 염려하지 않아도 된다는 얘기였다. 그는 마지막으로 만났을 때 아버지가 했던 말을 곧잘 생각했다. '중요한 것은 어떤 것도 사라지지 않는다'라는 그 말이 자꾸만 생각났고, 숲의 무한한 속삭임을 듣고 있을 때도 그 말이 떠올랐다. 매일매일 수많은 사람들이 비참하게 죽어가는 마당에 그것은 참 이상한 말이었다.

그는 이제는 폐허가 되어버린 한 낡은 물방앗간, '기사騎士의 휴식'이라고 일컬어지는 곳에 이르렀다. 그 방앗간은 리투아니아 왕조 때 만들어진 것으로, 이제는 별로 남아 있는 것이 없었다. 벽 몇 개, 그리고 이미 오래전에 물이 말라 그저 덤불과 뽕나무로 어지럽게 뒤덮여 있는 개울 바닥의 곰팡이 슨 물레바퀴 잔해. 그가 계속 길을 가려 하는데, 덤불숲 뒤에서 갑자기 사람 목소리가 들렸다. 깜짝 놀란 그가 걸음을 멈추었다. 젊고 청아한 목소리가 시를 읊고 있었다.

낡은 감방에서 나는 기다린다.
얼마나 많은 사람들이 그렇게 기다렸던가?
마지막 전단이 인쇄되기를,
마지막 수류탄이 던져지기를……

야네크는 조심스럽게 헛기침을 했다. 이내 어떤 키 큰 청년이 덤불숲 밖으로 모습을 드러내더니 가까이 다가왔다. 야네크는 그를 알아보았다.

그의 이름은 도브란스키, 아담 도브란스키였다. 빌노 대학 학생들로 구성된 분대의 일원으로, 삼 년 전부터 항독 지하운동에 몸담고 있는 사람이었다.

그는 이미 1940년부터 레지스탕스 조직을 만들었고, 조직의 이름과 같은 《자유》라는 지하 신문을 발행해 이 년 동안 성공리에 배포했다. 그러다 1942년에 그 지하 간행물이 독일군에게 발각되었고, 조직의 우두머리이며 훌륭한 시인이자 역사학자인 렌토비치와 그의 딸이 체포되어 총살형을 당했다. 도브란스키를 포함한 몇몇 대학생은 도피 생활에 들어갔고, 빌레이카 숲의 빨치산과 합류했다. 그들 집단은 매우 독자적으로 활동했으며, 위험한 짓을 하는 경향이 있고 위험을 곧잘 '낭만적인 것'으로 취급한다 하여 '산사람'들에게 많은 비난을 받았다.

야네크는 체르프와 크릴렌코가 분개하며 그들에 대해 이야기하는 것을 종종 들었다. 그들은 즉흥성과 영웅적인 행동으로 비난을 받기도 했지만, 더 많은 경우 그것은 가슴속 정열과 이성에 따른 행동들이기도 했다. 그리고 체르프는 "그들은 리얼리스트가 아니야"라고 우울하게 말하는 것으로 그 모든 일을 요약하곤 했다. 그들은 좀 더 온건한 빨치산들이라면 필요 없다고 여겼을 심각한 손실을 여러 차례 입었다. 야네크는 특히 그들이 지닌 행동방식의 '감상적'—체르프의 표현에 따르면—성격을 보여주는 어떤 비극적 일화를 들은 적이 있었다. 그 사건은 야네크가 항독 지하운동가들과 합류한 지 겨우 며칠 후에 일어났다. 그때까지 그는 그들에 대해 들어본 적이 없었지만, 이후에 대학생들의 이 '무계획적인 행위'에 대한 신랄한 암시를 자주 접하게 되었다. 누구나 알다시피 나치 친위대는 그 지방의 젊은 여자 스무

명 정도를 붙잡아 풀라키 백작의 저택에 가두었고, 거기서 여자들은 독일군들에게 내던져져 창녀처럼 다루어졌다. 그것은 옛날부터 잘 알려져 있었던, 일석이조의 효과를 지닌 묘책이었다. 즉 병사들의 육체적 욕구를 만족시키면서, 동시에 아내들을 구하려는 빨치산들을 숲 밖으로 유인해낼 수 있었던 것이다. 당연히 도브란스키의 '낭만주의자'들이 함정에 걸렸다. 그들은 끌려간 여자들의 남편, 형제, 애인 몇몇의 지지를 업고 숲에서 나왔고, 풀라키 백작 저택에 몇 차례 공격을 가하던 중 병력의 삼분의 이를 잃고 말았다.

"감정이 너무 앞서." 분개한 체르프가 딱 잘라 말했다. "그런 식으로 싸워선 안 돼. 치밀하게 계산을 한 다음에 냉정하게 싸워야 해. 시기를 선택해야 해. 절망적인 기분으로 치달아 영웅적으로 목숨을 내놓는 일이 필요한 게 아니야. 나 역시 그 가엾은 여자들을 생각하면 미칠 것만 같아. 밤에 눈도 붙일 수 없고 죽을 것만 같아. 하지만 그렇게 스스로의 목숨을 위태롭게 하는 것은 자기 마음만 편해지려는 것밖에 안 돼. 자기 마음을 기쁘게 하려는 것밖에 안 된다고. 필요한 일은 견디고 이겨내는 거야. 전쟁에서 이기고, 배신자들을 목매달고, 그런 일들이 다시는 일어나지 않는 사회를 건설해야 해."

그러나 야네크는 완전히 설복되지는 않았다. 체르프의 말이 반드시 옳은 것은 아니었다. 그리고 체르프 자신도 자기 말에 대해 확신을 가지고 있지 않았다. 그토록 불만을 토로하고 이의를 제기했음에도, 그 모든 훌륭한 이유들을 강조했음에도 불구하고, 그 역시 풀라키 백작 저택을 공격하는 데 가담한 적이 있었던 것이다.

야네크는 그 대학생과 처음 대면하는 것이었다. 그는 모자를 쓰고 있지 않았다. 헝클어진 새까만 곱슬머리, 그 밑의 희고 넓은 이마, 슬픈 듯하면서도 명랑해 보이는, 웃음을 담은 채 이글거리는 두 눈. 그의 얼굴에는 전반적으로 이러한 명랑함이, 그리고 그의 창백함에 어떤 열띤 분위기를, 그의 미소에 참을 수 없는 갈망을 덧씌우는 자신감이 깃들어 있었다. 마치 자신에게는 그 어떤 일도 닥칠 수 없다는 듯이 깊은 확신에 따라 사는 사람처럼 느껴졌다. 꼭 끼는 군용 점퍼를 입어서 그런지 그의 어깨가 오그라들어 있었다. 그는 야네크 앞으로 오더니 손을 내밀었다.

"내가 경솔했구나. 20세기 중반에, 그것도 대낮에 시를 읊다니 정말 총에 맞아 죽겠다는 얘기지. 너 체르프와 함께 지내는 애구나, 그렇지? 그와 함께 있는 걸 본 적 있는 것 같아." 그가 웃으며 말했다.

"네, 전 그와 함께 싸우고 있어요." 야네크가 말했다.

"시 좋아하니?"

"읽어본 적이 별로 없어요." 야네크가 고백하듯 대답했다. "하지만 음악은 아주 좋아해요."

그는 한숨을 쉬었다.

청년은 명랑하고 이글거리는 눈으로 다정하게 야네크를 바라보았다.

"좋아, 잘됐다! 내 시를 듣고 네 생각을 말해주는 거야. 내가 방금 즉흥적으로 시를 하나 썼거든. 편견 없는 사람의 생각을 들어보는 것은 특이한 경험이지. 들어볼래?”

　야네크가 진지하게 고개를 끄덕였다.

　대학생은 그에게 웃어 보이고는, 점퍼 주머니에서 종이 한 장을 꺼내 펼치더니 읽기 시작했다.

　낡은 감방에서 나는 기다린다.
　얼마나 많은 사람들이 그렇게 기다렸던가?
　마지막 전단이 인쇄되기를,
　마지막 수류탄이 던져지기를.

　나는 기다린다, 마지막 희생자가
　“자유 만세”를 외치고 쓰러지기를,
　마지막 주권 국가가
　유럽 애국자들의 공격에 나둥그러지기를.

　나는 기다린다, 모든 수도가
　시골 마을이 되기를,
　마지막 국가의 메아리가
　세계에서 사라지기를.

　유럽이 마침내 일어서 걷기를,
　낙담하여 제자리걸음만 하는 나의 연인이여……
　낡은 감방에서 나는 기다린다.
　얼마나 많은 사람들이 나처럼 기다리고 있을까?

그는 입을 다물고 놀리듯이 야네크를 쳐다보았다.

"자, 어떻게 생각해? 굉장하지 않니?"

"저는 음악이 더 좋아요." 야네크가 공손하게 말했다.

청년이 웃기 시작했다.

"좋아, 적어도 솔직하긴 하구나. 사실 난 시는 잘 못 써. 하지만 타고난 산문가지. 내 이름은 아담 도브란스키야. 네 이름은?"

"얀 트바르도브스키."

청년의 몸이 갑자기 굳어지더니 그의 얼굴에서 명랑한 분위기가 사라졌다.

"네가 트바르도브스키 선생님의 아들이라고?"

"네."

대학생은 그를 뚫어지게 바라보았다. 그는 망설였고, 무슨 말인가 할 것처럼 보이더니 다시 미소를 지었다.

"그 늙은 곰 크릴렌코가 나한테 네 이야기를 해줬어."

"그가 뭐라고 했는데요?" 야네크가 의아해하며 물었다.

"'인디언 하나를 양자로 들였어'라고 했지."

야네크는 미소 지으며 비네토우를 생각했다…… 그 모든 것이 너무나도 아득하게 느껴졌다!

"오늘 저녁에 시간 있으면 우리 은신처로 와. 우리는 책도 읽고, 요즘 상황에 대해 토론도 한단다…… 너도 알겠지만, 스탈린그라드는 여전히 저항하고 있어." 도브란스키가 말했다.

"그럼 미국은요?"

"미국은 머지않아 유럽에 제2전선을 형성할 거야."

"전 그 말 안 믿어요." 야네크가 조용히 말했다. "미국은 여기 오지 않을 거예요. 너무 멀거든요. 그들은 우리의 존재조차 모르고 있거나 아니면 우리한테는 신경도 쓰지 않거나 뭐 그럴 거예요. 우리 아버지도 그들이 곧 올 거라고 하셨어요. 그러고는 사라지셨죠. 저는 아버지가 어떻게 됐는지 몰라요."

도브란스키가 금방 화제를 바꾸었다.

"그럼 오늘 저녁에 오는 거다. 운이 좋으면 저녁으로 토끼고 기를 먹게 될 거야. 믿기지 않겠지만 이 숲에 아직 토끼가 남아 있는 것 같아."

그들이 함께 웃었다.

"오늘 저녁에 우리 모두 널 기다리마. 알았지?"

"알았어요. 어디로 가면 되죠?"

"이리로 오면 돼. 널 데리러 올게. 항상 누가 보초를 서거든."

"올게요." 야네크가 약속했다.

13

저녁때 야네크는 빈 자루에 감자 몇 알을 넣어 어깨에 메고 길을 나섰다. 달이 환히 빛나고 있었다. 날씨가 추웠지만, 정화되는 듯한 느낌을 주는 건조한 추위였다. 달빛 밝은 하늘에 나뭇잎들의 검은 레이스가 도드라져 보였고, 별들이 빛나고 있었다. 큰곰자리가 구름과 놀고 있었다. 연못에 이르러 그는 오솔길로 접어들었다. 그는 조시아를 생각하고 있었다. 그녀와 결혼하기에 앞서 빨치산의 허가를 받아야 한다는 군대 규율 같은 것이 있는 건 아닐까, 그는 생각했다. 사람들은 아마 놀릴 것이고, 결혼하기엔 그가 너무 어리다고 말할 것이다. 그는 너무 어려 어떤 일에도 걸맞지 않은 것 같았다. 굶주림, 추위, 총알만 빼고 말이다.

"이리 와." 어떤 목소리가 말했다.

야네크가 소스라쳤다.

"그래, 아름다운 밤이다. 몽상에 잠겨도 좋을 만큼." 도브란스키였다.

"감자를 가져왔어요." 야네크가 조금 당황스러워하며 말했다.

"그거 잘됐군!" 도브란스키가 탄성을 질렀다. "우리는 그 유명한 토끼에 대해서는 운이 없었어. 놈은 여전히 뛰어다니고 있단다. 난 우리가 정신의 양식으로 만족해야 한다고 진작부터 생각해왔지."

그들은 덤불숲을 100여 미터 가로질러 갔다. 도브란스키가 손가락 두 개를 입에 넣어 휘파람 소리를 냈다. 덤불 사이로 불빛이 새어 나왔다. 은신처는 바로 그들의 발치에 있었다. 그들은 내려갔다.

거기에는 적어도 이십여 명의 빨치산이 모여 있었는데, 모두들 아주 바싹 붙어 앉은 탓에 석유램프의 어슴푸레한 빛 속에서 얼굴밖에 보이지 않았다. 그중에는 야네크가 처음 보는 얼굴도 몇 있었지만 대부분 그에게 친숙한 사람들이었다. 푸치아타는 과거에 레슬링 챔피언이었고 지금은 포드브로지에 지역에서 특히 활동적인 조직을 이끌고 있었다. 갈리나는 낡은 신발을 가지고도 폭탄을 만들 수 있다는 사람으로, 늘 폭발물을 가지고 다니기 때문에 그가 접근만 하면 빨치산들이 투덜거리며 담뱃불을 끌 정도였다. 그는 흰머리에 말랐고 근육질이었으며, 예순이 다 된 사람답지 않게 날렵했고, 입가에는 항상 희미하게 미소가 감돌고 있었다. 그는 점점 더 민감해지고 발견하기 어려워지고 있는 폭발 도구들을 시험하며 자기 은신처에서 혼자 살고 있었다. 사람들이 자기를 피해 일어나 조심스럽게 자리를 뜨면 그는 늘 웃음을 터뜨렸다.

젊은 여자도 한 명 있었다. 그녀는 군인 점퍼를 입고 스키 모자를 쓰고 무거운 독일군 외투를 어깨에 걸치고 있었는데, 기품 있고 생각에 잠긴 듯한 아름다운 얼굴이 야네크에게 강한 인상을 주었다. 그녀의 무릎 위에는 음반 몇 장이 놓여 있었고, 발치에 널린 책과 신문들 사이에 낡은 축음기가 있었다.

"뭐야? 어린애잖아? 우리 사령부를 유치원으로 만들겠다는 거야?" 빈정대는 목소리가 튀어나왔다.

야네크는 그 목소리의 주인공에게서 붕대 감은 머리와 초췌한 얼굴 속의 매부리코밖에 볼 수 없었다.

"저 사람은 페흐야. 여기서는 아무도 저 사람한테 신경 쓰지 않는단다. 모두 그냥 무시해버리지!" 도브란스키가 말했다.

"우리 모두 죽을 거야!" 목소리의 주인공이 또 말했다.

"됐어, 그만해, 페흐. 얘는 트바르도브스키 선생의 아들이야." 도브란스키가 말했다.

그러자 침묵이 흘렀고, 야네크는 모든 시선이 자기에게 고정된 것을 느꼈다. 젊은 여자가 몸을 조금 움직여 앉을 자리를 마련해주어, 그는 그녀와 어떤 젊은 남자 사이에 앉았다. 그 남자는 독일군이 착용을 금한, 챙 달린 하얀색 폴란드 대학생모자를 쓰고 있었다. 나이는 스물다섯 정도 되어 보였고, 광대뼈 위에 붉은 반점이 두 개 있었는데 야네크는 그것을 금방 알아보았다. 야블론스키 중위의 뺨에서도 그런 걸 본 적이 있었던 것이다. 젊은 남자가 웃음 지으며 그에게 손을 내밀었다.

"안녕. 난 타데크 흐무라다." 그가 인사했다.

젊은 여자가 축음기 위에 음반을 올려놓았다.

"쇼팽의 폴로네즈야." 그녀가 말했다.

거기에 모인 빨치산들 중에는 10킬로미터 이상을 걸어 거기까지 온 사람들도 있었는데, 모두들 마음을 안정시키려는 듯 세상에서 가장 아름다운 그 소리를 한 시간이 넘도록 들었다. 피로에 지치고 상처받고 굶주리고 쫓기면서도, 어떤 추악함도 어떤 위기도 손상시킬 수 없는 품위를 신뢰하는 사람들은 그렇게 한 시간이 넘도록 자신들의 믿음을 찬양했다. 야네크는 그 순간을 결코 잊지 못할 것이었다. 억세고 씩씩한 얼굴들, 구덩이 속 맨땅 위에 놓인 작은 축음기, 그들의 무릎 위에 놓인 기관단총과 소총, 눈을 감고 있던 젊은 여자, 흰색 챙 모자를 쓰고 열띤 눈길로 쳐다보며 자기 손을 잡고 있던 대학생. 그 생생함, 그 희망, 그 음악, 그 무한을……

이어 흐로마다라는 대원이 아코디언을 집어 들었고, 그 곡조에 맞춰 사람들의 목소리가 하나가 되었다. 스스로에게 용기를 불어넣기 위해, 또는 환상을 품기 위해 서로에게 바짝 다가서듯이.

그때 도브란스키가 점퍼 주머니에서 공책을 꺼냈다.

"시작한다!" 그가 알렸다.

머리에 붕대를 감은 대원이 진지하게 말했다.

"우리는 엄격하지만 공정할 거야."

도브란스키가 공책을 폈다.

"제목은 '산들의 소박한 이야기'."

"키플링 식이군!"* 페흐가 의기양양하게 소리쳤다.
"유럽 꼬마들을 위한 이야기야…… 동화지."
그가 읽기 시작했다.

　고양이가 야옹하고, 생쥐가 찍찍거리고, 박쥐가 푸드덕 날았다. 달이 하늘로 기어 올라갔다. 유럽의 다섯 산이 서서히 어둠 밖으로 나와, 기지개를 켜고 하품을 하고 산들의 언어로 저녁 인사를 나누었다.
　"할아버지, 어째서 달은 내 등은 밟지 않고 꼭 할아버지의 늙은 등을 밟고 하늘로 기어 올라가는 거지요?"
　'코흘리개'라는 별명을 가진 막내 산이 놀라워하며 말했다.
　"네 등에 올라가면 높은 데까지 이를 수 없고, 또 볼 것도 별로 없기 때문이지!"
　"헤헤!" 할머니 산이 떨리는 목소리로 웃었다. '곱사등이 할머니' 산이었다. 그 산은, 산들에게는 커다란 고통인 바람과 비에 닳고 닳은 나머지 마치 뜨개질을 하고 있는 점잖은 부인 같은 모습으로 변하여 '곱사등이 할머니'라 불렸다. "헤헤……!"
　"늙은 할망구, 저리 가!" 코흘리개가 혀를 쏙 내밀며 욕을 했다.
　"아아!" 곱사등이 할머니가 탄식했다. "모든 것엔 다 때가 있지. 사랑할 때와 사랑받을 때, 살 때와 죽을 때."
　"당신이 어떻게 죽는다는 얘기를 할 수 있소?" 늙었지만 여전히 여자에게 친절한 블라디슬라프 씨가 쾌활한 목소리로 외

---

* 러디어드 키플링의 작품 중에《산들의 소박한 이야기》라는 것이 있다.

쳤다.

그는 돌이 많은 쪼그라든 산으로, 곱사등이 할머니 옆에 서 있었고, 호기심 때문에 할머니 쪽으로 몸을 기울이고 있었다. 마치 할머니가 어떻게 수천 년 동안 그처럼 뜨개질을 해올 수 있었는지를 알아보려는 것 같았다. 그의 모습은 명랑하고 쭈글쭈글한 호인을 연상시켰고, 독설가 산들—그들은 도처에 있었다—은 곱사등이 할머니와 블라디슬라프 씨의 관계가 일반적으로 알려져 있는 것만큼 그렇게 플라토닉한 것은 아니라는 둥, 5월의 어느 어느 밤에 그들 사이의 거리가 여차여차했다는 둥 주장을 폈다.

"당신이 어떻게 죽음에 대해 애기할 수가 있소? 당신은 산들 중에서 영원히 가장 젊은 산이잖소?"

"헤헤헤!" 기분이 좋아진 곱사등이 할머니가 떨리는 목소리로 웃었다.

그녀가 갑자기 지독한 기침병 발작을 일으키면서 먼지를 토해내, 옆구리에서 자고 있던 까마귀 두 마리를 쫓아버리고 말았다. 꼭대기에서 자라고 있던 마지막 떡갈나무는 실족하지 않기 위해 온 뿌리로 달라붙어 있어야 했고, '천의 목소리' 산 쪽을 불안하게 돌아보았다.

"누이, 누이가 그녀를 좀 진정시키는 게 좋을 거야!" 떡갈나무가 산들의 언어와 같은, 나무들의 언어로 간청했다. "내 늙은 뿌리들은 이제 한 가닥밖에 버틸 힘이 없어요. 나는 이제 청춘이 아니라고요. 청춘 시절엔 유럽에서 가장 강한 폭풍이 내 가지들과 싸우러 왔다가 꼬리를 내리고 돌아갔지만!"

"자, 할머니, 좀 진정하고 계속······" 천의 목소리 산이 끼어들었다.

그런데 이상한 일이 일어났다. 어떤 뚜렷한 이유도 없이 천의 목소리 산이 이야기의 흐름을 벗어나 열렬한 목소리로 외쳐대기 시작한 것이다.

"나의 러시아! 나의 영국! 적에게 덤벼라, 덤벼! 그들을 쳐부수리라!"

잠시 어리둥절한 시간이 흘렀고, 이어 천의 목소리 산이 자기 자신과의 이상한 대화를 계속했다.

"입 다물어! 조용히 해! 내가 죽기를 바라?" 그녀가 정상적인 목소리로 말했다.

"나는 입을 다물지 않겠다!" 곧이어 그녀가 신경질적인 목소리로 외쳤다. "나는 유럽 대중의 목소리다! 적에게 덤벼라, 덤벼!"

"입 다물어! 늙은 산들이 러시아라는 이름만 듣고도 무서워 벌벌 떠는 게 안 보여? 그들이 가루가 되기를 바라는 거야?"

"빠를수록 좋겠지!" 그녀가 즉시 야비하기 짝이 없는 목소리로 대답했다.

"이–이–이런······ 이런······!" 화가 난 할아버지가 몸을 떨며 먼지에 휩싸인 채 말을 더듬었다. 먼지가 어찌나 심한지 코흘리개는 세 번이나 심하게 재채기를 했다. "나를 산으로 만든 힘에 의해! 에······ 에취!" 그는 자기 자신에게서 나는 먼지 때문에 재채기를 했다.

"죄송해요." 천의 목소리 산이 빠르게 말했다. "나도 유감스러워요. 내 메아리가 또 술 취했군요!"

"뭐라고!" 메아리가 외쳤고, 강한 페르노 술 냄새가 자연계 속으로 퍼져나갔다. "오늘 아침에 어떤 더러운 독일 놈이 나한테 '히틀러 만세'라고 백 번이나 말하게 했어! 죽을 뻔했지…… 유럽의 메아리로서 이건 사는 게 아니야…… 흑흑흑!" 그가 흐느꼈다.

"흑흑흑!" 뜻밖에 농부 산도 흐느꼈다.

중간 키, 평범한 생김새, 구부정한 등, 움푹 들어간 배, 거친 피부, 튼튼한 허리, 경계 어린 침묵. 그래서 그 산은 농부 산이라 불렸다.

그 산은 언제나 다른 산들과 좀 거리를 두고 있었다.

"적에게 덤벼라!" 기운이 나는 것을 느끼며 메아리가 외쳤다.

"적에게 덤벼라!" 농부 산도 수줍게 제안했다.

그는 주위를 둘러보고 몸을 움츠렸다.

"죄송합니다!" 그가 사과했다.

옛날에 천의 목소리 산은 자기 메아리를 자랑스러워했었다. 유럽 땅 전역의 사람들이 그의 발치에 와 메아리에게 말을 하곤 했다. 수줍고 주저하는 연인들이 "그녀는 널 사랑한다!"라고 중얼거리면 메아리는 지치지도 않고 반복했다. "그녀는 널 사랑한다, 그녀는 널 사랑한다……!" 심지어 한번은, 호의가 지나쳐 메아리가 말을 덧붙인 적도 있었다. "내가 말하노니, 그녀는 널 사랑한다. 이보게, 그녀는 널 열렬히 사랑한다!" 그러자 공포에 질린 남자는 걸음아 날 살려라 하며 도망쳐버렸다. 또 어느 날에는 모피 모자를 쓴 한 기병이 지나가며 메아리에게 고함을 질렀다. "황제 만세!" 메아리는 그 외침을 반복했고, 그리하여 그 산은 새로운 황제가 탄생했음을 알게 되었다. 더 훗날, 우스꽝스러운 옷을 입은 한 키 작은 남자가 메아리를 찾아왔다. 그는 독일어로 "나는 세계의 지배자가 될 거다!"라고 외치고는 한쪽 팔을 들었다. 메아리는 침묵을 지켰다. "나는 세계의 지배자가 될 거다!" 키 작은 남자가 발을 구르며 외쳤다. "나는 세계의 지배자가 될 거다. 나는 세계의……" "세계의 지배자라, 멍청한 놈!" 마침내 메아리가 잔뜩 흥분해 폭발하고 말았다. "여기서 누가 메아리요? 당신이요, 나요?" 이렇게 메아리는 반기를 들었다. 이제 그는 이렇게 외치고 있었다.

"진동해라, 유럽 땅아! 침략자를 파묻어 버려라! 불어라, 바람아……"

나무 꼭대기들 사이로 커다란 숨결이 지나갔다.

"나는 최선을 다하고 있어." 바람이 중얼거렸다. "바람을 불어 대느라 내 얼굴이 새파랗게 됐다고. 내게 다시 겨울을 보내줘. 내 친구인 눈까지 있으면 더 좋겠고!"

"앞으로 나아가라, 유럽의 숲아!" 메아리가 탄원했다. "적에게 덤벼라, 적에게 덤벼라!"

"어려울 거다!" 숲이 노호했다. "하지만 우리 나무들은 가지가지마다 독일 병사를 목매다는 영광을 누리게 되기를 빌고 있지!"

메아리가 조금 숨이 차 둔하게 헐떡였다. 할아버지 산이 그 틈을 이용해 살짝 말했다.

"메아리가 하는 말 듣지 마라, 코흘리개야!" 그가 명령했다.

"귀를 막아. 우리 산들은 인간이 자신들의 분쟁을 스스로 해결하도록 배려한단다. 그보다 네가 공부를 열심히 했는지 어디 한번 볼까. 현재 사용되고 있는 언어들부터 시작해보자꾸나. 너 영어 배웠지?"

"물론이죠!" 이렇게 말한 코흘리개는 시키기를 기다릴 것도 없이 영어로 암송을 시작했다. "우리는 바다와 대양에서 싸울 것이다. 우리는 자라나는 신념과 자라나는 힘으로 공중에서 싸울 것이다……"

"뭐? 뭐? 뭐야?" 겁에 질려 사색이 된 할아버지가 말을 더듬었다.

잠자고 있던 개구리 몇 마리가 자신들이 질문을 받았다고 여겨 대답했다.

"우리는 우리의 섬을 지킬 것이다. 어떤 희생을 치르더라도." 코흘리개가 계속 암송했다. "우리는 해변에서 싸울 것이다. 우리는…… 우리는……"

"우리는 들판에서 싸울 것이다!" 들판이 자랑스럽게 입을 열었다.

"우리는 들판과 거리에서 싸울 것이다, 우리는 산에서 싸울 것이다……"

"산에서!" 산들이 경건하게 입을 열었다.

"우리는 결코 항복하지 않을 것이다."

잠시 침묵이 흘렀다. 이어 메아리가 흐느껴 울었고—오직 유럽의 메아리만이 그렇게 흐느낄 줄 알았다—숭고한 노래를 불렀다.

자, 조국의 아이들이여

영광의 날이 왔다.

압박받는 우리 곁에

피 묻은 깃발이 올라갔다……

도브란스키가 낭독을 마쳤다. 그는 공책을 덮어 다시 점퍼 속에 넣었다.

사람들이 박수를 쳤다. 그러나 그중 한 사람이, 반어법이라는 완곡한 방법을 사용했음에도 불구하고 고통과 분노를 감추지 못한 목소리로 말했다. "사람들은 서로 멋진 이야기들을 들려주고, 이어 그 이야기들을 위해 목숨을 내놓지. 그들은 그로써 신화가 현실이 될 거라고 생각하는 거야. 자유, 존엄성, 형제애, 인간으로서의 명예. 우리 또한 이 숲에서 동화를 위해 목숨을 내놓고 있는 거야."

"유럽의 아이들은 장차 학교에서 이 이야기를 외우게 될 거야!" 타데크 흐무라가 확신을 가지고 말했다.

14

늦은 밤, 야네크는 은신처로 돌아가기 위해 길을 나섰다. 도브란스키가 따라나섰다. 숲에서는 바람이 불고, 나뭇가지들이 노래를 부르고 있었다. 야네크는 꿈꾸듯이 그 속삭임에 귀를 기울였다. 거기서는 무슨 말이든 이끌어낼 수 있었다. 약간의 상상력만으로도 충분했다. 날은 몹시 춥고 건조했다. 초겨울 밤의 추위였다.

"눈이 올 것 같아요." 야네크가 말했다.

"그렇구나. 지루하지 않았니?"

"아니요."

도브란스키는 잠시 말없이 걸었다.

"내 책을 다 끝내기 전에는 급습당하는 일이 없었으면 좋겠어."

"글 쓰는 일은 굉장히 어려울 거예요."

"오! 지금은 모든 게 다 어렵지. 그렇다 해도 글쓰기가 목숨을 부지하는 것, 믿음을 간직하는 것만큼 어렵지는 않아."

"주제가 뭐예요?"

"사람들이 고통을 겪고 싸우고 다시 가까워지는 이야기."

"독일 사람들도요?"

도브란스키는 대답하지 않았다.

"독일은 왜 우리한테 그런 짓을 하는 걸까요?"

"절망 때문이지. 좀 아까 페흐가 하는 말 들었지? 사람들은 서로 멋진 이야기들을 들려주고, 이어 그 이야기들을 위해 목숨을 내놓는다, 그들은 그것으로써 신화가 현실이 될 거라고 생각하는 거다…… 페흐 역시 절망에 빠지려 하고 있어. 독일 사람들만 절망하는 게 아니야. 절망은 어디에나 떠돌고 있어. 옛날부터, 인간이 있는 곳이면 어디에나…… 절망이 너무 가까이 다가오면, 절망이 마음속으로 들어오면 인간은 곧장 독일인이 되는 거야. 그 사람이 폴란드의 애국지사라 해도 말이야. 문제는 그 사람이 독일인인지 아닌지를, 그에게 그런 일이 단지 어쩌다가 한 번씩 일어나는 것에 불과한지 아닌지를 아는 거란다. 내가 책에서 하려는 얘기가 바로 그런 거지. 제목 안 물어보니?"

"말해주세요."

"'유럽의 교육'이야. 타데크 흐무라가 권한 제목이지. 틀림없이 빈정거리는 뜻에서 한 말이었겠지만…… 그에게 유럽의 교육이란 폭탄, 학살, 포로 총살, 짐승처럼 구덩이 속에서 살아야만 하는 사람들…… 뭐 그런 거지. 하지만 나는, 나는 도전에 응하겠어. 자유, 존엄성, 인간으로서의 명예, 그 모두가 결국은 사람들로 하여금 목숨을 내놓게 하는 한 편의 동화일 뿐이라고 얼마든지 말해도 좋아. 진실은 역사의 순간 속에, 우리가 살고 있는 지금 이 순간과 같은 시간 속에 있어. 그런 때에는 인간이 절망하지 않도록 막아주는 모든 것, 인간에게 믿음을 갖게 해주고 계속 살아가게 해주는 모든 것이 은신처를, 피난처를 필요로 하지. 그 피난처는 음악일 수도 있고, 시일 수도 있고, 책일 수도 있어. 나는 내 책이 그런 피난처 중 하나가 되기를 바라. 전쟁을 겪은 후, 모든 것이 끝난 후 그 책을 펼 때 사람들이 아직 다치지 않고 남아 있는 자신들의 선의를 다시 발견하게 되기를 바라. 저들이 우리를 짐승처럼 살게 했지만 우리를 절망하게 만들 수는 없었다는 것을 사람들이 알게 되기를 바라. 절망한 예술이란 없어. 절망스러운 것, 그건 오직 재능이 부족하다는 것뿐이야."

늪지 쪽에서 갑자기 늑대가 울부짖었다.

"타데크 호무라는 결핵에 걸렸어요. 여기 있으면 곧 죽을 거예요." 야네크가 말했다.

"그도 알고 있어. 우리는 그를 이곳에서 떠나게 하려고 여러 번 애써보았지. 그는 스위스로 가서 살아야 할 거야. 요양원에서…… 그는 그렇게 할 수 있을 거야. 그의 아버지가 독일과 사이가 아주 좋으니까. 그래서……"

"그래서 뭐요?"

"그래서 그가 우리와 함께 남아 있는 거야. 우리 사이에서 죽고 싶어 하는 거야. 자기 아버지가 독일과 사이가 좋기 때문에."

"스탈린그라드 전투는 지금도 계속되고 있는 건가요?"

"그래. 모든 것이 그 전투에 달려 있지. 모든 것이. 하지만 독일이 이기더라도 그것은 단지, 앞으로 그들이 전쟁에 패했을 경우보다 훨씬 더 크고 엄청난 노력을 해야 하리라는 것을 의미할 뿐이지. 그들도 우리와 다를 바 없어. 정말로 절망하는 일은 없을 거야. 그들은 잘해낼 거야. 한데 뭉쳐야 할 때면 사람들은 좀처럼 좌절하지 않는 법이야."

그는 잠시 머뭇거리더니 걸음을 멈췄다.

"이야기 하나 해줄게. 그들이든 우리든, 어떤 점에서 사람들이 서로 닮았는지 가르쳐줄게. 일 년 전쯤 독일군의 난동이 한창일 때였어. 마을들이 차례로 불탔고, 주민들은…… 아! 그들이 주민들에게 무슨 짓을 했는지에 대해서는 굳이 얘기하지 않는 게 더 낫겠구나."

"알겠어요."

"나는 그때 이렇게 자문하고 있었어. 독일 국민은 어떻게 그런 걸 용인할 수 있을까? 어째서 반기를 들지 않는 것일까? 어째서 학살자의 역할에 순응하는 것일까? 일말의 인간다움이 남아 있는 탓에 상처받고 우롱당한 독일의 양심이 정말 복종을 거부하고 반란을 꾀할까? 우리는 언제 그 반란의 표지를 보게 될까? 그런데 어느 날 한 젊은 독일 병사가 숲으로 왔어. 탈영병이었지. 우리 편이 되려고 온 거였어. 진심으로, 용감하게. 의심스러운 데라고는 눈곱만큼도 없었지. 그는 맑은 사람이었거든. 헤렌폴크* 따위도 아니었어. 그냥 한 인간이었지. 그는 마음속에 있는 인간성의 호소에 설복당해 결국 독일 병사라는 꼬리표를 떼어버린 거였어. 하지만 우리는 그것밖에, 그 꼬리표밖에 볼 줄 몰랐지. 우리는 모두 그가 맑은 사람이라는 것을 알고 있었어. 순수함과 맞닥뜨렸을 때 순수함은 순수함으로 느껴지는 법이거든. 순수함은 뜬눈으로 밤을 지새우게 하지. 그 친구는 우리와 동류였어. 하지만 그 꼬리표라는 게 있었지."

"그래서요?"

"그래서 우리는 그를 쏘아 죽였지. 그가 등에 '독일인'이라는 꼬리표를 달고 있었기 때문에. 우리가 '폴란드인'이라는 다른 꼬리표를 달고 있었기 때문에. 그리고 우리 가슴속에 증오가 둥지를 틀고 있었기 때문에…… 해명인지 변명인지 모르겠지만, 누군가 그에게 말했지. '너무 늦었어.' 하지만 그가 틀렸던 거야. 너무 늦은 게 아니었어. 너무 일렀던 거지. 너무 일렀던 거야……"

그가 말했다.

"난 이제 가봐야겠다. 잘 가라!"

그가 어둠 속으로 사라졌다.

---

* '지배 민족'이라는 뜻의 독일어. 나치 정권은 인종주의적 편견에 따라 독일 민족의 우월성을 강조하면서 독일 민족을 지배 민족이라고 불렀다.

15

다음 날 저녁 조시아가 돌아왔다. 야네크는 숲속을 배회하며 낮 시간을 보내고 해가 진 뒤에야 분대로 돌아왔다. 그는 조시아가 체르프와 함께 있는 것을 보았다. 그녀가 좋은 소식을 가져온 모양이었다. 며칠 전부터 수심에 차 있던 체르프가 이제는 안도한 듯한 모습이었다.

"오늘 저녁에 올래?"

"그래. 거기서 기다려."

조금 후 그녀는 은신처로 가 그를 만났다. 팔에는 꾸러미를 하나 끼고 있었다.

"그게 뭐야?"

그녀가 웃음 지었다.

"곧 알게 될 거야."

야네크가 불을 피웠다. 장작이 말라 있어서 금방 불이 붙었다. 아늑했다. 장작이 타닥타닥 즐거운 소리를 냈다. 조시아가 옷을 벗고 모포 속으로 살며시 들어왔다.

"배 안 고파? 감자 삶아도 돼. 금방 익을 거야."

"그들이 시내에서 먹을 것을 줬어."

야네크는 한숨을 쉬었다. 조시아가 야네크의 어깨에 손을 얹었다.

"생각하지 마…… 그럴 필요 없어. 대수로운 일 아니야."

"나는 그놈들을 증오해. 그놈들을 모두 죽여버리고 싶어."

"그들을 모두 죽여버리는 건 불가능해."

"시도해보고 싶어. 우선 그중 한 명을 죽여버리고 싶어."

"그럴 필요 없어. 그들은 가만 놔둬도 결국은 모두 죽게 될 거야."

"그래, 하지만 그 이유를 모를 거 아냐. 그들이 이유를 알고 죽었으면 좋겠어. 난 그들을 죽이기 전에 그들이 죽어야 하는 이유가 뭔지 말해줄 거야."

"그런 생각 하지 마. 옷 벗어. 이리 가까이 와. 자…… 좋지?"

"응."

"내 생각 했어?"

"응."

"많이?"

"많이."

"항상?"

"항상."

"나도 네 생각 했어."

"항상?"

"아니. 그들과 잘 때는 빼고. 그때는 널 생각하지 않았어. 아무도 생각하지 않았어. 아무것도 생각하지 않았어."

"그건 어때, 조시아?"

"배고픈 기분, 추운 기분이야. 빗속에서, 진창 속에서 걷는 기분이야. 배는 고프고 날은 추운데 어디로 가야 할지 모를 때와 같은 기분이야…… 처음에는 곧잘 울었어. 그러다가 익숙해졌어."

"그들이 되게 심술궂게 구니?"

"굉장히 서두르지."

"너를 때리니?"

"별로. 술에 취했을 때만. 아니면 너무 불행한 기분일 때나."

"왜?"

"몰라. 내가 어떻게 알겠니?"

"그 생각은 그만하자."

"그 생각은 그만하자. 야네크……"

"응?"

"내가 싫지 않아?"

"오! 아니야."

"그럼 더 가까이 와."

"최대한 가까이 온 거야……"

"더 가까이."

"더 가까이……"

"이렇게."

"조시아!"

"겁내지 마."

"겁나지 않아."

"날 원하지 않는가보구나?"

"그게 아니야, 그게 아니야."

"떨지 마."

"멈출 수가 없어."

"이불 덮어줄게. 자⋯⋯"

"춥지 않아. 추워서 그런 게 아냐."

"그럼 왜 그러지?"

"모르겠어."

"난 알아⋯⋯"

"말해줘."

"싫어."

"왜?"

"너는 아직 어려."

"그렇지 않아."

"네가 더 크면."

"나는 지금도 충분히 나이를 먹었어."

"아니야."

"고생하고 싸울 만큼 충분히 나이를 먹었어."

"너는 어린애야."

"나는 어린애가 아니야. 나는 남자야."

"그래 맞아. 화내지 마."

"왜 나를 놀리는 거지?"

"널 놀리는 게 아니야. 너는 남자야. 그게 바로 네가 떨고 있는 이유야."

"설명해봐."

"설명할 수 없어."

"왜?"

"부끄러워서. 그 단어 때문에. 저속한 단어거든."

"상관없어. 말해봐."

"부끄러워. 하지만 너도 알게 될 거야. 잠깐만 지금처럼 하고 있어. 내 옆에서. 나한테 바짝 다가와서. 네 몸이 왜 그렇게 떨렸는지 알게 될 거야."

"그러고 나면 떨림이 멈추게 되는 거니?"

"아니. 평온해지고 행복해질 거야. 굉장히 평온하고, 굉장히 행복해질 거야."

"나는 지금도 행복한데."

"하지만 떨고 있잖아. 그리고 가슴이 심하게 뛰고 있잖아. 그리고 목이 메었잖아. 네 목소리가 달라졌어. 야네크…… 너한테 그 말을 할 수 있을 것 같아. 네가 충분히 나이를 먹은 것 같으니까. 말할 수 있을 것 같아."

"빨리 말해봐."

"너는 씹하고 싶은 거야……"

"그런 말 하면 안 돼. 더러운 말이야. 남자들이 욕할 때 그런 식으로 말하잖아. 다시는 그런 말 하지 마."

"다른 말이 없어."

"있어. 분명히 있어. 물어볼 거야. 내일 도브란스키한테 물어볼 거야. 그는 틀림없이 알고 있을 거야."

"너 화났구나. 불행해하고 있구나. 이젠 날 사랑하지 않는구나."

"사랑해. 사랑해. 울지 마, 조시아. 그럴 필요 없어. 우리한테는 배울 시간이 있어. 잊어버릴 시간도 있어. 우리는 고운 말을 배우게 될 거고, 저속한 말을 잊게 될 거야."

"남자들한텐 그걸 가리키는 고운 말 같은 건 없어."

"내가 하나 만들어낼 거야. 우리가 함께 하나 만들어내자. 너하고 내가. 우리 둘만이 그 말을 알고 있게 될 거야. 우리 둘만이 그 말을 이해할 수 있게 될 거야. 아무한테도 그 단어를 말해주지 않을 거야. 그 단어를 우리만의 비밀로 간직하자. 울지 마, 조시아. 언젠가는 독일군이 한 명도 남아 있지 않은 날이 올 거야. 언젠가는 배고프지도 않고 춥지도 않은 날이 올 거야. 울지 마. 너무나도 널 사랑해."

"다시 말해줘."

"원한다면 몇 번이라도 해줄게. 나도 그 말을 하는 게 즐거우니까. 사랑해. 사랑해."

"그건 고운 말이네."

"그러니까 이제 울지 마."

"울음 그쳤어. 불이 꺼졌네."

"그냥 꺼지게 둬."

"야네크……"

"사랑해……"

"너는 참 상냥해. 다른 사람들 같지 않아."

"다른 사람들과 다르다고?"

"네가 나를 만지는 건 전혀 싫지 않아. 오히려 그 반대야. 나를 만져봐. 여기 내 가슴에 손을 얹어. 그렇게 하고 있어줘."

"밤새도록 이렇게 하고 있을게."

"야네크!"

"밤새도록 이렇게 하고 있을게……"

"야네크, 야네크……"

"더 가까이 와, 조시아."

"자."

"더 가까이. 최대한 가까이. 그렇게, 그래, 그렇게!"

"야네크!"

"울지 마, 울지 마……"

"오! 아니야, 우는 게 아니야. 오, 아니야. 오, 아니야."

"떨지 마."

"멈출 수가 없어, 멈출 수가……"

"조시아!"

"아! 아! 네가 알고 있다면, 얼마나……"

"조시아……"

"아! 가지 마. 아! 그렇게 있어, 움직이지 말고…… 그렇게 가만히 있어, 움직이지 말고. 네 가슴이 뛰게 놔둬. 네 가슴이 그렇게 행복해하고 있는 거야."

"네 가슴도 뛰는데."

"내 가슴도 행복해하고 있는 거야."

"네 가슴하고 내 가슴이 함께 뛰고 있어. 둘이서 얘기하고 있어."

"둘이 함께 행복해하고 있어."

"아니야, 둘이서 얘기를 하고 있는 게 아니야. 노래를 하고 있는 거야. 있잖아, 조시아……"

"응?"

"음악 같아."

"음악보다 더 아름다워."

"똑같이 아름다워."

"이렇게 아름다운 건 처음이야. 내가 얼마나 행복한지 네가 알았으면."

"너 아직도 떨고 있구나."

"이제는 절대 떨림이 멈추지 않을 것 같아. 넌 이제 너무 평온하구나. 너무 편안해하는구나."

"나 행복해."

"날 떠나지 마, 야네크. 그리고 날 용서해. 마을에서……"

"네 모든 걸 용서해. 언제나 네 모든 걸 용서할 거야."

"그게 뭔지 난 몰랐어. 내가 뭘 하는 건지 난 몰랐어. 야네크……"

"말해."

"난 더 이상 그들과 그걸 하고 싶지 않아."

"이젠 하지 않게 될 거야."

"이젠 너 말고는 어느 누구하고도 그걸 하고 싶지 않아. 너하고만 하고 싶어. 약속해줘!"

"약속할게."

"난 그 저속한 말과 고통밖에는 모르고 있었어. 이젠 날 그들에게 가도록 내버려두지 않을 거지?"

"내버려두지 않을게."

"체르프에게 말할 거야?"

"내일."

"그도 이해할 거야."

"그가 이해를 하든 말든 상관없어."

"그는 이해할 거야. 이미 오래전부터 그는 감히 내 눈도 못 쳐다봐. 여기서 너하고 살 수 있을까?"

"제발 나와 함께 살아줘, 조시아."

"그리고 있잖아, 나 병 안 걸렸어."

"상관없어."

"독일 의사들이 자주 진찰하거든. 체르프가 만들어낸 말이야. 여기 사람들이 나한테 손 못 대게 하려고."

"그가 생각을 잘했구나."

"더 일찍 너를 만났어야 했는데."

"나는 널 원망하지 않아. 그들 때문에 사람들이 얼마나 많이 죽고, 맞고, 굶주렸는데. 그건 정말 더할 것도 없고 덜할 것도 없이 다 나쁜 일이야. 다 마찬가지야. 다 독일군 때문에 생긴 일이잖아."

"그건 그들 잘못도 아니야. 그들이 인간인 이상 그건 그들 잘못이 아니야. 단지 그들의 손이 혼자서 움직였던 거야."

"그건 인간의 잘못이 아니야. 신의 잘못이야."

"그런 말 하지 마."

"신은 우리한테 너무 가혹해."

"그런 말 하면 안 돼."

"신이 독일군을 이용해 마을을 불태웠어."

"아마 신의 잘못은 아닐 거야. 아마 신이 자제하지 못하는 것일 거야."

"신이 우리에게 굶주림과 추위, 독일군과 전쟁을 주었어."

"아마 신도 매우 불행할 거야. 아마 그건 신과는 상관없는 일일 거야. 아마 신이 너무 허약하고, 늙고, 병들었나보지. 나도 모르겠다."

"아무도 몰라."

"어쩌면 신은 우리를 돕고 싶은데 누군가 신을 방해하는 건지도 모르지. 어쩌면 신이 애쓰고 있는지도 모르고. 어쩌면, 사람들이 조금만 도와준다면 장차 신이 성공을 거두게 될지도 몰라."

"그럴지도 모르지. 그런데 왜 한숨을 쉬니?"

"한숨을 쉬는 게 아니야. 행복해서 그러는 거야."

"머리를 여기다 기대."

"기댔어."

"눈 감아."

"감았어."

"자."

"잘게…… 이 종이에 싸여 있는 게 뭔지 한번 맞혀봐."

"책."

"아니야."

"먹을 것."

"아니야. 자, 봐."

"곰 인형이구나. 귀엽다."

"그래?"

"어릴 때 나한테도 곰 인형이 하나 있었어. 블라데크라는 이름을 붙였지."

"내 건 이름이 미하스야. 간직한 지 오래됐어. 어렸을 때 항상 이 인형과 함께 잤어. 내가 부모님의 흔적으로 간직하고 있는 건 이것뿐이야. 난 지금도 이 인형하고 같이 자. 그렇지, 미하스?"

반쯤은 잠든 그녀의 목소리가 어둠 속에서 부드럽게 말했다.

"이게 내 마스코트야."

16

그들은 대학생들의 은신처에 모여 있었다. 불 위에서 주전자가 명랑한 휘파람 소리를 내기 시작했다. 페흐가 그들에게 차를 끓여주겠다고 나선 터였다. 그는 모종의 비법에 따라 마치 마법사 같은 태도로 준비를 하고 있었다. 그의 주장에 따르면 그것은 숲에 살고 있던, 경험이 풍부하고 만사에 초탈한 한 노인한테서 전수받은 비법이었다. 게다가 페흐는 그 비법을 기꺼이 알려주고 있었다. "당근 하나를 준비해. 그걸 말려. 그런 다음 갈아. 그리고 삼사 분 동안 끓는 물에 담가 우려내……" "그럼 맛이 좋아?" 누군가 물었다. "아니." 페흐가 솔직하게 말했다. "하지만 뜨겁고 색깔이 기막히지!"

타데크 흐무라는 침낭을 둘둘 말아 베고 모포 위에 누워 불을 바라보고 있었다. 그의 여자친구는 곁에 앉아서 그의 손을 잡은 채 눈을 감고 있었다. 소총과 경기관총들이 흙벽에 기대어 서 있는 모습을 배경으로 야네크는 그녀의 아름다운 얼굴을 바라보았다.

그는 이제 그들을 잘 알고 있었다. 그 젊은 여자 반다와 타데크 흐무라는 대학에서 역사 강좌를 듣다가 서로 알게 되었다. 머리에 부상을 입은 젊은 빨치산 페흐는 법학도였다. 대학, 시험, 과거에 그들이 목표로 삼았던 교직, 이런 것들은 이제 다른 세상, 사라지고 삼켜지고 자취를 감추어버린 세상에 속한 것들이었다. 그러나 그들의 은신처에는 책이 가득했으며, 그들이 자신들의 법률이나 역사 강의록을 들여다보며 오랜 시간을 보내는 것을 보고 야네크는 놀랐다. 그들은 그렇게 공부를 계속하고 있었다. 야네크는 두꺼운 헌법전을 집어 들고서 '인권선언— 1789년 프랑스 혁명'이라고 적힌 페이지를 펼쳤고, 이어 비웃는 듯한 표정으로 법전을 다시 덮었다.

"그래, 나도 알아." 타데크 흐무라가 상냥하게 말했다. "그것을 진실한 것으로 받아들이기란 매우 어렵지, 안 그래? 유럽은 언제나 세상에서 가장 좋은 대학, 가장 아름다운 대학들을 갖고 있었지. 바로 그곳에서 우리의 가장 아름다운 이념들, 우리의 가장 훌륭한 업적들에 영감을 준 이념들, 즉 자유나 인간의 존엄성이나 형제애 같은 개념들이 태어났어. 유럽의 대학들은 문명의 요람이었어. 하지만 또 다른 종류의 유럽의 교육도 있단다. 바로 지금 이 순간 우리가 받고 있는 교육이지. 총살 집행반, 구속, 고문, 강간, 삶을 아름답게 만드는 모든 것을 파괴하는 것. 암흑의 시절이지."

"이 시기는 지나갈 거야." 도브란스키가 말했다.

그는 자기 책의 한 대목을 읽어주기로 약속했었다. 야네크는 무릎 위에 뜨거운 군용 식기를 얹어놓은 채 조바심을 내며 기다렸다. 그는 대학생들한테서 체르프와 함께 오라는 초대를 받았다. 체르프는 겸손하게 한쪽 구석에 자리를 잡고서, 무릎을 모아 턱을 괴고 흙벽에 등을 기댄 자세로 앉아 있었다. 그들이 하는 말을 잘 듣기 위해 그가 머리에 두르고 있던 숄을 벗은 덕분에 야네크는 처음으로 그의 맨머리를 볼 수 있었다. 그의 머리카락은 까맣고 매우 곱슬거리고 윤이 났다. 바로 그런 머리카락 때문에 그의 얼굴에서 야성적인 분위기가 풍겼다. 그는 아무 말도 하지 않고 차를 마셨고, 한쪽 눈을 심하게 깜빡거렸으며, 그 자리에 있게 되어 기뻐하는 것 같았다. 타데크 흐무라는 기침을 많이 했다. 심하지 않은 가벼운 기침이었다…… 그는 매번 손으로 입을 가렸고 몹시 미안해하는 것 같았다. 도브란스키는 걱정스러운 표정으로 자주 그를 쳐다보았다.

"시작하지!" 타데크가 청했다.

도브란스키가 점퍼를 뒤져 두꺼운 공책을 꺼냈다.

"지루하면 그만하라고 말해줘."

사람들은 뭐라 뭐라 반박했지만 페흐는 무례하게 말했다.

"나한테 맡겨!"

"고맙군. 내가 읽어줄 부분은 프랑스를 배경으로 한 이야기야. 제목은 '파리의 부르주아'."

"부르주아들은 어디서든 다 같아. 파리에서든 베를린에서든 바르샤바에서든." 페흐가 말했다.

그는 코를 막는 시늉을 하며 말했다.

"그들은 세상 어느 나라에서나 똑같은 냄새를 풍긴다고!"

"입 닥쳐, 페흐!" 타데크가 점잖게 부탁했다. "너는 공산주의자야. 좋아, 계속하라고, 두고 볼 테니! 하지만 지금 당장은 우리에게 평화를 줘."

"시작한다." 도브란스키가 말했다.

그가 읽기 시작했다.

건물 안으로 들어간 카를 씨는 수위인 레튀 부인을 위한다는 가상한 생각에서 조심스럽게 발을 턴다. '사소한 친절이 훌륭한 친구들을 만들어주는 법이지.' 그는 다정스러운 얼굴로 수위실 문을 두드리고는 "안녕하세요, 신사 숙녀 여러분"이라는 매끄러운 프랑스어를 던지며 안으로 들어간다.

"카를 씨!" 레튀 부인이 외친다. "드디어 오셨군요…… 이 신사 분들이 하는 말 좀 통역해주시겠어요?"

카를 씨는 침착하게 안경을 쓰고는, 레인코트를 입은 채 샐쭉한 분위기로 수위실 한가운데 서 있는 두 젊은이를 향해 몸을 돌렸다. "동료들이군!" 그가 즉시 알아보았다. 그리고 한눈에 두 방문자가 게슈타포 서열상 자기보다 아래라는 것을 알아보았다. "마인 헤렌?"*

발뒤꿈치 맞부딪는 소리. 공손하게 주고받는 짧은 후음喉音. '프랑스인의 신이시여, 제발 아무 일 없게 해주소서!' 레튀 부인

---

* "제군들?"

이 생각한다. '모든 것이 잘되게 해주소서!' 그녀의 심장이 가슴 속에서 이상하게 행동한다. 마치 이 년 전 그녀가 남편에게서 첫 번째 소식을 받았던 때 같다. '나는 포로가 되었소. 언제나 당신을 생각하오. 절망하지 말아요.' 다시 한번 뒤꿈치 맞부딪는 소리.

"아버 나튀를리히!"* 카를 씨가 웃음 짓는다.

그는 아버지 같은 태도로 레퇴 부인 쪽으로 몸을 돌린다.

"그냥 형식적인 거랍니다, 부인! 이 사람들은 적의 낙하산병이 이 집 안으로 숨어들었다고 생각합니다."

그는 게시판 위에 걸려 있는 열쇠를 집어 든다.

"아우스게쥴로센!** 나는 이 건물 안에서 일어나는 일은 모두 알고 있네. 아버, 나튀를리히. 의무를 다하게." 그가 냉혹하게 말한다.

그는 그들의 인사에 답하고 나온다. 카를 씨는 독일 당국으로부터 그 구區의 '질서'를 감시하는 임무를 받았다. 그것은 신임할 수 있는 사람에게만 맡겨지는 자리다. 그의 방식은 간단하다. 부드러움, 요령, 기지. 모든 것을 알되 아무것도 질문하지 않는다. 친구 같은 태도를 취한다. 계획적으로 그 자신에 대한 작은 전설들이 퍼지게 만든다. 전단 배포죄를 범한 한 젊은 대학생을 그의 집에 숨겨주었다는 둥, 여자에게 심하게 치근대는 독일 장교에게 엄하게 벌을 주었다는 둥. 파리의 부르주아들은 순진하다. 그들은 지하 투쟁에 대해서는 아무 생각이 없다. 그들의 신뢰를 얻는 것은 식은 죽 먹기다.

---

* "물론이지!"
** "어림없는 소리!"

"카를 씨."

레튀 부인이 심장이 약함에도 불구하고 계단을 황급히 뛰어 올라온다.

"깜빡 잊었네요…… 댁의 목욕탕에서 물이 새서 제가 배관공을 불렀어요…… 지금 배관공이 일을 하고 있어요."

"대단히 고맙습니다!" 모자를 들어 올리면서 카를 씨가 말한다.

그러나 레튀 부인은 이미 수위실 쪽으로 뛰어가고 있다.

"모든 게 잘됐으면……"

그녀는 어떤 가냘픈 몸과 부딪혔고, 상대가 머뭇거리며 사과한다.

"작별 인사 하러 왔습니다." 레비 씨가 중얼거린다.

'이 사람이 나한테 무슨 볼일이 있더라?' 레튀 부인이 열심히 생각한다. '아! 그래, 그가 떠나지. 어제 저녁 카를 씨가 스물네 시간 안에 건물에서 떠나라는 명령을 내렸지. 그에게 따뜻한 말이라도 한마디 건네야 하는데…… 가엾은 사람! 하지만 지금은 아니야, 지금은 아니야!' 그녀는 수위실 문을 밀고 들어가 입술에 미소를 띤 채, 샐쭉한 두 젊은이에게 다가갔다. 계단에서 카를 씨는 그리예를 만난다. 그리예는 권투선수 같은 팔을 건들거리며 항상 카를 씨 주변을 맴도는, 유순하고 충직한 동물 같은 협력자다. 카를 씨는 이 묵묵한 헌신을 매우 자랑스러워한다. 그는 그리예에게 종종 팁과 담배를 준다. '사소한 친절이 훌륭한 친구들을 만들어주는 법이지!' 그리예는 그 건물에서 온갖 잡무를 보는 사람이다. 그는 레튀 부인을 돕고, 거주자들을 대신해 사소한 일들을 처리한다. 그는 충성스러운 개와 같은 유순한 눈으로 카를 씨를 쳐다본다. 카를 씨는 친근하게 그의 어깨를 한 번 툭 친다. 그리고 휘파람으로 〈호르스트 베셀의 노래〉*를 부르며 계단을 계속 올라간다. 이 집은 그 구에서 그가 특히 좋아하는 집이다. 적도, 말썽도 전혀 없다. 거주자들과의 관계는 즐겁고 진심에서 우러나오는 것이다. 상호 존중. 상호 이해. 예절. 완전한 솔직함. 상부상조. 친절. 한마디로, 협력! 다른 건물들에서는 위협과 체포, 그리고 때로 총살이 필요했다. 전단, 불법 간행물, 영국에서 온 비밀 요원들의 은닉 등 말썽이 많았다. 심지어 테러 행위도 있었다. 그러나 이 집은 아주 얌전하고 아주 순종적인 집이다. 착한 어린이 같은 집이다. 물론 두세 가지 예외는 있다. 오노레 씨의 경우다. 그는 일흔둘의 노인으로 카를 씨의 인사에 결코 답하는 법이 없고, 그에게 말을 건네는 법도 없고, 심지어 그의 존재를 알아채지도 못하는 것처럼 보인다. 또 치즈 상인 브뤼농 씨가 있다. 그는 카를 씨와 마주치게 되면 언제나 그의 배를 때리고는, 발작적으로 미친 듯이 웃어대면서 "스탈린그라드, 스탈린그라드, 맥 빠진 벌판…… 하하하!"라고 외친다. 카를 씨는 발소리를 듣고 얼굴을 든다. 오노레 씨가 계단을 내려온다. 그는 겨드랑이에 지팡이를 끼고서 꼿꼿하고 완고한 모습으로, 카를 씨에게는 눈길도 주지 않고 그 너머를 바라본다. "역시나!" 매번 카를 씨는 모욕당한 기분이다. 그는 미움받는 것은 참을 수 있지만 무시당하는 것은 참을 수 없다. 그는 이 이상한 프랑스인이 지나가는 동안에는 자신이 존재하지도 않는 것만 같은 느낌이 든다. 자

---

* 나치 독일의 국가.

신의 존재를 표시하기 위해 그는 재빨리 모자를 벗어 들고 인사 말을 건넨다. 물론 오노레 씨는 대답하지 않는다. 그의 시선은 여전히 카를 씨의 얼굴을 통과해 그 너머로 새어 나간다. 마치 그 얼굴이 다소 더러운 유리창이기라도 한 것처럼.

"저기 말입니다……" 카를 씨가 쾌활한 목소리로 갑자기 말한다. "마음을 터놓고 저와 얘기 좀 하시죠. 저는 친구로서 여기 온 것이지 정복자로서 온 것이 아닙니다."

오노레 씨가 걸음을 멈춘다. 그가 카를 씨에게 몸을 돌린다. 그를 바라본다. 그렇다, 그를 바라본다. 카를 씨는 그의 시선이 자신을 향하고 있을 뿐만 아니라 정확히 자신을 쳐다보고 있는 듯한 느낌을 받는다.

"러시아 만세요, 선생! 러시아 만세!" 오노레 씨가 외친다.

그는 잠시 카를 씨에게 시선을 고정시키고 있더니, 겨드랑이의 지팡이를 꽉 죄고 계속 계단을 내려간다. 아래층에서는 드 멜빌 부인이 레튀 부인과 샐쭉한 두 젊은이의 방문을 받는다. 드 멜빌 부인은 머리가 새하얀 노인이다. 그녀는 그들을 대기실로 맞아들이고는 곧장 말을 쏟아내기 시작한다.

"내 집에 누가 있냐고? 없어, 나 혼자야. 내 남편은 지난 전쟁 때 죽었어. 좋은 전쟁이지! 그리고 내 아들은 영국에 있어. 그러니 여기 없지. 영국에 있다고. 영국에. 댁들도 그 나라를 알지요? 베를린을 폭격하는 비행기들이 거기서 출발하지. 내 아들은 공군이야. 걔는 댁들을 상대로 싸우고 있지. 매일 밤 걔가 댁들의 도시에 폭탄을 떨어뜨려. 댁들은 프랑스어를 못 알아들어요? 그거 유감이구먼. 내 아들…… 비행기…… 폭탄…… 베를린……

알겠어요?"

드 멜빌 부인은 웃으며 천천히 이야기한다. 그녀는 흥분하지 않는다. 단지 시간을 벌려는 것이다. '그리예가 빨리 해치워야 할 텐데! 그가 시간에 맞게 바구니를 내가야 할 텐데!' 두 젊은이는 드 멜빌 부인을 뚫어지게 보고 있다.

"그 애가 떠나는 것을 내가 도왔지. 혼자 남게 되어도 난 상관없어. 나는 행복해. 내 아들이 댁들을 상대로 싸운다는 걸 알고 있으니 난 행복해. 걔가 댁들에게 불행을 가르쳐주지. 그리고 불행은 댁들에게 인간이 되라고 가르칠 거야……"

두 젊은이는 쉰 소리를 주고받더니 집 안을 뒤지기 시작한다. 누가 노크를 해서 레튀 부인이 문을 열러 간다. 레비 씨가 손에 모자를 들고 서 있다.

"드 멜빌 부인에게 작별 인사를 하러 왔습니다." 그가 머뭇머뭇 말한다.

드 멜빌 부인이 이 방 저 방으로 두 젊은이를 졸졸 따라다닌다. 그들을 붙잡아두어야 한다. 시간을 벌어야 한다. 그리예에게 바구니를 집 밖으로 내갈 시간을 만들어주어야 한다.

"뒤져봐. 살펴봐. 발을 굴러봐. 하고 싶으면 불 지르고 약탈하고 살인도 하라고. 난 아무 상관 없어. 그래봤자 영국인들이 네놈들 도시를, 길 하나하나를 폭파하는 걸 막지는 못할걸. 쾰른이건 함부르크건 베를린이건…… 알겠냐? 영국인들이 네놈들 눈이 번쩍 뜨이게 할 거다. 네놈들은 폐허가 된 너희 도시 위에서, 너희 아이들의 무덤 앞에서 우리를 이해하게 될 거다. 네놈들은 벌써 이해하기 시작했어. 네놈들이 '다시는!'이라고 말할 날이 멀지 않았어. 하지만 그때는 이미 너무 늦었을 거다."

"디 알테 시크제 이스트 페어뤼크트!"* 두 젊은이 중 좀 더 신경질
적인 쪽이 어깨를 으쓱하며 마침내 말했다.

도브란스키가 읽기를 중단하고 타데크에게 물었다.

"어떻게 생각해?"

"그럴 수도 있겠지. 그럴 수도 있을 거야. 나는 아무 결론도
내리지 않아. 파리의 부르주아들에게 전혀 감탄하지 않아. 그들
은 학교에서 라 퐁텐의 우화들을 배웠고, 몽테뉴에 대해 생각했
고, 노트르담 성당을 지었고, 자유를, 지금은 세계가 그들에게
돌려주려 애쓰고 있는 그 자유를 세계에 주었지. 그들은 프랑스
사람으로 남고 싶어 해. 그들에게 감탄하거나 그들에게 고맙다
고 말할 건더기는 없어."

"난 말이야……" 페흐가 입을 열었다.

"꺼져버려! 꺼져버려!"

"에피날 판화!" 꿈쩍도 않고 페흐가 거슬리는 소리를 했다.
"성수聖水! 거짓말!"

도브란스키가 다시 읽었다.

카를 씨가 자기 집 문 앞에 도착한다. 그리고 문에 열쇠를 꽂
는다…… 그때 앞집 문이 열리더니 슈발리에 부부가 층계참으
로 나선다.

---

* "이 늙은 여편네가 미쳤군!"

"카를 씨! 이렇게 기쁠 데가!"

슈발리에 씨가 카를 씨에게 달려들더니 감격적으로 그의 손을 잡는다. 마치 옛 친구를 드디어 만났다는 듯이. 카를 씨는 즐거운 마음으로 그가 하는 대로 가만히 놔둔다. 슈발리에 부부는 그의 가장 헌신적인 친구이며, 가장 온순한 양이다. 슈발리에 씨는 절대 '독일'이라고 말하지 않는다. '고결하고 관대한, 라인 강 저편의 우리 동맹국'이라고 말한다. 그는 절대 '퓌러'라고 말하지 않는다. '신新유럽의 천재적 지도자'라고 말한다. 독일 군대는 그의 입에서 항상 '치안군'으로 이야기된다. '협력'에 대해 이야기할 때면 그의 얼굴에는 깊은 감동의 표정이 나타나고, 그의 목소리는 가볍게 떨리며, 심지어 눈망울이 젖을 때도 있다. 슈발리에 부인은 아무 말도 하지 않는다. 그녀는 성화 앞에 서 있는 사람처럼 그저 두 손을 맞잡은 채, 묵묵하고 다소 우직한 숭배의 태도로 카를 씨를 바라본다. 모든 사람이 그렇듯이 카를 씨에게도 역시 의심이 찾아드는 순간들이 있으므로, 때때로 그는 이 모든 일이 진실이라 보기에는 너무 아름답다는 생각을 한다. 또한 때때로 자신이 어떤 가증스러운 희극의, 치밀하게 계획된 '조롱'의 희생자라는 인상을 받는다. 그러나 십 년간의 경찰 업무로 지쳐버린 자신의 신경과 의심 많은 성격 탓이겠거니 한다. 슈발리에 씨가 '프랑스와 독일의 결혼' 운운할 때 그의 목소리를 통해 전해지는 감동의 떨림에 귀를 기울이기만 하면 된다. 완전히 마음을 놓기 위해서는 그의 얼굴을 보기만 하면 된다. 콧수염을 약간 기른 슈발리에 씨의 이마에는 말을 잘 듣지 않는 머리카락 한 가닥이 내려와 있는데, 그는 이것을 매우 자랑스러워한다. 그의 얼굴은 "날 보면 생각나는 사람 없어?"라고 은근하고도 수줍게 말하는 듯하다.

"카를 씨, 당신과 악수할 수 있으니 우리는 늘 행복합니다." 슈발리에 씨가 말한다.

그가 말을 중단한다. 그리예가 아랫입술에 착 달라붙게 담배꽁초를 물고 두 팔을 건들거리며 막 층계참에 나타난 것이다. 멍한 시선으로, 그는 방금 난폭한 경기를 치른 권투선수 같은 얼굴을 앞으로 내민다.

"세탁물 가지러 왔습니다!" 그가 퉁명스러운 목소리로 말한다.

"세탁물? 세탁물? 아! 그럼. 물론 있지, 목욕탕에 있네." 슈발리에 씨가 말한다.

그는 카를 씨의 손을 잡고 거칠게 흔든다. 얼굴이 땀으로 번들거린다. '세탁물', 그것은 바로 슈발리에 부부가 그들 집 목욕탕에서 소형 인쇄기로 찍어내고 그리예와 그의 친구들이 밤마다 동네에 배포하는 《리베라시옹》지 최근 호다. 드 멜빌 부인이 몇 분만 더 경찰들을 붙잡아두어야 할 텐데…… 그리예가 무사히 통과해야 할 텐데…… 드 멜빌 부인의 집은 바로 아래층이다. 곧 두 청년이 올라올 것이다. 그러면…… 인쇄기는 잘 감추어져 있지만 그 커다란 바구니를 숨기는 것은 불가능하다. 홑이불을 들추기만 해도 금세 들통이 나고, 슈발리에 부부와 《리베라시옹》은 살아남을 수 없을 것이다.

"고맙습니다!" 카를 씨가 점잖을 빼며 말한다.

슈발리에 부인이 머리를 약간 앞으로 내밀고 입을 반쯤 벌리고 두 손을 맞잡은 채 황홀한 듯이 그를 바라본다. 그리예가 집

안에서 나온다. 그는 세탁할 홑이불로 덮인 바구니를 양팔로 안고 있다. 담배꽁초를 물고 얼빠진 표정으로 그는 천천히 계단을 내려가기 시작한다. 슈발리에 씨는 계속 카를 씨의 손을 잡고 흔든다. 자동인형처럼. '한 층…… 두 층…… 통과했다!'

"고맙습니다." 카를 씨가 말한다. "한데, 죄송하지만 보고할 일이 있어서."

슈발리에 씨가 입술에 손가락을 댄다.

"입 다물겠습니다!" 그가 목소리를 낮추어 말한다. "우리는 다 이해합니다!"

그는 머리를 흔들며 재차 말한다. "쉿, 입 다물겠습니다!" 그러고는 발끝으로 살살 걸어 자기 집으로 향하고, 그의 아내가 그 뒤를 따른다. 문을 닫음과 동시에, 그는 때맞게 소리 없이 기절하는 아내를 양팔로 받아 든다. 층계참에서 카를 씨가 눈을 감고서 체념하는 듯한 태도로 잠시 머뭇거린다. 브뤼뇽 씨가 쾌활한 얼굴로 카를 씨를 향해 전속력으로 다가온다. '오늘은 방법을 바꾸려나?' 카를 씨는 치통을 앓는 사람처럼 찌푸린 얼굴로 생각한다. 그러나 이미 그의 귀에 브뤼뇽 씨의 백치 같은 웃음소리가 들려온다. '배를 때리는 짓만이라도 안 했으면……' 그러나 그는 이미 한 방을 먹었다.

"스탈린그라드, 스탈린그라드…… 맥 빠진 벌판!" 브뤼뇽 씨가 외친다. "하하하!"

카를 씨는 화가 나 열쇠를 마구 돌린다. 좋은 기분은 싹 가셔버렸고, 신경질이 나고 마음이 불편하다.

"자, 자…… 약삭빠르게! 부드럽게!" 물소리가 들린다. "아! 그렇지…… 배관공!" 그는 목욕탕으로 간다. 아래위로 푸른색 옷을 입은 젊은 남자가 욕조 위로 몸을 구부리고 있다. 바닥에 그의 연장들이 널려 있다.

"얼마나 걸리나?"

"한 삼십 분 걸립니다."

초인종이 울린다. '이번에는 끝장이다!' 젊은이가 생각한다. 그는 두렵지 않다. 그러나 중요한 정보들이 런던으로 전달되지 못할 것이고, 레지스탕스는 소중한 연락 요원을 또 한 명 잃게 될 것이다. 카를 씨가 문을 여니 레튀 부인과 샐쭉한 모습의 두 젊은이가 딱 버티고 있다. 레튀 부인은 창백하고 수척해 보인다. 그러나 카를 씨는 레튀 부인에 대해서는 개의치 않는다.

"나한테 뭘 원하는 건가? 믿을 수 없군, 믿을 수가 없어! 내가 침대 밑에 영국의 앞잡이를 숨겨놓았다는 건가?" 그가 독일어로 외친다.

뒤꿈치 맞부딪는 소리. 사과의 말.

"여기가 당신 집이라고 제가 충분히 말했는데." 레튀 부인이 설명한다. "그런데 이 사람들이 프랑스어를 몰라서요."

그녀가 눈을 감는다. '프랑스인의 신이시여, 그가 우리 코앞에서 문을 쾅 닫게 해주소서!' 쾅 하는 소리가 들렸고, 그녀는 눈을 뜬다. 문이 닫혔다.

도브란스키가 차를 한 모금 마셨다. 페흐가 그 틈을 이용해 또 공격을 했다.

"저 친구는 대가 없이 일을 하는 거야, 아니면 저 짓거리를 통해 뭔가를 얻게 되는 거야?" 그가 캐물었다.

"대가는 없어!" 도브란스키가 우울하게 말했다.

그는 다시 공책을 집어 들었다.

저녁이다. 건물 안은 온통 고요하다. 푸른 옷을 입은 젊은이가 겨드랑이에 연장들을 끼고 떠났다. 샐쭉한 두 젊은이도 다른 방향으로 떠났다. 그리예는 자신의 지붕밑방에서 내일 하루의 일을 생각한다. 비밀 무전기의 자리를 바꿔놓아야 할 것이다. 또 이시Issy에 숨어 있는 영국 조종사에게 신분증명서를 마련해주어야 할 것이다. 또 다른 위험들과 맞닥뜨려야 하고, 또 다른 노력들을 기울여야 한다. 그는 담배에 불을 붙이고 웃음 짓는다. 스피노자와 베르그송, 준비해야 할 철학 강의, 읽고 고쳐주어야 할 과제물들, 그런 것들은 이제 그에게서 얼마나 멀리 있는가! 그의 학생들은 흩어졌다. 그중 일부는 영국에 있다…… 일부는 죽거나 체포되었다. 또 일부는 그처럼 숨어 있고, 그처럼, 그리고 그와 함께 일한다. '내일, 르노 회사에서 총살당한 두 노동자의 가족을 찾아가 봐야 한다!' 카를 씨는 안락한 집 안에서 실내화 안에 따뜻하게 발을 묻고 상관들에게 제출할 주간 보고서를 작성한다. '제 자랑은 아니지만, 제 구역에서는 가장 완벽한 평온이 지속되고 있다고 단언할 수 있습니다. 파리의 부르주아는 다루기 쉬운 사람들입니다. 약간의 요령, 기지, 통찰력…… 프랑스 식으로 구슬리는 것, 필요한 건 바로 그것입니다. 그들의 친구가 되어야 하고, 그들의 존경과 신뢰를 사야 합니다. 친절한 말, 소소한 도움이 우호와 온정의 분위기를 조성합니다. 파리는 거짓된

손짓에 결코 저항하지 않는 도시입니다.'

스스로에게 만족한 그는 만년필을 허공에 든 채 몽상에 잠긴다. 그의 보고서는 틀림없이 인정받고 더 높은 사람들에게까지 전달될 것이다. 그의 보고서는 더 높이, 더 높이, 다시 더 높이 올라갈 것이다. "지역 담당관 카를은 유능한 사람이야." 사람들은 곧 이렇게 속삭이기 시작할 것이다. 그러면 그에게 새로운 자리들이 맡겨질 것이다. 더 높이, 다시 더 높이! 만년필을 허공으로 쳐들고 실내화에 발을 묻은 채 카를 씨는 몽상에 잠긴다. 슈발리에 씨는 자기 방에서 다음 호《리베라시옹》에 실을 기사를 쓰고 있다. 목욕탕에서는 그의 아내가 소형 인쇄기 위로 몸을 숙이고 있다. 슈발리에 씨가 쓴다. '인내심을 가지라. 자기 패를 감추라. 밤중에만, 확고한 경우에만 타격을 가하라. 당신의 가족, 당신의 아이를 노출시키지 말라. 도박하지 말라. 분별을 잃지 말라. 주먹을 불끈 쥐지 말라. 팔의 긴장을 풀고 평온한 표정을 유지하라. 미소를 띠라. 의심하지 말라. 그들이 올 것이고, 그들이 준비하고 있다는 사실을 잊지 말라. 내일이라는 날이 반드시 오듯이 그들은 틀림없이 올 것이다. 그때 당신들은 가면을 벗어 던질 것이다. 당신들은 무기를 들 것이다. 당신들은 분노를 마음껏 폭발시킬 것이다. 그때 해방이 올 것이다!'

레튀 부인에게 새로운 시련이 닥친다. 조금 가라앉은 기분으로, 그녀는 레비 씨에게 예의를 갖춰 작별 인사를 하기 위해 그의 집으로 올라간다. 그녀는 초인종을 누른다. 레비 씨는 응답이 없다. '떠났구나!' 레튀 부인이 생각한다. 그녀는 마스터키로 문을 연다. 그녀는 안으로 들어간다. 그렇다, 레비 씨는 떠났다. 그의 가냘픈 육체가 방 한가운데 한 가닥 줄 끝에 매달려 있다. 그는 떠났다. 허가도 받지 않고 그는 경계를 넘어가 버렸다. 그는 자유 지대로 갔다. 그는 탁자 위에 증거물로 신분증을 놓아두었다. 자기가 누구인지, 자기가 왜 떠났는지를 분명히 해두기라도 하려는 것처럼. 아마도 그는 떠나기에 앞서 잠시 주저했으리라. 아마도 그는 저승의 문들이 자기 앞에서 닫혀 있지 않을까, 그 문 위에 '유대인 입장 금지'라는 벽보가 붙어 있지 않을까 조금은 두려워했으리라.

카를 씨가 실내화 속에 발을 묻고 입가에 만족스러운 미소를 띤 채 자신의 훌륭한 보고서를 계속 작성해나간다. '서로 좋아하게 만드는 것, 그것이 제 조촐한 성공의 비결이며, 이 나라에서 우리가 취해야 할 좌우명은 그런 것이어야 합니다…… 아기들과 놀아주기. 전철에서 부녀자들에게 자리 양보하기…… 사소한 친절이 훌륭한 친구들을 만들어줍니다. 매력, 친절…… 파리의 부르주아는 지하 투쟁의 습성을 갖고 있지 않습니다. 그들은 이제 우리를 사랑하는 것을 넘어 우리를 찬미하고 있습니다. 오십년 후면 아들은 아버지가 프랑스어를 썼다는 것을 잊게 될 것입니다!'

도브란스키가 공책을 덮어 점퍼 속에 넣었다.
"그래서?"
페흐는 더할 수 없이 냉담한 척했다. 통에 끓는 물을 부은 그는 이제 그 뜨거운 물 속에 기분 좋게 발을 담그고 있었다. 머리를 옆으로 기울이고, 눈은 반쯤 감은 상태였다. 그는 즐기고 있었다……

"몇 가지 의심스러운 게 있어." 체르프가 불쑥 말했다. "내가 생각하기에는…… "

그는 얼굴이 시뻘게지며 머뭇거렸다.

"솔직히 말해봐, 체르프."

"네가 잘못 생각하고 있는 것 같아. 넌 이상주의에 빠져 있어. 난 부르주아를 조금도 신뢰하지 않아. 파리의 부르주아든, 다른 곳의 부르주아든. 오노레 씨는 틀림없이 다시 비시 정부에 협력했을 거야. 그리고 너의 그 브뤼뇽 씨가 태연하게 독일 사람들에게 싼 값에 치즈를 팔지 않았을까 걱정이 되는걸. 또 레비 씨는……"

"어떤데?"

"그는 얼간이야. 이 시대의 유대인이라면 자살하지 않아. 그들은 싸우고 그러다가 죽어가지. 신성한 유대인 소시민이 아닌 이상……"

동의한다는 듯 낄낄대는 웃음소리가 들렸다. 페흐였다. 그는 성서에 나오는 식으로 발의 물기를 닦고는 참석자들에게 자기 발을 보여주었다. 그리고 터무니없이 큰 발가락을 도브란스키에게 들이대면서 말했다.

"봐. 난 그 의인의 죽음에 대해서는 전혀 책임이 없으니까!"

야네크가 밤늦게 은신처로 돌아오니 조시아가 자고 있었다. 그녀는 그가 돌아오는 소리를 듣지 못했다. 그 밤 그는 규칙적이고 평온한 그녀의 숨소리에 잠시 귀를 기울였다. 그러고는 옷을 벗고 그녀 옆으로 미끄러져 들어가, 그녀의 가슴에 머리를

없었다. 그녀는 깨어나지 않았다. 야네크는 평화롭게 뛰고 있
는 조시아의 심장에 귀를 기울였다…… 그는 그 심장의 평온
한 속삭임을 들으며 잠들었다. 잠에서 깼을 때 그가 그녀에게
말했다.

"도브란스키가 책을 하나 썼어."

"너한테 보여줬어?"

"응."

"무슨 내용인데?"

야네크가 머뭇거렸다. 그러다가 그녀를 꼭 껴안고 슬픈 목소
리로 말했다.

"우리는 혼자가 아니라는 것."

17

어느 날 아침 빌레이카 강 위의 두 다리가 그곳 보초병들의 코앞에서 폭파되었다. 같은 날 안토콜의 전기 변압기가 폭발해 부분적으로 파괴되었고, 또다시 소문이 숲을 가로질러 달려갔다. '빨치산 나데이다가 다시 일을 시작했다!'

독일군은 인질 십여 명을 총살했고, 자기 정보원들을 사정없이 구타했으며, '산사람'들과 끝장을 보기 위해서 내년 여름에 숲을 불태워버리겠다는 의지를 천명했다. 1942년 11월의 월간 보고서에서 가울라이터 코흐는, '빨치산 나데이다'라는 가명으로 숨어 다니는 인물을 찾아내는 데 쏟아부은 노력과, 온 국민에게 계속 용기와 희망을 불어넣어 주고 있는 그 사람의 쾌거에 종지부를 찍기 위해 들인 헛된 정력과 시간이 빨치산의 활동보다 독일군에게 더 많은 희생을 치르게 했으며, 동시에 빨치산의 활동은 더욱 거세져만 갔다고 분개했다.

이제 점령군을 바라보는 남녀노소 주민들의 시선에는 얼마간 조롱 섞인 즐거움이 언뜻언뜻 일렁였다. 정복당한 국가에서 결국 자기 이름을 가지고 진정한 무적의 신화를 창조해낸 사람, 그 사람을 끝장내는 것이 무엇보다 중요하다는 것이 베를린의 심리전 담당자들에게 명백해졌다.

그래서 칼텐브루너의 명령 아래 특별히 교활한 어떤 작전이 시도되었다. 독일 신문들은, 일반적으로 나데이다라고 알려져 있으나 본명은 말레브스키인 폴란드 '산사람' 부대 사령관이 부하들과 함께 체포되었다고 보도했다. 체포된 뒤에 찍힌 그의 사진—자부심 강해 보이고 미남이고 대단히 키가 크며 수갑을 차고 있는 남자—이 전 언론사에 배포되었고, 중립국들은 폴란드 레지스탕스가 괴멸되었다고 보도했다. 그러나 빨치산들은 그 사진을 보고 어깨를 으쓱하며 웃어댔다. 그것이 하나의 연출이며, 자신들에게 절망을 안겨주려는 한심한 시도임을 잘 알고 있었던 것이다. 독일인들이 그렇게 자랑스럽게 내보인 인물은 단순한 들러리일 뿐이었다. 그는 빨치산 나데이다일 수 없었다. 그들의 영웅은 영원히 붙잡히지도 않고 패배당하지도 않으며, 전 국민의 보호를 받고 있고, 세상 어떤 힘도, 어떤 물리적인 힘도 그가 계속 싸우고 승리하는 것을 막지 못할 것이기 때문이었다.

야네크 역시 빌레이카 숲에서 다른 모든 빨치산이나 폴란드인과 마찬가지로 끊임없이 그 '산사람'의 진짜 정체에 대해 곰곰이 생각했다. 그의 새로운 위업의 메아리가 숲속에 울려 퍼지면, 그리고 무전을 담당하는 두 대학생이 무전기를 들고 나타나 여전히 '나데이다는 내일 노래할 것이다'라는 말로 말미를 장식하며 메시지를 전송하노라면—야네크는 이제 그 모스 부호 소리까지도 분간할 수 있었다—그는 호기심에 사로잡혀 잠자는 것도 잊고 온갖 질문으로 체르프를 괴롭혔다.

"당신은 그가 누구인지 알고 있는 게 틀림없어요."

체르프가 심각한 표정으로 야네크를 바라보며 한쪽 눈을 깜빡거렸다. 거기서 얻어낼 수 있는 것은 전혀 없었다. 어디까지가 그들의 영웅이 실제로 이루어낸 위업인지, 또 어디까지가 민중의 상상력이 만들어낸 부분인지 구분하기가 점점 더 어려워졌다. 빨치산 나데이다가 스탈린그라드에서 싸우고 있다는 소문이 돌자, 야네크는 체르프에게서 정보 부스러기들을 얻어내기 위해 갖은 애를 썼다. 하지만 체르프는 그저 장난을 치는 것처럼 보였다. 그는 입을 꼭 다물고 오른쪽 눈을 더 빨리 깜빡였고, 심각한 표정을 지었다. 그래서 그의 얼굴은 한층 더 사람을 놀리는 것처럼 보였다. 그러던 어느 날, 마침내 그가 야네크에게 말했다.

"그래, 나는 그를 알고 있어."

순간 야네크는 너무 겁이 났다. 갑자기 마음이 바뀌어, 더 이상 알고 싶지 않았다. 그가 남몰래 믿고 있었던 것과 달리 빨치산 나데이다는 그의 아버지가 아닐지도 몰랐다. 그의 아버지가 아니라면 결국 아버지는 죽었다는 뜻이 되리라. 그러나 더는 주저할 수 없었다.

"그를 본 적이 있어요?"

"물론 본 적이 있지. 하지만 무엇보다 그의 목소리를 들은 적이 있어."

"그러니까 그가 누구예요?"

체르프가 심각한 표정으로 야네크를 뚫어지게 보았다.

"절대 입 밖에 내지 않겠다고 맹세하겠니?"

"맹세해요."

"좋아, 얘기해주지. 그는 꾀꼬리야. 우리의 늙은 폴란드 꾀꼬리. 사람들은 영원토록 숲에서 그 소리를 듣지. 그는 매우 아름다운 목소리를 가지고 있어. 그 목소리를 들으면 기분이 좋아. 그리고 그 꾀꼬리가 노래를 계속하는 한 우리한테는 어떤 일도 닥칠 수 없어. 폴란드 전체가 그의 목소리 속에 있어."

야네크는 화가 나 그를 쳐다보았다. 하지만 체르프의 얼굴은 매우 진지했고, 그의 한쪽 눈은 상상할 수 없을 만큼 너무나도 다정한 표정을 담고 깜빡이고 있었다. 결국 빨치산 나데이다의 진짜 정체는 일급 군사기밀에 속하는 것이었고, 그에게는 그 베일을 벗길 권리가 없었던 것이다.

어느 날 아침 도브란스키가 야네크를 찾아와 긴 이야기를 나누었다.

"무엇보다 나는 그가 이리로 와주었으면 좋겠어. 이 숲으로. 그를 만나라고 해. 그와 얘기해보라고 해."

"아무 소용 없을 거예요……"

"그렇겠지. 하지만 우리 모두 노력해야 해."

"좋아요. 제가 당장 갈게요."

야네크가 빌노에 도착했을 때는 정오였다. 흐무라 집안의 특급 호텔은 대극장 옆에 있었다. 극장 기둥마다 독일어로 쓰인 포스터들이 붙어 있었다. 거기서는 점령군들을 상대로 〈로엔그린〉을 공연하고 있었다. 야네크는 노송나무들이 가득한 정원을 가로질러 가, 발을 털고 초인종을 눌렀다. 늙은 하인이 문을 열어주었다. 그는 누더기를 걸친 낯선 방문객을 인정 없는 눈초리로 쳐다보았다.

"가라. 우리는 거지한테 아무것도 안 준다."

"흐무라 씨의 아들을 대신해 그분을 만나러 왔습니다."

그러자 노인의 얼굴이 환해졌다.

"들어와라, 들어와."

그는 문을 닫고 빗장을 걸더니 종종걸음으로 야네크에게 다가왔다.

"타데우슈 도련님은 어떻게 지내나?"

"몹시 아파요."

"오, 예수님, 성모님, 예수님, 성모님……"

그가 눈물을 훔쳤다. 그의 기다란 백발이 떨리기 시작했다.

"나는 그분이 태어나는 걸 봤고 자라는 걸 봤지. 내가 둘 다 키웠어. 아버지와 아들을…… 오, 예수님."

그가 굽은 등을 조금 폈다.

"내가 그분을 보러 가면 안 될까?"

"생각해보죠."

"그분께 여쭤봐. 늙은 발렌티가 만나러 가고 싶어 한다고 말해."

"말할게요."

"고맙다, 고마워. 너 착한 애구나. 난 금방 알아봤다. 문을 열자마자 '마음씨 고운 작은 천사가 찾아왔네' 하고 생각했지. 그럼, 그렇고말고. 부엌으로 가서 뭘 좀 먹겠니?"

"아니요. 흐무라 씨와 얘기하고 싶어요."

"그래, 그래. 화내지 말아라. 간다, 가……"

그가 구부정한 자세로 발을 끌며 안으로 들어갔다. 야네크는 주위를 둘러보았다. 호화로운 저택이었다. 조각으로 장식된 가구들은 금도금된 것들이었고, 액자와 출입문과 창문 손잡이 역시 그러했다. 천장에는 화려한 샹들리에가 매달려 있었다. 두툼하고 푹신푹신한 양탄자에는 멋진 그림들이 그려져 있었다. 야네크는 차가운 땅 속의 구덩이와 넝마더미 속에서 추위에 떨고 있을 그 대학생을 생각했다. 소란스럽게 문이 열리고 흐무라 씨가 응접실로 들어왔다. 뚱뚱한 체격에 붉고 성마른 얼굴을 한 사람이었다.

"내 아들이 널 보냈다고? 놀랄 일이군. 얘기해봐라!"

"소리 좀 낮추시죠. 저는 당신 도움이 필요한 사람이 아니에요……" 야네크가 말했다.

"내가 네 도움을 필요로 한다 이거지? 좋다, 얘기해라! 너희 패거리는 돈을 원하는 거냐? 몸값을 요구하는 거냐?"

"주인님, 주인님, 말씀 좀 조심하세요!" 발렌티가 애원했다.

흐무라가 입술을 깨물었다.

"그래, 그 아이는 어떻게 지내냐?" 조금 쉰 목소리로 그가 물었다. "여전히 그렇게 고집불통이냐?"

"결핵은 고집불통 병이죠." 야네크가 말했다.

"하느님 맙소사! 이게 무슨 말이야?" 발렌티가 탄식했다. "어떻게 그런 일이!"

"녀석이 자초한 일이야. 그 녀석은 결국 그렇게 되려고 별짓을 다 했지. 왕자처럼 간호받고 회복될 수도 있었어. 하지만 그걸 원하지 않았어. 왜, 무엇 때문에?" 흐무라가 말했다.

"예수님, 성모님, 우리에게 무슨 일이 닥치려는 걸까요?" 발렌티가 중얼거렸다.

"그 애를 만나고 싶다." 흐무라가 말했다.

"저는 당신을 모시러 온 겁니다."

흐무라가 발렌티를 돌아보았다.

"외투 가져와."

"너무 성급한 말씀이에요. 외투를 가져오라니." 노인이 입속말로 투덜거렸다. "도련님은 춥겠죠? 배가 고프겠죠?"

"그만해." 흐무라가 말했다. "그 녀석이 원한 일이야. 우리는 손쓸 도리가 없어. 자네도, 나도."

"경우에 따라 다르지요!" 노인이 우는소리를 했다. "프로이센 편을 드는 게 주인님 선친은 아니잖아요. 하느님, 그분의 영혼을 거두어주소서!"

"외투 가져와."

노인이 투덜거리며 갔다. 그가 팔에 외투를 걸치고 돌아왔을 때는 그 역시 외출복을 입고 있었다.

"저도 같이 갈 겁니다." 그가 투덜투덜 말했다. "저는 두 분을 다 잘 알아요. 제가 필요할 겁니다."

그들이 숲에 도착했을 때는 밤중이었다. 야네크가 옛 물방앗간 연못까지 그들을 데리고 갔다.

"여기서 기다리세요."

그들 곁을 떠나 대학생들의 은신처로 오니 타데크와 도브란스키가 체스를 두고 있었고, 장작불은 꺼져가고 있었다. 페흐는 더러운 넝마더미 아래 묻혀 있어 모습은 보이지 않았지만 어디선가 코를 골고 있었다.

"아버지가 저기 와 계세요. 만나고 싶어 하세요. 연못 근처에 계세요." 야네크가 말했다.

"그럼 그 양반을 연못 안으로 밀어버리기만 하면 되겠네." 타데크가 말했다. "내가 루크 수를 두면 나이트를 잃게 돼. 하지만 루크 수를 두지 않는다면…… 자, 물론 나는 루크 수를 두겠어."

"너의 나이트는 머지않아 응분의 대가를 받게 될 거야. 게다가 나는 그 나이트에는 관심이 없어. 킹과 퀸을 공격!"

"제기랄." 타데크가 처량하게 욕을 했다. "게임 운이 없네."

그가 열기 어린 눈으로 야네크를 돌아보았다.

"너는 경솔했어. 다음에는 우리 아버지가 독일군을 데리고 올걸…… 아담, 다른 숲으로 옮겨 가야 할 것 같군!"

"가서 만나봐." 도브란스키가 장기판을 치우며 말했다. "어쨌든 네 어머니의 남편이잖아…… 페흐! 페흐?"

"뭐야? 꺼져!"

"자, 가자. 페흐, 불에 신경 좀 써."

달이 빛나고 있었다. 푸르고 밝은 밤이었다.

연못 근처에 있는 두 사람의 윤곽이 멀리서 보였다. 흐무라는 아들 곁으로 가까이 와 그를 바라보았다. 그러더니 거칠게 외투를 벗었다.

"이걸 걸쳐라."

"다른 것들과 함께 그것도 간직하시죠. 저는 아버지 것이라면 어떤 것도 원하지 않아요. 아버지 손은 더러워요."

"타데크 도련님." 발렌티가 중재를 시도했다. "그런 식으로……"

"얘기 좀 들어봐라." 흐무라가 말을 자르고 끼어들었다. "나는 내 입장을 옹호하려고 여기에 온 게 아니다. 그래도 이 얘기는 해야겠다. 폴란드 농부들은 내 편이지 네 편이 아니다. 너희가 그들을 위해 뭘 했니? 아무것도 한 게 없어. 너희의 영웅적인 행동 덕분에 그들은 총살당하고 농작물을 몰수당했고, 마을까지 파괴되었다. 그들이 밀이나 감자를 지킬 수 있었던 것은 너희 덕분이 아니야. 내 덕분이지. 내가 다리를 폭파시키지 않기 때문이지. 나는 오직 우리 농부들이 굶어 죽지 않도록 신경을 쓸 뿐이거든. 나는 그들과 독일군 사이에 끼어서, 그들이 굶주리지 않게 해주거나 또는 비참한 노예처럼 서쪽으로 쫓겨나지 않게 해주지. 폴란드라는 국가가 사라질 거라고? 그래서? 시민들이 살아남은 것처럼 보이지만 실은 시체들로 가득 찬 폴란드라는 나라보다는 그게 더 나아. 희망 없는 싸움, 그거 아름답지. 하지만 한 종족의 운명은 생존하는 데 있는 것이지 아름답게 죽는 데 있는 것이 아니다……"

그가 발을 굴렀다.

"만약 누가 나한테 열 명의 폴란드 어린애를 보여주고 그들을 구하기 위해서 독일군 열 명의 장화를 핥으라고 한다면 난,

'소생, 분부대로 합지요!'라고 말할 거다."

"내가 결핵과 친하게 지내고 싶어 하는 것이나 마찬가지군요." 타데크가 말했다. "아버지는 마치 이렇게 말씀하시는 것 같아요. '결핵과 싸우지 마라, 타데크! 영리하게 굴어! 결핵과 친하게 지내! 그것의 애정을 얻으려 해봐! 그대여, 당신은 나의 폐를 원하십니까? 좋고말고요, 가지세요. 나의 폐는 당신 것입니다! 들어와 자리를 잡고 내 집처럼 편히 지내세요.' 그리고 나면 아마 저는 편안히 잠잘 수 있겠지요. 결핵은 제 목숨을 살려주려고 배려할 테니까요."

"어떻게 그런 말씀을……" 발렌티가 질겁하며 말했다.

흐무라가 도브란스키에게 말했다.

"너희는 내 아들의 인생을 망쳤어. 숲속에 숨어 살면서 그저 모든 일이 지나가기를 기다리고 있지. 너희는 독일의 통제가 어떤지조차 몰라. 로빈 후드 놀이 하는 거야 쉽지. 하지만 내 아들은 결핵 환자야. 쟤는 바보같이 너무나도 쉽게 결핵에 목숨을 내놓을 거야. 저 애한테 필요한 것은 산과 태양이야. 너희는 독일군이 인질들을 잡아두고 있다고 비난하지만, 너희가 내 아들을 인질로 잡아둔 게 아니고 뭐냐? 독일군을 돕는 걸 포기하시오, 그러면 당신 아들을 돌려받을 것이오, 하는 암시겠지. 나는 내 아들을 살리고 싶다. 저 애를 살리고 싶어. 아니, 어쩌면 이미 너무 늦었는지도 몰라……"

"주인님!" 발렌티가 질겁하여 외쳤다. "어찌 그런 말씀을…… 퉤퉤퉤!" 그가 침을 뱉었다. "마귀가 씌었어!"

흐무라는 잠시 아들을 바라보았다.

"가자." 그가 말했다.

"독일군에게 밀을 공급하고 얼마나 받았나요?"

"도련님!" 발렌티가 신음했다.

"내가 독일군에게 밀을 팔지 않았다면 그들은 그냥 빼앗아 갔을 거고, 그러면 우리 농부들은 한 푼도 만져보지 못했을 거다……"

"차라리 모두 태워버리지 그러셨어요!"

"그러면 우리 농부들은 총살당하고 마을은 불타버렸겠지. 농작물이 다쳐선 안 된다, 이놈아!"

그가 목소리를 조금 낮추었다.

"나는 내 땅에서 마을들이 파괴되고 곤궁해지는 일이 더 이상 없기를 바란다. 네가 원하는 대로 해라."

그는 가혹하게 말했다.

"그 아버지에 그 아들…… 사과는 사과나무 가까이에 떨어지는 법이지.* 네가 네 생각을 위해 목숨을 바칠 용기가 있다면 나는 내 생각을 위해 아들을 잃는 것을 감수할 수 있다."

"주인님!" 발렌티가 외쳤다. "진심을 말하세요, 진심을."

"너 좋을 대로 해라, 타데크. 지금 유럽 각국에서는, 아들들은 총살당할 것도 아랑곳하지 않고 화장실 벽에다 '자유 만세!'라고 마음껏 써갈기고 있는 반면, 많은 기성 세대가 나와 같은 생각을 갖고 있다는 걸 명심해라. 그 모든 나라에서 나이 든 사람들이 자기 종족을 지키고 있다. 그들이 더 현명해. 중요한 건 살

* 자식은 부모를 닮는다는 뜻의 서양 속담.

과 피, 땀과 어머니의 품이지 깃발, 국경, 정부가 아니야. 명심해
라. 시체는 폴란드 찬가를 부를 수 없다!"

그러고는 그가 외쳤다.

"나는 이제 가야겠다. 나와 함께 가겠니? 내일 너를 스위스로
보내주마."

"야네크, 길을 안내해드려라!"

흐무라가 그에게서 돌아서 빠르게 걷기 시작했다. 그는 한 번
도 뒤를 돌아보지 않았다.

발렌티 노인이 그 뒤를 쫓아 종종걸음으로 달려갔다. 그는 끊
임없이 발을 멈춰, 너무나도 낙담한 모습으로 타데크를 돌아보
았다.

"주인님, 도련님을 저렇게 내버려두시면 안 돼요. 도련님은
환자예요. 그래서 눈에 보이는 게 없는 거라고요!"

흐무라가 멈춰 섰다.

"그만해!" 그가 명령했다. "손쓸 도리가 없어. 내가 개라고 생
각하는 거야? 나한테는 아무 감정도 없는 줄 알아? 내가 할 말
은 이것뿐이야. '손쓸 도리가 없다.' 그놈이 원하는 건 그놈 스스
로가 알고 있어. 걘 고집불통이야. 그놈은 내 살과 피를 갖고 있
어. 끝장을 보고 말 거야. 요는, 살아 있는 한 무더기 사생아들보
다는 자기 살과 자기 피를 받은 죽은 아들 하나를 갖는 게 더 낫
다는 거야."

그러자 늙은 하인의 인내가 단번에 극에 달한 듯했다.

"살인자!" 그가 날카로운 목소리로 갑자기 소리치기 시작했
다. "너는 부끄러운 줄도 모르냐? 네 아버지가 살아 계셨더라면

네 얼굴에 침을 뱉었을 거다. 네 어머니가 술 취한 마부의 애를 가졌던 게로구나!"

"원한다면 그 녀석 곁에 남아도 돼." 흐무라가 이를 악물고 내뱉었다.

"빌어먹을! 네 몸 속에 그 피가 흐르고 있구나! 내가 쉰 살만 젊었더라면 함께 남았을 거라는 거 몰라? 이미 오래전부터 네 발에 침을 뱉고 싶은 걸 참았건만…… 내게 감히 그렇게 말하다니! 너무 오랫동안 너를 때리지 않았구나, 고얀 놈."

어둠 속으로 멀어져가며 고래고래 욕을 해대는 노인의 목소리가 한참 동안이나 그들 귀에 들려왔다.

18

첫눈과 함께 혹한이 찾아왔다. 야네크와 조시아는 은신처 밖
으로 거의 나가지 않았다. 이제 그들의 생활은 축소되어 사소한
것들을 중심으로 이루어졌다. 장작, 불, 더운물, 감자 몇 알, 잠.
야네크는 체르프에게 선언했다.

"조시아는 이제 빌노에 가지 않을 거예요."

체르프는 장화를 수선하는 중이었다. 그는 고개도 들지 않고
말했다.

"알았다."

"그 애는 나와 함께 지낼 거예요."

"좋아."

그게 다였다. 그는 놀라지도 난처해하지도 않는 듯했다. 도브
란스키는 야네크에게 책을 몇 권 빌려주었다. 고골과 셀마 라겔

뢰프의 책이었다. 때때로 야네크는 소리 높여 조시아에게 책을 읽어주었다. 그러고는 물었다.

"어때, 마음에 들어?"

"네 목소리가 마음에 들어."

그들은 일찍 잠자리에 들었다. 며칠분 장작이 준비돼 있을 때면 불을 꺼뜨리지 않기 위해 이따금 자리에서 일어날 뿐이었다. 그들에게는 낮과 밤의 구별이 없었고, 더 이상 시간이 존재하지 않았다. 때로는 잠에서 깨어 밖으로 코를 내밀었다가 아직 깜깜한 밤중이라는 것을 깨닫기도 했다.

"몇 시쯤 됐을까?"

"모르겠는데. 이리 와. 다시 자러 가자."

아직 커다란 감자 자루가 네 개 더 남아 있었다. 겨울을 보내기에 충분한 양이었다. 그들이 유일하게 마음을 쓰는 것은 불이었다. 그들은 넝마로 손을 두르고 밖으로 나가서 죽은 나무를 주워 은신처로 가지고 오는 일을 반복했다. 새하얀 눈 위에서 개미 두 마리가 보잘것없는 잔가지들을 끌고 왔다 갔다 하고 있었다. 그들은 은신처로 돌아와 불을 피우고 몸을 녹였다. 그들은 거의 말을 하지 않고 모포를 겹겹이 덮은 채 꼭 붙어 앉아 있었다. 말보다는 몸이 그들이 나눌 얘기들을 더 잘 표현해주었다. 조시아는 간간이 야네크에게 질문을 던졌다.

"언젠가는 이 모든 일이 끝나게 될까?"

"모르겠어. 모든 게 그 전투에 달려 있다고 아버지가 말씀하셨어."

"무슨 전투?"

"스탈린그라드 전투."

"다들 그 전투 이야기를 해. 빌노의 독일군들까지도."

"그래, 모두가."

"그 전투는 아직도 계속되고 있는 거야?"

"밤이나 낮이나."

"우리 편이 이기면 그들은 뭘 하게 되는 거야?"

"그들은 새로운 세계를 만들 거야."

"우리는 그들을 도울 수 없을 거야. 우리는 너무 작으니까. 유감이네."

"중요한 건 키가 아니라 용기야."

"새로운 나라란 어떤 모습일까?"

"증오가 없는 나라겠지."

"그럼 많은 사람들을 죽여야 할 거야……"

"그래, 많은 사람들을 죽여야 할 거야."

"그리고 증오는 여전히 남아 있을 거야…… 전보다 더 많이……"

"그러면 죽이지 않고 그들을 치료해줄 거야. 그들에게 먹을 것을 줄 거야. 집을 지어주고, 음악을 들려주고, 책을 줄 거야. 그들에게 선의를 가르쳐줄 거야. 그들은 증오라는 걸 배운 경험이 있으니 선의라는 것도 잘 배울 수 있어."

"증오는 잊히지 않아. 사랑과 마찬가지야."

"나는 증오를 알고 있어. 독일이 나한테 증오를 가르쳐줬어. 부모님을 잃으면서, 추위와 배고픔을 겪으면서, 땅 밑에서 살면서, 그리고 만약 길에서 독일군이 나와 마주치더라도 나에게 먹을 것을 나눠 주거나 나를 불 옆에 앉히지 않으리라는 것을, 그들이 나를 보며 오직 피부 속에 총알을 쑤셔 박는 것밖에 생각하지 않으리라는 것을 알게 되면서 나는 증오를 배웠어. 독일군에게는 오직 총알뿐이니까. 가슴을 겨냥하는 총알, 희망을 겨냥하는 총알, 아름다움을 겨냥하는 총알, 사랑을 겨냥하는 총알…… 나는 그들을 증오해!"

"그럴 필요 없어. 우리가 아이들을 갖게 되면 그들에게 증오가 아니라 사랑을 가르치게 될 거야."

"증오도 가르치게 될 거야. 그들에게 비열함, 욕망, 폭력, 파시즘을 증오하는 것을 가르치게 될 거야."

"파시즘이 뭐야?"

"정확히는 모르겠지만, 어쨌든 증오할 만한 거야."

"우리 애들은 절대 배고프지 않을 거야. 절대 춥지 않을 거야."

"배고프지도 않고, 춥지도 않을 거야."

"그럴 거라고 약속해줘."

"약속할게. 난 최선을 다할 거야."

밤마다 그들은 끊임없이 울부짖는 늑대 소리에 잠에서 깨어나곤 했다. 굶주린 늑대들이 숲속을 배회하고 있었다. 아침마다 야네크는 은신처 주변 어디에서나 늑대의 흔적을 볼 수 있었다. 숲은 점점 벌거벗은 하얀 모습이 되어갔다. 까마귀들이 눈 속에서 떠돌며 오래도록 까악까악 울었다. 눈이 숲을 점유했고, 하얀 땅 위에서 사람들은 점점 더 검은 개미를 닮아갔다. 추위에 녹초가 되고 비틀거리면서도 끈덕지게 보잘것없는 나뭇가지들을 자기네 구멍으로 끌고 가는 개미를. 이제 그들의 생활은 단

한 가지 목표만을 지향하고 있었다. 불을 피우는 것. 도시에서
는 정복자들이 어서 여름이 되어 새로운 정복을 향해 출발하기
를 기다리고 있었다. 숲에서는 겨울의 태양보다도 약한 인간의
희망이 죽기를 거부하고 있었다. 사람들은 더 이상 도시에서 전
해져 오는 소문에 관심을 갖지 않았고, 더 이상 서로 이야기를
나누지 않았다. 그들의 얼굴은 추위의 공격을 받아 늙은 나무껍
질보다 더 쭈글쭈글하게 잔뜩 찌푸려져 있었다. 그저 이따금씩
마을에 내려갔다 돌아온 즈보로브스키 형제들이 자갈처럼 굳
어진 손을 불에 쬐며 짤막하게 말하곤 했다.

"그들은 여전히 버티고 있습니다."

19

인간과 동물의 심장이 조금씩 조금씩 얼어붙고, 삶이 어떤 비밀스러운 신호만으로도 멈춰버릴 수 있는 이 추위의 시절에 타데크는 죽었다. 그는 밤에 불 옆에서 자다가 숨을 거두었다. 곁에서 그를 품에 안고 있던 젊은 여자조차 그가 떠나는 것을 알아채지 못했다. 그 전날 그의 몸 상태는 더할 나위 없이 좋았다. 기침도 멈추고 열도 떨어져 있었다. 그는 도브란스키에게 책 한 대목을 읽어달라고 했다.

"그럴 만한 가치도 없는 거야. 그보다는 좀 자려고 해봐." 도브란스키가 말했다.

"오늘 저녁엔 아주 몸이 가뿐해. 누가 알아? 머지않아 내가 밖으로 뛰쳐나갈 수 있게 될지."

"아마 그렇게 될 거야."

"봄에 우린 독일 수송차를 습격할 거야. 그렇지?"

"그래. 봄에."

"전력을 다해 스탈린그라드 사람들을 도와야 할 거야."

"전력을 다해야지. 움직이지 마, 타데크."

"난 괜찮아. 아담, 뭐 좀 읽어줘."

"뭐가 좋겠어?"

"동화."

"좋아. 말을 너무 많이 하지 마. 기침할지도 몰라."

"내가 영웅으로 등장하는 동화. 내가 끝내 전쟁터에서 죽게 되는 동화. 결핵 때문에 죽는 게 아니고."

"좋아. 가만히 있어. 자, 머리를 이렇게 하고…… 이야기를 하나 들려주지."

"시작해……"

"좋아…… 자……"

　폴란드의 전투기 비행사 타데크 흐무라는 죽어가고 있다. 그는 영국의 어떤 작고 울창한 숲에서 수풀 속에 누워 있다. 그로부터 몇 발짝 떨어진 곳에 그의 부서진 비행기가 있다. 날개가 부러지고, 프로펠러는 마치 검처럼 맹렬하게 흙 속에 처박혔다. 그의 부서진 척추에서는 아무런 고통도 느껴지지 않았고, 그의 몸은 낯선 것이 되었다. '대단한 몸이었지!' 순한 개를 대하는 주인의 심정으로 그가 서글프게 생각한다. 그의 시야가 흐려지기 시작한다.

"소위 비장한 순간이구나." 타데크가 중얼거린다.

그런데 갑자기 그 앞의 덤불숲이 움직이더니 뽕나무 위로 페흐의 멍청한 얼굴이 나타난다. 페흐는 한심하다는 듯 타데크를 쳐다보더니 비웃는 듯한 이상한 소리를 질러대며 덤불숲에서 나온다. 손에는 위스키 병이 들려 있다……

"진짜로 그럴 수 있다면!" 페흐가 중얼거렸다.
"조용히 해……"

이 출현에는 어딘가 놀라운 데가 있다. 타데크는 확실히 그렇게 느끼고 있지만, 현재 그의 상태로는 정신을 집중해 그게 뭔지를 정확히 밝혀내는 일이 불가능하다. 어쨌든 비행장은 그곳에서 몇 킬로미터밖에 떨어져 있지 않고, 그들은 그의 비행기가 숲속으로 떨어지며 산산조각 나는 것을 틀림없이 보았으리라. 페흐는 타데크에게로 몸을 숙이더니, 그의 입술에 술병을 대준다. 타데크는 술을 마시고, 전처럼 그것이 기분 좋은 효과를 내고 있음을 확인한다. 그때 그는 비행중대 동료인 아담 도브란스키가 덤불숲에서 나오는 것을 본다. 도브란스키는 특히 불쾌하게 행동한다. 그는 낙하산 어깨띠에 묶여 있는 그 몸을 너무나 한심하다는 듯이 바라본다.

"소시지 같군!" 그가 수풀 속으로 들어와 앉으며 확인해준다.
"위스키 좀 줘. 그들이 널 해치운 거야?"

타데크는 그에게 뭔가 불만스러운 얘기를 투덜거리고, 역시 술병을 찾는다. 그는 친구들이 자기를 잘 돌보지 않는다고 생각한다. 그는 죽어가고 있다.

"쉿!" 페흐가 신호를 보냈다. "타데크 잔다."
타데크가 눈을 떴다.
"나 잠들지 않았어. 계속해."

　그는 죽어가고 있다. 그의 몸은 거기 비장하게 버려져 있다. 그리고 그의 가장 친한 친구들은 그 모든 일을 기막힌 장난거리쯤으로 여기는 듯하다. 그는 그들이 흐느껴 울며 머리카락을 쥐어뜯어 주기를 바라는 것은 아니다. 그러나 어쨌든 그것은 그저 실컷 취하고 마시는 기회에 불과한 것은 아니다.
　"어쨌든 너희가 좀 흐트러진 모습을 보이더라도 난 괜찮아." 그가 위엄 있게 권한다. "페흐, 체면 차리지 마. 서서 마시는 게 피곤하다면 내 몸 위에 걸터앉아도 돼." 그가 비극적으로 덧붙인다.
　너무나 놀랍게도 페흐는 술병을 든 채 즉시 그의 배 위에 자리를 잡는다. 그러나 타데크는 전혀 무게를 느끼지 않는다. 오히려 낙하산 어깨띠에 매여 있는 그 몸이 자기 것이 아닌 듯한, 자기가 외부에서 그 모든 것을 보고 있는 듯한 느낌이다.
　"이런! 생각했던 것보다 일이 훨씬 더 나쁘게 돌아가는걸." 그가 낙담하여 말한다. "내 사기를 북돋우려 하지 마!" 그가 허세를 부린다. "내가 어떤 지경인지는 내가 알아!"
　"귀여운 친구, 우리가 아주 조금이라도 환상을 품고 있다고 생각한다면, 치어스!*" 페흐가 말한다.

그가 마신다.

"네가 네 삶의 업적이 파괴되는 것을 볼 수 있다면……" 이번에는 그가 과장되게 말한다.

"나한테 하는 얘기야?" 페흐가 신음하듯 말한다. "아니면 키플링을 읊고 있는 거야?"

"그래, 키플링이야. 네가 네 삶의 업적이 파괴되는 것을 볼 수 있다면…… 그 다정한 키플링 할아버지! 너는 스탈린그라드 상공에서 그의 시들을 읽게 될 거야. 그 자신의 증언에 따르면 그게 그가 쓴 것 중에서 가장 좋대. 얼마나 열정적인지! 강가딘!** 치어스……"

"치어스." 타데크가 말한다. "이 위스키 정말 맛 좋다. 이것이 너희에게 삶의 의욕을 되돌려주지."

이 발언은 즉각적으로 효과를 발휘해 그의 친구들을 기쁨에 젖게 한다. 병은 빠른 속도로 다시 몇 번 돈다.

"야블론스키는 어떻게 지내?" 타데크가 묻는다.

"그도 우리와 마찬가지야." 페흐가 말한다. "비행중대를 떠났어."

그가 잔을 비운다.

"우리는 지금 글라이더 활공 중이야." 그가 말한다.

"그럼 체르프는? 나는 그가 북해 상공에서 독일군과 싸우는

* '건배'라는 뜻의 영어.
** 키플링의 시 제목이자 그 시에 등장하는 늙은 인도인의 이름. '갠지스 강의 딘'이라는 뜻이다.

것을 봤어…… 나는 200미터 뒤에 있었는데, 비행기 두 대가 바다로 곤두박질치는 것을 봤어."

"맞아." 페흐가 확인해준다. "체르프는 정말 얼음 바닷속에서 병마개처럼 떠다녔지. 아름다운 폴란드어로 '으으으……' 하며 덜덜 떨었지. '으으으…… 으으으……' 그런데 갑자기 뒤에서 파도 소리가 들리는 거야. 고개를 돌린 체르프는, 아주 가까운 곳에서 그 독일 놈이 멍청한 눈으로 자기를 쳐다보며 떠다니고 있다는 걸 알게 됐지. 그들은 몸을 따뜻하게 하려고 서로 욕설을 주고받기 시작했어. '너, 너, 너는 죽게 될 거야! 구, 구, 구명대는 영원히 버틸 수 없어. 너, 너, 너는 끄, 끝장이야.' 체르프가 헐떡거리며 독일어로 의기양양하게 말했지. '으……으…… 으……' 독일 놈이 슬프게 화답했어. '너, 너, 너, 이, 이, 이, 이를 부딪치고 있구나?' 체르프가 좋아라 했지. '내, 내, 내가? 나, 나, 나는 그렇게 하는 걸 좋아해! 재, 재미있어!' 독일 놈이 울먹였어. '아, 아주 재미있지!' 체르프가 인정하고 또 이렇게 말했어. '괜스레 다른 데 가 있고 싶지 않아!' '으으으……' 그들은 합창으로 떨었어. 서로 곁눈질로 상대를 살피면서. '나는 바, 바르샤바를 스, 스무 번이나 폭격했어!' 독일 놈이 즐겁게 지껄였어. '쾨, 쾨, 쾨……' 체르프가 조용히 대답했어. '뭐, 뭐라고?' 상대가 말했어. '쾨, 쾰른. 하하하!' 체르프가 애써 말을 맺었어. '으으으……' 독일 놈이 음산하게 떨었어. 한 시간 후 그의 정신이 혼미해지기 시작했지. '자, 어, 어서. 가라앉아……' 그가 헐떡거리며 말했어. '너, 너, 먼저.' 체르프가 헐떡거리며 말했어. '마, 말도 안 돼!' 독일 놈이 반대했어. 그는 이내 물을 먹기 시작했어. 체르프가 잽싸게 마침표를 찍었어. '너, 너, 물 먹는구나!' 체르프가 좋아라 하며 다시 말했어. '봐. 나, 나는 시, 심심풀이로 잠수한다.' 그는 한순간 물속으로 사라졌다가 수면 위로 다시 올라왔지. '봤지? 하, 하, 할 말 있으면 해, 해봐.' 죽은 사람 같은 모습으로 그가 헐떡였어. 독일 놈은 낙담하여 그를 바라보며 이를 악물었지. 그러고는 잠수를 하는 거야. '정말 고집불통인 놈이었어. 나는 열까지 세고 그가 졌음을 선언했어. 그러고는 기절했지.' 나중에 체르프가 혀를 내두르며 내게 그렇게 말하더군. 우리가 그를 다시 찾았을 때 그는 스펀지처럼 물에 푹 젖어 있었어. 술병 좀 이리 줘."

타데크는 만족스러운 한숨을 내쉬었다. 그는 행복하다. 너무 많이 마셨고 머리가 약간 빙빙 돌지만, 그는 친구들과 재회한 것이다. 그들은 전처럼 다시 함께 싸우러 떠날 것이다.

"그들을 쳐부수리라!" 그가 외친다.

그는 갑자기 목청껏 노래를 부르기 시작한다.

언젠가 조종사가 하늘에서
그 전쟁터 위로 떨어질 때*

"날 봐, 이 주정뱅이야!" 페흐가 한심하다는 듯 투덜댄다. "이런, 그를 하늘로 데려가야겠군……"

그들은 양쪽에서 그를 부축해 일으킨다.

---

* 폴란드 군가.

전우들은 그를 가여워하지 않고
계속 공격할 것이다.

타데크가 노래한다.

그는 돌연 어떤 장애물에 부딪힌다…… 그가 몸을 굽힌다. 한
조종사의 시체가 수풀 속에 꼼짝도 않고 누워 있다. 낙하산 어깨
띠에 매인 채 머리에는 헬멧을 쓰고 있다. 옆에는 비행기 잔해가
있다.

"이게 뭐야?" 타데크가 놀란다.

"아무것도 아니야. 신경 쓰지 마." 페흐가 말한다. "그냥 넘어
가면 돼……"

……그들은 그를 끌고 갔다.

도브란스키가 입을 다물었다. 빨치산들은 고개를 숙인 채 아
무 움직임이 없었다. 페흐만이 이를 악물고 뭐라 투덜거리더니,
잠시 후 은신처에서 나가며 야네크에게 말했다.

"그들은 우리가 삶을 시작할 때, 그리고 우리가 죽어가기 시작
할 때 동화를 들려주지. 여전히 그 지경이고, 수천 년이 흘러도
그들이 우리를 위해 할 줄 아는 건 오직 그것뿐일 거야……"

타데크 흐무라는 빙그레 웃고 있었다. 그리고 그의 머리를 부
드럽게 어루만지던 젊은 여자, 어깨 위에 탐스러운 검은 머리칼
을 떨군 채 눈을 감고 있던, 눈물 자국이 남아 있는데도 차분하
기만 하던 그녀의 모습이 영원히 야네크의 기억 속에 각인되었
다. 어떤 밤, 어떤 폭풍도 어둡게 하거나 파멸시킬 수 없었던 어

떤 뱃머리 조각상처럼.

훗날, 좀 더 훗날 폴란드 숲속의 빨치산 은신처들이, 전 국민이 자신들의 영웅을 기리기 위해 찾는 순례지가 될 때, 독일군에게 고문당하고 처형당한 반다 잘레브스카가 이제는 동판 위에 새겨진 하나의 이름으로만 남아 그 성스러운 장소의 입구에, 타데크 흐무라의 이름 옆에 놓이게 될 때, '중요한 것은 어떤 것도 사라지지 않는다'라는 아버지의 말처럼, 아무래도 거짓말인 것 같다는 의심을 지울 수 없게 했던 그 말처럼 야네크에게는 그 얼굴 또한 살아 있을 것이다.

타데크 흐무라는 숲속 눈 밑에 묻혔다. 그들은 그 지점에 아무 표시도 하지 않았다. 타데크는 그들에게 여러 번 일렀었다.

"명심해. 어떤 표시도, 어떤 이름도 안 돼."

"왜지?"

"아버지 때문이야."

그들은 말없이 그를 쳐다보고 있었다.

"아버지가 날 찾아내기를 바라지 않아."

20

때때로 체르프는 야네크를 빌노에 사는 한 늙은 제화공에게
보냈다. 그의 일터는 라 자발나의 지하실에 있었다. 옛 귀족처
럼 콧수염을 길게 기른 그는 키가 컸고 침울한 표정을 짓고 있
었다.

"내가 잘 있다고 전해줘." 체르프는 이렇게 말하곤 했다.

야네크가 지하실에 들어서면 제화공은 언제나 그를 흘끗 한
번 쳐다보고는 곧 다시 일을 했다. 야네크는 처음에는 이러한
응대를 불편하게 느꼈지만, 결국 익숙해졌다. 그는 지하 작업장
으로 내려가 모자를 벗고 이렇게 말했다.

"그는 잘 있습니다."

그러면 제화공은 아무 대답도 하지 않았고, 야네크는 즉시 그
곳을 떠났다. 결국 그는 체르프에게 묻고 말았다.

"그분 누구예요?"

"우리 아버지."

야네크는 이 이상한 방문길에서 돌아오다가 포홀란카에 들르게 되었다. 그는 예전에 야드비가 양이 살았던 집 앞에서 멈췄다. 잠깐 동안 대문을 바라보던 그는 깊이 생각해보지도 않고 그 문으로 들어가, 마당을 통과해 이층으로 올라갔다······ 그는 겁이 났다. 가슴이 세차게 뛰었다. 도망치고 싶었다. 문 안쪽에서 누군가가 피아노를 치고 있었다. 야네크가 아는 곡이었다. 그것은 쇼팽의 곡이었다. 야드비가 양이 그에게 그토록 여러 번 연주해주었던 바로 그 부분이었다. 그는 마음을 진정시키고, 어둠 속에 몸을 숨긴 채 오랫동안 귀를 기울였다. 그러나 음악이 멈추자 다시 두려움이 엄습했고, 그는 도망쳤다. 숲으로 돌아온 그는 누구에게도 말은 안 했지만 마음이 불편하고 불안했다.

"무슨 일이야?" 조시아가 물었다.

"아무것도 아냐."

다음 날 같은 시간에 그는 다시 빌노에 갔다. 그리고 다시 귀를 기울였다. 이번에는 쇼팽의 곡이 아니라 아름다운, 매우 아름다운 어떤 선율이었다. 그는 이제 두렵지 않았다. 그때부터, 제화공 노인을 보러 갈 때면 언제나 돌아오는 길에 포홀란카에 들러 어두운 계단에서 보이지 않는 음악가의 연주를 듣는 것이 그의 습관이 되었다.

"그는 정말 연주를 잘해." 그는 때로 한숨지으며 조시아에게 털어놓았다. "나는 음악이 너무나 좋아."

"나보다 더 좋아?"

그가 그녀를 껴안았다.

"아니."

다음 날 아침 조시아가 사라지더니 저녁때 함박웃음을 띠고
돌아왔다.

"너한테 줄 좋은 선물이 있어."

"뭔데?"

"네가 좋아할 거야."

그녀가 웃었다.

"눈 감아."

그가 응했다. 먼저 무슨 삐걱이는 소리, 지직거리는 소리가
들리더니, 이어 천박한 쉰 목소리가 터져 나왔다.

아름다운 부인 마르트라면
죄지을 가치가 있네……

지직거리는 소리와 삐걱이는 소리와 울부짖는 것 같은 소리
가 끝없이 이어졌다.

"음악이야!" 조시아가 자랑스럽게 말했다. "너한테 주는 거
야!" 그는 눈을 떴다. 그녀는 그를 기쁘게 했다는 것이 행복해
미소 짓고 있었다. "얀켈이 숲에 사는 어떤 유대인에게서 이걸
찾아줬어."

야네크는 축음기로 달려들어 음반을 부숴버리고 싶었다……
그러나 감정을 억눌렀다. 그는 조시아에게 고통을 주고 싶지 않
았다. 그는 말없이 고통을 견뎠다.

"멋지지 않아?"

그녀는 다시 축음기 태엽을 감았다.

　아름다운 부인 마르트라면……

그는 가만히 그 기계의 작동을 멈췄다. 그리고 권총을 집어 들어 점퍼 속에 쑤셔 넣었다. 그가 말했다.

"따라와."

그녀가 일어섰다. 둘은 은신처 밖으로 나왔다. 그녀는 아무것도 묻지 않고 그를 따라갔다. 숲에 땅거미가 내리고 있었고, 공기는 고요하고 차가웠다. 발아래서 눈이 뽀드득거렸다. 그들은 아무 말도 하지 않았다. 단 한 번 그녀가 물었다.

"빌노에 가는 거야?"

"그래."

그들은 밤에 도착했다. 길에는 인적이 없었다. 야네크가 마당을 통과해 계단을 올라갔다…… 조시아가 그 뒤를 따랐다. 그는 그녀의 손을 붙잡아 꼭 쥐었다……

"들어봐."

안에서 피아노 소리가 들렸다. 그는 주머니에서 권총을 꺼냈다. 조시아는 단지 이렇게 말했다.

"무모한 짓이야."

그가 문을 두드렸다. 음악이 멈췄다. 슬리퍼 소리가 들렸고, 열쇠가 돌아가더니 문이 열렸다. 남자가 노란 갓이 달린 램프를 들고 있었다. 야네크는 잠깐, 아주 잠깐 논과 탑과 검은 새를 바라보았다. 그런 다음 증오에 불타는 그의 눈길이 남자의 얼굴을 향해 미끄러졌다. 머리카락이 희끗희끗한, 나이 든 남자였다. 코는 길고 붉었으며, 콧방울 근처에 니켈테 안경이 걸려 있었다. 그는 머리를 약간 옆으로 기울인 채 안경 너머로 야네크를 바라보았다. 빛바랜 녹색 실내복을 입고 목에는 두툼한 목도리를 두른 모습이었다. 그는 감기에 걸린 듯했다. 강한 악센트가 섞인 폴란드어로 그가 말했다.

"무슨……"

남자의 시선이 권총에서 멈췄다. 그는 한 손을 들어 안경을 똑바로 올려 썼다. 그는 겁을 내지도, 심지어 놀라지도 않았다. 그가 문을 활짝 열고 말했다.

"들어와라."

조시아가 문을 닫았다. 노인은 재채기를 하고 떠들썩하게 코를 풀었다. 그러고는 한숨을 쉬며 말했다.

"가엾은 녀석들!"

야네크는 권총을 꽉 쥐고 있었다. 그는 겁나지 않았다. 그는 자신이 노인에게 일말의 동정심도 느끼지 않으리라는 것을 알고 있었다. 그는 야드비가 양을 생각했다…… 그는 일말의 동정심도 느끼지 않을 것이다.

"내 웃옷에 돈이 있다. 너희들 때를 잘 잡았구나. 마침 대위 월급을 받은 참이란다."

그가 웃었다.

"그 돈은 네 거다."

야네크는 노란 램프갓 위의 탑과 논과 새를 바라보았다……

가슴이 저려왔다.

"아무한테도 말하지 않으마." 노인이 정답게 말했다. "네가 총살당하기를 바라지 않으니까. 그들은 이미 그런 식으로 많은 사람들을 총살했단다."

그는 웃옷 주머니에서 지갑을 꺼내 내밀었다. 야네크는 그것을 받지 않았다. 남자가 놀라는 듯했다.

"배가 고픈가보구나? 부엌에 뭐가……"

"배고프지 않아요."

남자의 얼굴이 눈에 띄게 창백해졌다. 그가 조금 쉰 목소리로 말했다.

"알겠다. 너 전에 여기 살았구나? 알겠어. 나는 그 일과 아무 관련이 없단다. 사람들이 나한테 이 집을 할당한 거지 내가 요구한 게 아니야. 나는 물론 만족했지. 피아노가 있으니까. 하지만 내가 네 부모님을 여기서 몰아낸 게 아니야."

램프가 그의 손에서 흔들리고 있었다. 탑과 새와 논이 넓고 어두운 벽 위에 어른거리고 있었다.

"그분들은 아마 총살당했겠지? 나는 몰랐다. 알았다면 이 집을 받아들이지 않았을 텐데……"

"연주해요!" 야네크가 명령했다.

남자가 말뜻을 알아듣지 못했다.

"피아노로 가서 연주해요!"

남자가 램프를 피아노 위에 놓고 앉았다. 그의 손이 떨리고 있었다.

"무슨 곡을 연주해야 하는 거니? 여기 슈베르트 곡이 있는

데……"

"연주해요."

남자가 연주를 시작했다. 하지만 그의 손이 너무 떨렸다.

"더 잘해봐요!" 야네크가 소리쳤다.

"총 좀 내리거라, 애야. 총이 등을 겨누고 있다는 건 별로 힘이 되는 일이 아니란다."

그는 연주를 시작했다. 훌륭한 연주였다. 그래, 그는 연주할 줄 아는군. 야네크가 쓸쓸히 생각했다. 그가 조시아의 손을 잡았다.

"들어봐. 이게 음악이야."

조시아가 그의 곁에 꼭 붙어 섰다……

"이번에는 쇼팽." 야네크가 말했다.

…… 꿈에서 깨어났을 때 그는 남자가 피아노 앞에 서서 자신을 바라보고 있는 것을 보았다.

"난 너한테서 총을 빼앗을 수도 있었단다, 애야. 너는 넋이 빠져 있었어."

야네크가 눈살을 찌푸렸다.

"가, 조시아." 그가 말했다.

"너는?"

"나는 여기 남아서 사람들을 부르지 못하게……"

"아무도 부르지 않을 거다." 남자가 말했다.

"가. 걱정 마. 숲에서 다시 만나자."

그녀는 시키는 대로 했다.

"내가 연주를 더 했으면 좋겠니?"

"네."

노인이 모차르트를 연주했다. 그는 악보도 없이 한 시간 가까이 연주했다. 연주를 끝냈을 때 그가 물었다.

"음악이 그렇게 좋으니?"

"네."

"또 와도 된다. 겁낼 필요 없어. 너를 위해 연주하게 된다면 기쁠 거다. 나하고 같이 밤참 좀 먹겠니?"

"아니요."

"알겠다. 내 이름은 슈뢰더란다. 아우구스투스 슈뢰더. 민간인 신분으로는 음악 장난감들을 만드는 사람이지."

그가 한숨을 쉬었다.

"나는 내 음악 장난감들을 매우 사랑한단다. 사람들보다 그 장난감들을 더 좋아하지. 나는 아이들도 매우 좋아한단다. 전쟁은 싫어해. 하지만 네 또래인 내 아들은 전쟁을 몹시 좋아하지……"

그가 어깨를 으쓱했다.

"그래서 나는 아들을 떠나든지 아들을 잃든지 둘 중 하나를 택해야 했단다. 하지만 나는 경리국 소속이고, 총도 소지하지 않아. 우리는 친구가 될 수 있어."

"안 돼요." 야네크가 말했다.

그는 망설였다.

"하지만 또 오겠어요."

"너를 위해 연주하게 된다면 언제나 즐거울 거야."

야네크는 그곳을 떠났다. 조시아가 은신처에서 그를 기다리고 있었다.

"네 걱정 많이 했어!"

"어땠어?" 야네크가 물었다. "아름다웠지?"

그녀는 죄지은 사람처럼 머리를 떨구더니 갑자기 울기 시작했다.

"조시아!"

그녀는 매 맞은 어린애처럼 너무나 서럽게 흐느꼈다.

"조시아!" 그가 애원했다. "조시엔카…… 무슨 일이야?"

"나는 그게 아름답다고 생각하지 못했어. 전혀, 전혀!" 그녀가 흐느꼈다.

"조시아……"

그가 두 팔로 그녀를 감쌌다. 그리고 그녀를 가슴에 꼭 끌어안았다.

"내가 그렇게 말했으니, 이제 너는 더 이상 나를 사랑하지 않을 거야!"

"아냐, 난 널 사랑해. 그렇지 않아. 울지 마, 조시엔카!"

"그리고 너는 나보다 그 음악을 더 사랑해…… 오, 하느님! 마음이 너무 아파!"

그는 무슨 말을 해야 할지 몰랐다. 그는 그녀를 꼭 끌어안고 머리카락에 입을 맞추었다. 그리고 계속 이렇게 되뇌었다.

"조시아, 조시엔카."

21

야네크는 그 후로도 몇 번 더 아우구스투스 슈뢰더를 보러 갔다. 부끄럽게도 그는 몰래 그 일을 했다. 매번 배신자가 된 것만 같아 고통스러웠다. 처음에는 경계를 늦추지 않아, 그는 주머니 속에서 총을 꼭 쥔 채 의심스러운 눈으로 그 독일인의 일거수 일투족을 좇았다. 그러나 슈뢰더는 그에게 신뢰감을 주는 법을 알았다. 그는 야네크에게 아들의 사진을 보여주었다. 침울한 얼굴의 젊은이로, 히틀러의 제복을 입고 있었다.

"너와 나이가 비슷하단다." 그가 우울한 얼굴로 말했다. "하지만 그 아이는 음악을 좋아하지 않아. 내 장난감을 좋아하지 않아."

그는 야네크에게 자기 장난감을 보여주었다. 지신地神과 옛 독일 부르주아의 모습을 한 작은 조각인형들로, 매우 정교하게 만든 것들이었다.

"나는 호프만의 그림과 그의 동화에 나오는 인물들을 거의 모두 만들었단다." 그가 어린애처럼 자랑스러워하며 설명했다. "나는 과거가 좋아…… 플루트와 피리 연주자들, 나이트캡, 코담배 냄새를 맡는 사람, 긴 프록코트, 하얀 가발. 이런 것들로 된 독일이 좋아……"

그가 미소 지었다.

"그 시절엔 식인귀가 동화 속에서나 살았지. 착한 존재였고, 사람을 잡아먹지도 않았어. 그들은 특히 실내화와 난롯가에 앉아 파이프 담배를 피우는 것, 맥주를 마시는 것, 장기놀이를 좋아했지."

장난감마다 기계장치가 돼 있어서, 단추 하나만 누르면 어떤 선율이 흐르면서 조각인형들이 그에 따라 움직이거나 인사말을 하거나 춤을 추었다.

"나는 장난감 병정은 하나도 만들지 않았단다. 심지어 내 아들을 위해서도!" 슈뢰더는 말하곤 했다.

그는 피아노 앞에 앉아 연주했다. 그는 특히 독일 가곡을 좋아했고, 그것을 아주 훌륭하게 연주했다. 야네크는 그런 곡들이 그 노인의 영혼에, 그의 꿈에, 그의 지나간 사랑에 가장 잘 화답하는 곡들이라고 느꼈다…… 야네크는 그 감미롭고 우울한 음악을 기분 좋게 들었다. 한번은 그가 이렇게 물어봤다.

"정말 독일 사람이세요?"

"그래. 저 사람들 이상으로……"

그는 몸짓으로 창문을 가리켰다. 길에서 탱크들이 요란한 소리를 내며 지나가고 있었다.

"나는 마지막 독일인이지."

그는 과거에 오랫동안 크라쿠프에 산 적이 있어서 폴란드를 잘 알았다. 그는 야네크 앞에서 차마 자기 부모에 대한 얘기는 꺼낼 수 없었다.

어느 날 그가 머뭇거리며 물었다.

"너 어디 사니?"

"숲속에요."

"여기 와서 나랑 함께 살지 않겠니?"

"아뇨."

슈뢰더는 어깨를 조금 늘어뜨렸을 뿐 더 고집하지는 않았다. 그는 야네크에게 장난감 하나를 선물했다. 그것은 나이트캡을 쓴 바이에른 지방 부르주아 인형으로, 〈아아, 나의 사랑 아우구스틴〉이라는 노래에 맞추어 미소 짓고, 코담배 냄새를 맡고, 재채기를 하고, 만족스러운 듯 머리를 끄덕였다.

야네크는 그 조각인형을 늘 지니고 다녔다. 조시아에게도 보여주었다. 때로 그들은 은신처에서 그 부르주아 영감이 코담배 냄새를 맡고 재채기를 하는 모습을 함께 보며 웃음을 터뜨렸다.

'아아, 나의 사랑 아우구스틴, 아우구스틴, 아우구스틴……' 영감의 뱃속에서 무언가가 연주하고 있었다. 영감은 아주 만족스럽다는 듯 머리를 연신 끄덕였다.

22

어느 금요일 저녁, 장화를 닦고 면도를 한 얀켈 쿠키에르는 기도서에 명주 탈레스를 감아 들고 길을 나섰다. 빨치산들은 그가 멀어지는 것을 따뜻한 마음으로 바라보았다. 마호르카만이 투덜거렸다.

"유대인은 혼자 기도하는 걸 싫어해. 신과 단둘이 있는 것을 무서워하거든."

얀켈은 빠르게 걸었다. 늦었다. 금요일 저녁마다 그는 빌노 외곽의 안토콜까지 그렇게 위험을 무릅쓰고 가서 옛 화약고의 폐허 속으로 숨어들었다. 그 화약고는 숲속에 숨어 사는 유대인들에게 행운의 유대교회당이자 집회 장소 역할을 하고 있었다. 1941년에 러시아 군대가 퇴각하면서 그곳을 폭파했지만, 몇몇 지하실은 거의 부서지지 않고 남아 있었다. 접근하기 쉽지 않아, 이제 박해를 피해 살아남은 신도들을 제외하고는 아무도 그곳을 찾지 않았다. 그들의 수는 많지 않았고, 그들의 행동 지침은 '용의주도'였다. 우선 건달인 시메스가 슬며시 그 폐허 속으로 들어가 현장을 조사한 다음—보통 굶주린 박쥐와 쥐들이 있을 뿐이었다—날카롭게 휘파람을 불었다. 그러면 신도들은 불안해하며 말없이 한 사람 한 사람 화약고 속으로 숨어들었다…… 얀켈은 조금 늦게 도착했다. 시메스는 전날 빌노의 중앙역에서 훔쳐 온 램프를 당당하게 지하실에 설치해두었다. 이미 여남은 사람이 모여 있었다. 수척하고 긴장한 모습의 사람들은 걸핏하면 움찔움찔 놀랐고, 애조 띤 긴 손을 가지고 있었다. 시오마 카펠루시니크는 니에미에츠카 거리에서 모자 장사를 하는 노인으로, 성가대원 역할을 맡고 있었다. 눈 위까지 모자를 눌러쓴 그는 가슴을 치며 몸을 좌우로 흔들고, 입술을 달싹거렸다. 이따금 그의 목소리는 노랫가락에 실린 긴 탄식이 되어 높이 올라갔고, 그러다가는 다시 낮아져, 소리 없이 그저 입술만 계속 달싹였다. 그의 눈은 앞에 놓인 기도서는 전혀 보지 않고, 공포 가득한 표정을 담은 채 신도들의 얼굴, 어두운 구석, 돌벽 등 온 데를 은밀히 훑고 다녔다. 그는 아주 작은 소리에도 소스라치게 놀라 갑자기 경직된 자세로 귀를 기울였다. 하얗게 질린 그의 입술만이 중얼거림을 계속했고, 주먹을 잠시 허공으로 내뻗었다가 다시 움푹 팬 가슴을 내려치는 행동이 기계적으로 반복되었다. 유대인들은 기도를 하고 있었다. 줄기차게 계속되는 똑같은 음색의 긴 중얼거림. 그러다가 갑자기 누군가의 가슴에서 긴 오열이 터져 나왔다. 반쯤은 노래로, 반쯤은 말로 표현된 긴 탄식, 영원히 대답을 기대할 수 없는 절망적인 질문. 그러면 다른 신도들은 목소리를 돋워 이 비극적인 질문과 떨리는 오열을 전달했고, 그런 뒤 목소리는 낮아져 다시 중얼거림이 되었다.

시오마가 오열했다. "주께서 우리를 바르게 하시고 정결케 하시고 붙들어주신다. 들어라, 이스라엘아! 주는…… 밖에 누구 망보는 사람 남아 있어요?"

"시메스요." 기도서에 시선을 고정시킨 채 가슴을 치면서 한 신도가 재빨리 말했다. "시메스가 남아 있어요…… 들어라, 이스라엘아! 우리 하느님 여호와는 오직 하나이신 여호와시니……!"

"복 있으라. 하느님의 이름에, 그의 왕국에 영광이 영원히 계속될지니……" 시메스가 경건하게 읊조렸다. "나 여기 있습니다. 나도 다른 사람들처럼 기도하고 싶거든요!"

성가대원이 몸을 좌우로 흔들며 기도문을 읊조렸다. "그럼 누가, 누가 밖에 남아 있어요? 누가 망을 봐요?"

말려들지 않은 채 시메스 또한 기도문을 읊조렸다.

"오직 하나이신 여호와!" 탈레스 끝에 입을 맞추고 난폭하게 가슴을 치면서 성가대원이 외쳤다. "밖에 망보는 사람이 없어요. 그러면 안 된다고요. 누군가 밖으로 나가 망을 봐야 해요!"

"당신 그 부분을 벌써 세 번이나 불렀어요!" 젊은 시메스가 무례하게 간섭했다.

시오마가 노래를 끝냈다. "난 이래라 저래라 하는 소리 필요 없네!"

"우리가 여기 기도하러 온 겁니까, 말다툼하러 온 겁니까?"

적갈색 머리의 한 키 작은 유대인이 화가 난 듯 끼어들었다.

"나한테 우리가 여기 온 이유를 상기시킬 필요는 없네!" 성가대원이 날카롭게 외쳤다. "거룩한 여호와의 노래를 찬송할지어다!"

"여호와를 찬송하라!"

"여호와를 찬송하라! 주님 앞에서 새로운 성가를 불러요, 새로운 성가를 불러요. 카민스키, 망보러 나가게."

"여호와를 찬송하라!" 카민스키가 황홀경에 빠진 눈으로 충실하게 되풀이했다.

그는 수염을 기른 기골이 장대한 유대인으로 빌노의 삯마차 마부였다.

"거룩한 여호와의 노래를!" 성가대원이 읊조렸다. "카민스키, 내가 말했을 텐데! 나가서 망을 보라니까!"

"거룩한 여호와의 노래를!"

"카민스키, 내가 말했……"

"귀찮게 하지 말아요!" 거구의 카민스키가 충혈된 눈으로 갑자기 으르렁거렸다. "사람들이 귀찮게 하면 난 화가 나요! 그리고 화가 나면…… 거룩한 여호와의 노래를 찬양할지어다!"

"복 있으라. 거룩한 하느님의 이름에 그의 영광이 영원히 계속될지니!" 성가대원이 빠르게 읊조렸다. "우리가 정찰대에게 모두 학살당하면 참 볼만하겠군!"

"오직 하나이신 여호와!"

"볼만하겠어. 우리가 정찰대에게 모두 학살당하면, 볼만하겠어! 들어라 이스라엘아!"

"볼만하겠어, 볼만하겠어, 우리가······ 퉤!" 카민스키가 화가 나 침을 뱉었다. "당신이 날 헷갈리게 하잖아요, 카펠루시니크! 좀 조용히 기도할 수 없어요?"

"살인자들이 우리 목을 노리며 주위를 돌아다니고 있는데도 밖에 망보는 사람 하나 없는데 어떻게 나한테 조용히 기도하기를 바라나? 여호와 앞에서의 공정한 심판을! 어떻게 그러기를 바라나?"

"공정한 심판을! 어디에나 살인자들이 우글거려! 높으시고 광대하신 주여······ 주님 앞에 서서 심판을 받아라!"

"높으신 주를. 들어라, 이스라엘아! 주는······ 이게 무슨 소리지?"

"아무 소리도 안 났어요. 들어라, 이스라엘아! 오직 하느님 여호와는······"

"오직 하나이신 주이시니······ 뭔데 그러는 거야? 겁주지 말아요······ 내 아내는 임신 육 개월째예요. 임신한 여자한테 두려움은 나쁜 거예요. 조산할 수도 있다고요."

"조산할 수도······ 퉤, 퉤, 퉤!" 카민스키가 또 헷갈렸다. "이거 미치겠군!"

기도를 마친 후 유대인들은 어둠 속으로 스며들어 숲속으로 흩어졌다. 얀켈은 끝나고 나오면서 카민스키를 만났다.

"어떻게 됐어?"

"빌레이카 강을 따라 난 길로 매일 트럭이 지나가. 외딴 곳에 있는 부대로 보급품을 실어 나르는 거야. 양식과 무기를 봤어."

"감시가 심한 편이야?"

"보통 운전병 외에 세 명이 타고 있어. 하나는 안에, 둘은 밖에…… 그들은 경계가 별로 심하지 않아."

"몇 시에?"

"네 시에 트럭이 빌레이카 강의 심한 굴곡부를 지나가. 거기
서부터는 500미터 정도 되는 가파른 비탈길이 펼쳐지지. 거기
가 가장 적당해."

그들은 헤어졌다. 얀켈은 어둠 속으로 들어갔다.

23

"음……"

체르프가 날카로운 눈으로 자기 분대를 훑어보았다.

"출발!"

그들이 움직였다. 빨치산들은 체르프를 선두로 해 일렬로 바싹 붙어 행군했다. 체르프는 총을 이상한 방식으로 메고 있었다. 멜빵이 목덜미에 걸쳐 있고 총은 가슴에 비스듬히 걸려 있었다. 그는 두 팔을 그 위에 걸쳤다. 게다가 머리에는 숄을 둘러, 뒤에서 보면 아기를 안은 아낙네처럼 보였다. 크릴렌코는 발을 끌며 힘들게 행군했다. 그의 얼굴은 고통으로 일그러져 있었다.

"류머티즘이 있거든!" 그가 야네크에게 씁쓸하게 설명했다.

마호르카는 빠져 있었다. 피아스키에 해산하는 여자가 있어서, 이틀 전부터 그는 그 농가 주변을 배회하며 기도문을 읊조렸다. 얀켈은 허리에 수류탄 띠를 두르고 있었다. 스탄치크는 소매 속에 단도를 감추고 있었다. 그것이 그의 유일한 무기였다. 즈보로브스키 삼형제는 훨씬 무장을 잘 갖추어서, 각자 독일제 소총, 총검, 모제르총, 꽉 찬 탄약통을 지니고 있었다. 변호사 선생은 무기를 지니지 않은 채 야네크 앞에서 종종걸음으로 걷고 있었다. 항상 젖은 개 같은 느낌을 주는, 안에 털을 댄 외투를 입은 그는 쓸모없고 우스꽝스러워 보였다. 행군 중간중간 그는 덤불숲으로 달려갔는데, 장에 탈이 났기 때문이었다. 일을 보고 나면 그는 기진맥진한 몸으로 일행을 따라잡아, 떠듬떠듬 사과의 말을 했다. 반쯤 오는 동안 그런 식으로 버티더니 마침내는 지쳐버려, 그는 우는소리를 하며 덤불숲 어디엔가 낙오되고 말았다. 야네크는 종대 맨 끝에 있었다. 그들은 예정보다 이르게 빌레이카 강 굴곡부에 도착해 길 양편으로 갈라졌다. 첫째와 둘째 즈보로브스키는 오르막길 꼭대기에 자리를 잡았다. 바로 그 근처에서 트럭 운전병은 다시 내리막길로 접어들기 위해 기어를 바꾸게 될 것이었다. 빌레이카 강 저편으로 해가 기울고 있었고, 짧은 햇볕에 녹아 다져진 눈은 단단하고 반들거렸다. 그들은 반 시간 가까이 엎드려 기다렸다. 크릴렌코는 뱃속까지 얼어붙게 만드는 듯한 눈의 찬 기운에 진절머리가 나 욕설을 내뱉으며 몸을 일으켰다.

"엎드려 있어요!" 체르프가 명령했다.

크릴렌코가 항의했다.

"창자가 얼어붙어도 좋다는 거야?"

체르프가 한쪽 눈을 깜빡였다.

"저자가 나를 모욕했어!" 노인이 분개했다.

"고의로 그런 게 아니에요. 신경성이라고요. 입 닥쳐요." 체르프가 말했다.

트럭 소리가 들렸다. 기어 바꾸는 소리가 들리더니 트럭이 모퉁이에 나타났고, 이어 비탈길을 기어오르기 시작했다. 힘겨워 보였다. 아마 짐을 너무 많이 실었으리라. 야네크는 창백하고 얼빠진 듯한 운전병의 얼굴을 보았다. 추위와 소음에 지친 듯했다. 그 옆에는 또 다른 독일 병사가 앉아 잠을 자고 있었다. 그것은 3톤 트럭으로, 방수포가 덮여 있었다. 누군가 그 안에서 노래를 부르기 시작했다.

내게 한 전우가 있었네.

그러더니 합창이 되었다.

내게 한 전우가 있었네.
그보다 더 멋진 친구는 없었지……

체르프는 등을 구부리고 눈밭에 납작 엎드려 있었다. 크릴렌코가 소곤거렸다.

"즈보로브스키 형제가 공격을 개시한다면 우리는 완전히 끝장나겠군."

트럭이 오르막 꼭대기에 다다르고 있었다. 이제, 무릎 사이에 총을 내려놓은 채 두 줄로 마주 보고 앉아 있는 독일 병사들이 보였다.

　내게 한 전우……

　트럭이 삐걱대다가 한 번 더 용을 쓰더니 고개를 넘어 사라졌다. 즈보로브스키 집안의 두 형이 길을 건너와 그들과 합류했다.
　"잘했어." 체르프가 말했다. "내일 다시 한다."
　다음 날 다시 왔을 때 체르프는 야네크를 오르막길 어귀로 데리고 내려갔다.
　"휘파람 불 줄 아니?"
　"네."
　"트럭이 여기서부터 꺾어지기 시작할 거야. 트럭이 지나가는 순간에 그 안을 봐. 거기 타고 있는 사람이 여섯 명 이하면 휘파람을 불어. 알겠니?"
　"네."
　"다시 설명해봐."
　야네크가 설명했다. 체르프가 자기 위치로 돌아갔고, 야네크는 덤불 속에 숨었다. 태양이 다시 대지로 돌아가고 있었다. 야네크는 트럭 소리를 들었다. 전날과 똑같은 운전병이 운전석에 앉아 있었고, 같은 병사가 그 옆에서 자고 있었다. 트럭이 모퉁이를 돌아 올라가기 시작했다. 야네크는 덤불에서 나와 쳐다보았다. 트럭 뒤칸에서는 한 사람이 상자 위에 걸터앉아 있었다. 그는 졸고 있는 듯이 보였다. 야네크는 그를 뚫어져라 쳐다보았

166

다. 슈뢰더 노인이었다. 트럭이 힘겨워하고 있었다······ '뒤칸에 단 한 명이다.' 야네크는 생각했다. 휘파람을 불어야 했다. 그는 손가락 두 개를 입에 넣었다. 트럭 뒤칸에서 독일인의 크고 마른 몸이 꾸벅거리며 흔들리고 있었다. 턱이 가슴까지 툭 떨어져 있었다. 그는 팔짱을 끼고 있었다. 단 한 명이다. 날카롭고 짧은 휘파람 소리가 울려 퍼졌다. 트럭은 막 오르막 꼭대기에 이르고 있었다. 야네크는 길 양옆에서 검은 그림자 두 개가 튀어나와 붉은 하늘 위에 도드라지는 것을 보았다. 두 차례 총성이 울렸고, 그와 거의 동시에 트럭이 멈췄다. 그는, 슈뢰더가 트럭에서 뛰어내려 풍차 날개같이 기다란 두 팔을 흔들며 종횡으로 달리는 것을 보았다. 야네크는 덤불에서 나와 소리를 지르며 그를 향해 달리기 시작했다.

"쏘지 말아요!"

그는 세 번째 총성을 들었다. 그가 트럭에 도착했을 때 슈뢰더는 타이어에 몸을 기대고 배를 움켜잡은 채 땅바닥에 앉아 있었다. 아무도 그에게 주의를 기울이지 않았다. 빨치산들은 탐욕스럽게 상자들을 뒤지고 있었다. 무기, 식량, 폭약······ 앙상한 노인의 얼굴에는 망연자실한, 순진한 놀라움의 표정이 역력했다. 그는 고통스러워하는 것 같지는 않았다. 무엇보다 그는 놀란 것처럼 보였다. 그에게 몸을 숙인 야네크는 그가 독일어로 반복하는 소리를 들었다.

"바스 이스트 로스? 바스 이스트 로스?"*

---

* "어떻게 된 거야? 무슨 일이야?"

그는 곧 야네크를 알아보고 미소 지었다. 그러고는 아직 고통에 침범당하지 않은 목소리로 폴란드어로 말했다.

"내가 부상을 당했구나. 네가 쏜 거냐?"

"아니에요."

슈뢰더가 아주 중요한 문제라는 듯 진지하게 말했다.

"나는 너를 믿는다."

그리고 야네크를 안심시키려는 듯 재빨리 덧붙였다.

"나는 아프지 않다."

크릴렌코가 트럭 밖으로 머리를 내밀었다.

"곧 고통이 심해질 거요, 친구." 그가 친절하게 말했다. "안심하라고. 배에 상처를 입으면 당장은 전혀 아프지 않지. 하지만 두고 보면 당할 것은 다 당하게 되어 있지."

그는 재미나는 듯 얼굴을 찡그려 보였다.

"곧 알게 될 거야!"

"쏘지 말라고 말했는데." 야네크가 중얼거렸다.

"난 너를 믿는다."

앙상한 얼굴이 몹시 창백해졌다. 하늘이 어두워지고 있었다. 까마귀 소리도 더 이상 들리지 않았다. 체르프가 가슴에 소총을 매단 채 트럭에서 뛰어내리더니, 부상자에게는 눈길 한 번 주지 않고 말했다.

"떠난다. 타라. 트럭을 숲으로 끌고 간다."

"나는 여기 좀 더 있을 거예요." 야네크가 말했다.

"뭐 때문에?"

"이 사람은, 이 사람은……"

야네크는 '내 친구'라고 말하고 싶었다. 그러나 그는 이렇게 말했다.

"내가 아는 사람이에요."

노인의 얼굴이 더욱 하얘졌고 입술은 떨리기 시작했다.

"좋도록 해라." 체르프가 말했다.

그는 운전석에 올라타 시동을 걸었다.

"너무 오래 있지는 말아라!"

"오래 있지 않을게요."

트럭이 기름 냄새를 남기고 떠났다.

"사진 좀." 슈뢰더가 부탁했다. "내 점퍼 속에……"

야네크가 군용 외투의 단추를 풀고 주머니 속을 뒤졌다. 그는 이내 사진을 찾았다. 히틀러 제복을 입은 소년이 준엄한 표정으로 그를 보고 있었다.

"이리 다오."

야네크는 그의 손에 사진을 얹어주었다. 아우구스투스는 비웃는 듯한 미소를 띠고 사진을 응시했다.

"이 애는 나를 자랑스러워하게 될 거야. 아니면 그저 어깨를 으쓱하고는, '그는 자기 소임을 다했을 뿐이야. 그뿐이야. 승리 만세!'라고 말할는지도 모르지."

사진이 눈 위로 떨어졌다.

"나를 길 위에 놔두지 말아줘. 지나가던 농부가 발견하면 …… 나를 몽둥이로 때려 죽일 거야."

야네크는 부상자를 덤불숲으로 끌고 가 떡갈나무에 기대게 했다.

"내 장난감들이 나를 그리워하겠구나."

야네크가 자기 주머니를 뒤졌다. 슈뢰더의 얼굴이 환해졌다. 그의 고통이 덜어지는 것 같았다. 야네크는 태엽을 감은 다음 손을 뗐다. 조각인형 영감이 움직이며 미소를 지었다.

"아아, 나의 사랑 아우구스틴, 이제 모두 옛일이 되었네, 옛일이 되었어……"

영감이 코담배 냄새를 맡았다.

"아아, 나의 사랑 아우구스틴, 이제 모두 옛일이 되었네!"

영감이 재채기를 하더니, 만족스러운 듯 한참 동안 머리를 끄덕였다.

"고맙다."

야네크는 장난감을 그의 손에 올려놓았다. 시간이 흐르고 있었다. 밤은 고요했고, 나뭇잎이 다 떨어진 벌거벗은 숲에서 바람은 아무런 속삭임도 낼 수 없었다. 슈뢰더 노인만이 눈밭 속에서 약하게 신음 소리를 냈다. 이윽고 그가 신음을 그쳤을 때, 야네크는 사람들 눈에 띄도록 그의 시신을 길 위로 옮겨둔 다음 숲으로 돌아왔다.

24

트럭을 습격한 지 사흘 후 요제프 코니에치니 씨가 체르프를 방문했다. 그 술집 주인은 농부 네 명과 함께 썰매를 타고 왔다. 말쑥하게 정장을 차려입고 머리에 포마드를 발랐는데도 농부들은 매우 의기소침한 분위기였다.

"여러분." 요제프 씨가 썰매에서 뛰어내리며 외쳤다. "여러분, 이성을 잃은 겁니까?"

빨치산들은 흥미를 느끼며 다음 말을 기다렸다. 숲에서는 오락거리가 드물었다.

"저들이 피아스키에 십만 즐로티의 벌금을 부과했어요! 피아스키, 비엘리치키, 포드보지에, 클리니, 루바브키, 이 지역 다섯 마을을 통틀어 도합 오십만을 내야 합니다! 여러분, 우리를 봐요……"

그는 몸짓으로 모든 시선을 자기 가슴으로 끌어모았다.

"우리가 십만 즐로티나 되는 돈을 연기처럼 날려버릴 수 있을 만한 사람들로 보입니까? 이성적으로 생각해봐요, 여러분. 당신들은 위험할 게 없겠죠. 기습공격 한 번이면 트럭은 당신들 것이 되고, 이런 식으로 깊은 숲속에 숨어버리면 그만이니까. 하지만 우리는 항상 마을에 남아 있습니다. 우리의 등은 언제든 그들의 총구에 노출되어 있단 말입니다! 우리 여자들과 우리 아이들, 아니 우리 불쌍한 고아들에게 일말의 동정심이라도 가져달라고요!"

빨치산 분대에서 이상한 소리가 들렸다. 크릴렌코가 인내심을 잃어가기 시작한 것이었다.

"사람들은 제각각 자기 목숨을 걸 권리가 있어요. 우리 모두 자유라는 목적을 위해 목숨을 바칠 준비가 돼 있어요. 하지만 다른 사람의 목숨을 가지고 대가를 지불할 권리는 없어요. 그건 기독교 정신에 어긋나는 행동입니다. 아무렴, 그렇고말고. 당신들은 독일군이 그 마을들에 뭐라고 통고했는지 알기나 합니까?"

"음…… 알 것 같습니다."

"또다시 노상에서 약탈행위가 발생하면 그때는 마을 사람 다섯 명이 교수형을 당할 거예요! 교수형이요, 여러분. 교수형에 처해진단 말입니다!"

"음……" 체르프가 한쪽 눈을 깜빡거리며 말했다. "그 지역을 조금만 뒤져보면 교수형 당해도 싼 주민 다섯 명쯤은 충분히 있을 텐데요!"

"뭐요?" 요제프 씨가 깜짝 놀랐다. "농담하자는 게 아니에요, 체르프! 여러분, 당신들의 어머니가 당신들에게 심어준 기독교 정신에 호소합니다! 독일군을 가만히 놔둬요. 아직 그들을 칠 때가 아니에요! 때가 되면 내가 제일 먼저 나서리다!"

"그 점에 대해서는 의심의 여지가 없지요!" 체르프가 진지하게 말했다.

"하지만 당분간은 숨어 있어요, 여러분! 잠복해요! 땅 밑으로 들어가요. 그리고 침묵해요. 꼼짝도 하지 말고 숨소리도 내지 말아요! 움직이지 맙시다. 기다립시다! 나도 나이를 먹을 만큼 먹었고, 침략에 관해서라면 누구 못지않은 경험을 갖고 있습니다. 정말입니다. 지금 여기 있는 사람들 중에 조상 가운데 강간당한 할머니를 나보다 더 많이 가지고 있는 사람은 없을 겁니다! 그러니 당부합니다. 꼼짝도 하지 말고 숨소리도 내지 말아요! 죽은 체합시다. 움직이지 맙시다! 우리 아이들의 생명을 구하고, 우리의 가정과 마을을 지키게 해줘요. 언젠가는 독일군을 쳐부술 사람이 나타날 거예요. 그날이 오면 그들은 나한테 뜨거운 맛을 보게 될 겁니다!"

그러더니 그가 급작스럽게 말을 끝냈다.

"식량을 가져왔습니다…… 마음의 표시입니다. 마음의 표시예요!"

그는 다시 썰매에 올랐다. 말이 눈 속에서 안간힘을 쓰고 있었다. 그와 동행한 농부들은 말이 없었다. 독일 사령부 앞에 도착하자 요제프 씨는 땅 위로 뛰어내리더니, 이마 위의 애교머리를 가다듬고 손에 침을 뱉어서 콧수염을 뾰족하게 매만진 다음 안으로 들어갔다. 로무알드가 그를 맞았다. 로무알드는 뭔가 비밀스러운 일이 있는 듯, 흥분한 듯 보였다.

"어떻게 됐습니까?" 요제프 씨가 중얼거렸다.

"쉿!" 로무알드가 손가락을 입술에 대고 소곤거렸다. "오늘 저녁 일이 꽤 잘될 것 같습니다, 요제프 씨!"

"정말입니까? 정말이에요?"

"의심의 여지가 없어요. 일이 유리하게 돌아가고 있어요. 순풍이에요! 지난주에 당신들이 보내준 계란 상자가 대단한 효과를 발휘했어요!"

"확실합니까?"

"저만 믿으세요, 요제프 씨! 이래 봬도 저는 눈치가 빠른 사람입니다. 육감이 뛰어나죠! 의심의 여지가 없어요. 우리는 당신에게 매우 호감을 갖고 있습니다!"

"당신은 소중한 친구예요. 정말 소중한 친구예요!" 요제프 씨가 말했다.

두 사람은 서로의 눈을 바라보며 길게 악수를 나눴다.

"당신에게 유리하도록 말을 흘려놓는 걸 잊지 않았습니다!" 로무알드가 말했다. "가끔가다 그저 한마디씩 흘렸어요…… 너무 성가시게 하면 안 되니까!"

"당신에게 치즈를 보내겠습니다!" 요제프 씨가 감동해서 말했다. "아니면, 라드가 더 나을까요?"

"라드요, 라드!" 로무알드가 말했다. "하지만 어찌 보면 요즘은 치즈가……"

"두 가지 다 보내겠습니다." 요제프 씨가 결정했다.

그는 사무실로 안내되었다. 독일 경찰관이 〈사랑스럽고 매력적인 어인〉이라는 노래를 휘파람으로 부르며 손톱 손질을 하고 있었다.

"지금 우리 분위기가 꽤 좋습니다!" 로무알드가 소곤거렸다.

독일 경찰관이 얼굴을 들었다.

"아, 요제프 씨!" 그가 친절하게 말했다. "당신이 나를 초대했다고 로무알드가 알려주더군요. 정말 친절하십니다, 정말 친절해요. 참 훌륭하십니다, 요제프 씨. 당국과 주민 사이의 관계를 개선하는 데 마음을 많이 쓰시니, 하하하! 나도 최선을 다하겠습니다. 오늘 저녁 당신 집으로 저녁 먹으러 가지요!"

요제프 씨가 밖으로 나가자 경찰관은 눈을 찡긋하고 혀를 찼다. 로무알드는 하루 종일 몇 번이나 되풀이했던 날카로운 웃음을 터뜨렸다. 그날 그는 몇 번이나 폭소를 터뜨리며, 눈을 감고 송곳니를 드러낸 채 머리를 흔들어댔다…… 그날 저녁 요제프 씨는 농부들 식의 후덕한 환대로 손님을 맞았다. 경찰관은 프라니아 부인이 그 예쁜 손으로 만든 토끼고기 파테와 날 햄, 닭고기, 치즈를 먹어치웠고, 보드카도 잔뜩 마셨다. 이어 기막히게 맛있는 양귀비 케이크를 곁들여 차를 마셨다. 식탁 위에 놓인 두 개의 촛불이 빈약하게 식당을 밝혀주고 있었다. 그 마을에는 전기가 들어오지 않았다. 요제프 씨는 대단히 신중한 사람이어서, 지하실에 많은 양의 석유를 확보해두었으면서도 있는 척하지 않았다. 식탁에 앉은 로무알드는 입에 음식을 가득 담은 채 게걸스럽게 씹어대면서 통역을 했다.

"그런데 프라니아 부인은?" 경찰관이 물었다.

요제프 씨가 걱정스러운 기색을 보였다.

"아내는 기관지염을 앓고 있습니다! 제가 아내에게 흡각을 대주었지요!" 그가 말했다.

경찰관은 차를 조금씩 홀짝거렸다.

"아이는 있습니까?" 그가 물었다.

"없습니다!" 요제프 씨가 불편해하며 대답했다.

"그렇다면, 그렇다면……" 경찰관이 말했다.

그는 굵은 시가에 불을 붙이고는, 눈을 약간 가늘게 뜨고서 호의적인 태도로 집주인을 바라보았다.

"내가 당신을 위해 할 수 있을 만한 일이 뭔지 알겠군요." 그가 연기를 내뿜으며 말했다.

요제프 씨는 경찰관이 식사 도중 자기가 요령껏 운을 뗀 밀 수송 문제—훌륭한 거래였다!—를 거론하는 거라고 생각하고 고마움을 표했다.

"그건 아주 즐거운 일이 될 겁니다." 경찰관이 진지하게 말했다.

로무알드가 냅킨으로 입을 틀어막은 채 웃음을 터뜨렸다. 경찰관은 다시 보드카를 한 잔 따랐다.

"나는 어린 남자가 아닙니다! 당신에게 대를 잇게 해주려면 그 방법밖에 없지요!"

그가 히죽거렸다. 로무알드는 우스워 숨이 넘어갈 지경이었다. 아무 의심 없는 요제프 씨도 예의상 한두 번 웃었다. 경찰관이 잔을 비우더니, 시가를 물고 무겁게 몸을 일으켰다.

"프라니아 부인에게 경의를 표하고 싶습니다!" 그가 말했다.

요제프 씨의 얼굴이 창백해졌다. 그는 입을 떼기는 했지만 아무 말도 하지 못하고 그저 그렇게 입만 벌리고 있었다.

"자, 갑시다." 경찰관이 말했다.

그는 식탁 위에서 촛불을 하나 집어 들었다.

"안내해요."

요제프 씨가 일어섰다. 그는 여전히 입을 벌리고 있었다. 물 밖으로 나온 물고기처럼…… 계단 아래 이르렀을 때에야 그는 겨우 몇 마디 할 수 있었다.

"아…… 아내는 잠자리에 들었습니다!" 그가 쉰 목소리로 더듬거렸다.

경찰관이 그를 앞으로 밀었다.

"올라가요!"

침실 앞에서 요제프 씨는 다시 멈췄다. 그의 무릎이 떨리고 있었다. 그는 매 맞은 개 같은 눈길로 경찰관을 쳐다보았다.

"문을 열어!"

요제프 씨는 시키는 대로 했다. 어둠 속에서 비명 소리가 들렸다. 경찰관이 들어가 촛불을 쳐들었다. 소스라쳐 깨어난 프라니아 부인이 공포에 질린 파란 눈을 커다랗게 뜨고 그들을 바라보고 있었다. 그녀의 금발이 두 갈래로 물결치며 가슴 위로 내려뜨려져 있었다. 그녀는 이불을 턱까지 끌어당겼다. 경찰관이 한심하다는 듯 요제프 씨를 쳐다보았다.

"아이가 없다니!" 그가 거친 소리로 말했다. "맙소사! 이런 여자에게 아이가 없다니."

그는 시가를 뱉어 장화발로 짓이겼다. 그러고는 요제프 씨를 향해 돌아서 촛불 든 팔을 내밀었다.

"촛불을 들어!" 그가 명령했다.

다음 날 아침 요제프 씨의 마부는 프라니아 부인의 간청에 못 이겨 그녀를 빨치산들에게 데리고 갔다. 그녀는 얼굴이 납빛이 되어 신경성 경련으로 몸을 흔들어대며 체르프에게 간밤의 일을 이야기했다.

"저 좀 여기 있게 해주세요!"

체르프는 그녀를 바라보며 한쪽 눈을 깜빡거렸고, 그답지 않게 격노했다. 정말 흥분한 것이었다.

"며칠간 우리와 함께 있어도 좋습니다. 부모님은 어디 삽니까?"

"무라비에요……"

"일이 진정되면 부모님 댁으로 데려다드리지요."

그날 오후 요제프 씨가 딱한 모습을 하고 빨치산들을 찾아왔다. 그의 콧수염과 애교머리는 애처롭게 축 늘어져 있었다. 얼굴은 심한 치통을 앓는 사람처럼 이상하게 일그러져 있었다. 그의 뺨에 습포를 대주고 싶은 마음이 들 정도였다. 그는 사람들을 똑바로 쳐다보지 못했다. 그가 매우 힘없는 목소리로 말했다.

"아내와 얘기하고 싶습니다."

"돌아가요." 체르프가 간단히 말했다.

그러자 요제프 씨는 정말 뜻밖에도 울기 시작했다. 그는 돌아갔다. 그러나 다음 날도, 그다음 날도 다시 찾아왔다. 프라니아 부인은 이미 숲을 떠나고 없었다. 체르프가 그녀를 무라비에 있는 부모에게 데려다준 것이었다. 보름 동안 요제프 씨는 매일 찾아왔다. 매번 그는 아내를 만나게 해달라고 부탁했고, 온갖 욕설을 다 듣고는 슬픈 모습으로 다시 돌아갔다. 감히 사람들 눈을 쳐다보지도 못했다. 그러던 어느 쾌청한 날, 크릴렌코가 던진 애매한 농담 한마디가 그 사건에 예기치 못한 결말을 가져오고 말았다. 요제프 씨가 숲에 도착했고, 이제 확고하게 정착된 절차대로 아내를 만나게 해달라고 부탁했다. 크릴렌코가 그를 한참 바라보더니, 침을 뱉고 이렇게 말했다.

"축하합니다, 주막집 주인장. 당신에게 좋은 소식이 있어요. 당신이 아버지가 되게 생겼어요!"

곁에서 이 장면을 지켜본 사람들은, 여태껏 고통스러워하며 죽어간 사람들은 많이 봤지만 '그처럼 고약한 표정은 본 적이 없다'고 입을 모아 말했다. 요제프 씨는 아무 말도 하지 않았다. 그저 그의 얼굴이 움푹 패더니 얼굴에서 핏기가 사라졌고, 그의 눈에 인간적인 고통의 표정이 떠올랐다. "그에게도 꽤 인간다운 데가 있어 보였지." 후에 크릴렌코는 자기 농담이 낳은 결과에 대해 몹시 수치스러워하며 말했다. 요제프 씨는 그들에게 등을 돌리고 돌아갔다. 하지만 그는 멀리 가지 않았다. 조금 외진 곳에 약간 외따로 떨어져 있는 나무가 눈에 띄었을 때까지만 걸어갔다. 그는 그 나무 앞에서 바지 멜빵을 풀어, 단단한 가지에 목을 매었다. 대원들은 그런 그의 행동에 숭고한 데가 있다고, 자기들이 생각했던 것만큼 요제프 씨가 진정 그렇게 야비한 사람은 아니었다고 생각했다. 그래서 그는 땅에 묻히게 되었고, 기독교도임을 인정받듯 그의 무덤 위에는 나무 십자가가 꽂혔다.

25

탈취한 트럭이 그들에게 불행을 가져왔다. 체르프는 그것을 비에르키 근처의 버려진 제재소에 봄까지 숨겨두기로 결정했다. 그런데 크릴렌코가 그 계획에 맹렬히 반대하고 나섰다.

"그 트럭은 우리에게 아무 쓸모가 없어!" 그가 단언했다. "나는 그걸 불태워버리기로 결심했어. 화끈하게 불을 질러버릴 만큼 기름도 충분하잖아!"

그는 도전적인 태도로 체르프를 쳐다보곤 했다. 그러던 어느 날 아침, 체르프가 트럭에 올라타 운전대를 잡았다.

"여기서 명령하는 사람이 누구야?" 크릴렌코가 분개했다. "내가 말했지. 트럭을 태워버리라고."

"여기서는 아무도 명령하지 않아요. 아무도." 체르프는 이렇게 말하고 시동을 걸었다.

"이런 빌어먹을!" 크릴렌코가 욕설을 내뱉었다. "내가 말했지……"

트럭이 출발했다. 바로 그 순간 크릴렌코가 트럭 발판 위로 뛰어올랐다. 트럭은 폭신폭신한 눈 속에서 소나무들 사이로 천천히 굴러갔다. 까마귀들이 깍깍대며 그 뒤를 쫓았다. 아마 놈들은 그 괴물이 뒤에다 일용할 똥덩어리라도 남겨주리라 믿고 있었으리라. 크릴렌코는 뿌루퉁해 있었다. 체르프가 그를 보고 한쪽 눈을 깜빡였다.

"날 놀리는 거야?" 크릴렌코가 으르렁거렸다.

"아니에요. 신경성이라는 거 알잖아요. 경련이라고요!" 체르프가 진심으로 말했다.

까마귀들이 여전히 깍깍댔다. 아마도 실망한 것이리라. 그들은 하얗게 눈수염을 기른 전나무들의 숲을 따라 달렸다. 갑자기 총성이 들렸다. 앞 유리창이 산산조각 났다.

"반역이다!" 크릴렌코가 으르렁거렸다.

트럭이 제멋대로 굴러가다가 나무에 부딪치면서 멈췄다.

"체르프!"

체르프가 운전대에 머리를 박고 쓰러져 있었다.

"체르프!"

크릴렌코가 그를 일으켜 세워 흔들었다. 체르프는 이를 악물고 있었다. 아직 살아 있었다. 그는 무슨 말인가 하려고 했다.

"학…… 학……" 그가 헐떡거렸다.

입에서 피가 흐르기 시작했고 얼굴은 잿빛이 되었다. 갑자기 그가 몸을 벌떡 일으키더니 입가에 웃음을 머금으며 한쪽 눈을 깜빡였다.

"체르프, 빌어먹을! 자네 일부러 그러는 거지, 응? 나를 놀려 먹으려고 그러는 거지, 응? 아무 일 없는 거지? 말해, 체르프!"

"아…… 아니에요!" 체르프가 헐떡거렸다. "신경성이라니까 요!"

그가 다시 운전대 위로 둔중하게 쓰러졌다. 크릴렌코가 그의 머리를 일으켰다. 그는 한쪽 눈은 감고 한쪽 눈은 크게 뜨고 있었다.

"체르프!"

그러나 체르프는 죽어 있었다. 가슴에 총알을 맞은 것이었다. 크릴렌코가 트럭 밖으로 튀어 나갔다.

"그래 어쩌자는 거냐? 뭘 바라는 거냐?"

그가 비장한 태도로 자기 가슴을 내밀며 으르렁거렸다.

"쏴라, 쏴!"

세 남자가 트럭 주변으로 모여들어 어리둥절한 표정으로 그를 쳐다보고 있었다. 크릴렌코는 그들을 금방 알아보았다. 근처 숲에서 독자적으로 활동하는 빨치산들이었다. 그들은 기가 죽어 크릴렌코의 욕지거리를 묵묵히 들었다.

"멀리서 트럭을 봤는데, 독일군 표지가 있더라고요. 알 수가 없었어요. 무조건 겨냥해서 쏴버릴 수밖에 없었어요. 제기랄!"

그들은 자신들이 누구를 향해 욕을 하고 있는지도 알 수 없었다. 상대가 체르프인지, 트럭인지, 불행한 운명인지, 아니면 세상인지.

"알 수가 없었어요…… 운이 없었어요. 에잇, 빌어먹을."

그들이 할 수 있는 말은 그것뿐이었다. 그들은 한동안 그렇게 침을 뱉고, 중얼중얼 욕설을 내뱉고, 죄인 같은 모습으로 머리를 흔들었다.

"트럭을 밀게 도와줘!" 너무 참담해 대거리도 하지 못하고 크릴렌코가 말했다.

그들은 크릴렌코를 도와 체르프의 시신을 트럭 뒤칸으로 옮겨놓았다.

"이런, 그가 윙크를 하고 있는 것 같군……" 그들 중 하나가 말했다.

그러자 크릴렌코가 슬프게 말했다.

"신경성이야……"

그가 트럭에 시동을 걸었고, 세 사람은 그가 멀어지는 것을 바라봤다.

"언짢게 생각하지 않는 거죠?" 그들이 등 뒤에서 외쳤다.

크릴렌코는 이를 악물고 욕설을 내뱉었다. 콧수염 위로 굵은 눈물이 흐르고 있었다. 간간이 그는 친구의 시신을 쳐다보고 오열을 터뜨렸다. 불만 있는 어린아이처럼 그는 한껏 목을 놓아 울었다.

26

여러 날 동안 야네크는 빌노의 제화공 노인에게 그 비보를 알려야 할지 말아야 할지 고민했다. 그 문제에 대해 결정을 내린 건 크릴렌코였다.

"갔다 와라." 그는 어디로, 왜 가야 하는지 명확히 밝히지 않은 채 그저 이렇게 짧게 한마디 했다.

그러나 야네크는 이해했다. 그는 점퍼 속에 감자 몇 알을 넣고서 길을 떠났다. 그는 거센 눈보라가 몰아치는 가운데 빌노에 도착했다. 하얀 눈송이들이 눈썹에 달라붙었고, 숨쉬는 것이 어려울 정도로 바람이 휘몰아쳤다. 그는 제화공의 일터로 내려가 문을 밀었다. 언제나처럼 노인은 일을 하고 있었다. 그가 고개를 들고 야네크에게 짧은 일별을 던졌다.

"그놈이 붙잡혔냐?" 쉰 목소리로 그가 불쑥 물었다.

"아드님은…… 그는 죽었습니다."

"그 편이 더 낫군."

그가 바늘을 들었다.

"나는 이렇게 되기를 기다렸다. 매일, 밤낮으로 이렇게 되기를 기다렸지. 다른 결말은 있을 수 없지. 네가 올 때마다…… 이 세상에서 다른 결말이란 있을 수 없지. 우리는 모두 고통받기 위해 여기 있는 거야."

그는 고개를 숙이더니 다시 일을 하기 시작했다. 야네크는 모자를 손에 든 채 잠깐 더 지체했다. 그러나 노인은 그에게 아무 말도 하지 않았다. 그저 머리를 숙인 채 낡은 신발 한 짝을 가지고 계속 씨름했다. 야네크는 그곳을 떠났다. 그러나 길에는 바람이 심하고 눈도 너무 많이 내리고 있었다. 그는 조금 기다렸다가 숲으로 돌아가려고 어떤 집 대문 아래로 들어가 쭈그리고 앉아, 점퍼 속에서 차가운 감자를 하나씩 하나씩 꺼내 먹기 시작했다. 그는 감자를 껍질째 먹었고, 소금을 가져오지 않은 것을 몹시 유감스러워했다. 그러다가 문득 누군가 자기를 보고 있다는 느낌을 받았다. 그는 돌아보지 않고—상대가 독일 경찰일지도 몰랐다—계속 먹었다. 그리고 머리는 움직이지 않은 채 곁눈질로 주위를 살피려 애썼다. 그때 웬 자루를 뒤집어쓴 열두 살쯤 된 남자아이가 눈에 들어왔다. 자루에는 머리와 두 팔을 내놓는 구멍이 뚫려 있었다. 그는 신발 대신 누더기로 발을 감싸고 있었는데, 보기 흉하고 짝짝이였다. 머리에는 챙 달린 모자를 썼는데, 괜찮아 보이긴 했지만 그에게는 너무 컸다. 눈으로부터 목덜미를 보호하려는 듯 그는 챙을 뒤로 돌려놓고 있었다. 소년은 야네크를 보고 있는 것이 아니었다. 그의 시선 속에 야네크는 존재하지도 않았다. 그는 감자를 보고 있었다. 감자에서 한시도 눈을 떼지 않았다. 감자가 그를 매혹하고 있었다. 야네크가 점퍼에서 감자 한 알을 꺼낼 때마다 소년의 눈은 빛났고, 이어 감자가 입으로 들어갈 때까지 감자의 동선을 좇아 움직였다. 그리고 야네크가 감자를 베어 물 때마다 그의 시선에는 극도의 조바심이 드러났다. 그 조바심은 야네크가 마지막 한 입까지 먹어치워 버릴 때 실망으로 바뀌었다. 그는 안절부절못하며 몸을 움직였고, 침을 삼켰고, 투기投機를 하는 듯한 태도로 야네크의 점퍼를 바라보았다. 감자가 더 있을까, 없을까? 분명 그것이 문제였다. 야네크는 냉정하게 계속 즐기고 있었다. 소년은 감자에 시선을 매단 채 계속 거기 남아 있었다. 이따금 한숨을 쉬고 침을 삼키기도 했다. 그러던 그가 갑자기 야네크를 쳐다보았다. 분명 처음으로 그는 이 문제의 인간적인 차원을 고려하게 된 것이었다. 그는 잠시 생각한 다음 자신의 커다란 방수포를 벗어 살펴보더니, 감탄스러워하며 침을 뱉고 말했다.

"멋진 방수포야, 끝내주지 않아? 아주 새것이지."

야네크는 고개도 돌리지 않고 계속 감자를 베어 물었다.

"어떤 행인한테서 훔쳤어. 자, 이건 방수포야!"

그는 야네크가 점퍼 속을 뒤지는 것을 보았다. 조바심을 내며 엿보던—이제 감자가 다 떨어진 건 아닐까?—그는 새로운 감자가 나타나는 것을 보고는 마음이 가벼워진 듯했다. 그가 재빨리 말했다.

"감자 열두 개에 이걸 팔겠어. 그 이하로는 안 돼!"

야네크는 대답하지 않았다.

"여섯 개!" 소년이 조바심을 내며 제안했다.

자신의 제안이 전혀 먹혀들지 않고 있다는 것을 깨달으면서 그는 입술이 떨렸고, 얼굴이 일그러지기 시작했다. 울음을 터뜨리기 일보 직전이었다.

"울지 마! 절대 울면 안 돼. 아까가 더 나았어. 지금보다."

야네크는 소년에게 감자를 하나 던져주었다. 소년은 순식간에 게걸스럽게 먹어치웠다. 그는 하나 더 던져주었다.

"너는 칼을 들고 내게 달려들었어야 했어. 지금 네가 해야 할 일은 그런 거야. 그러면 내 감자를 몽땅 차지할 수도 있었을 텐데."

"나는 칼이 없어."

"어쨌든 너는 나를 죽이지는 못했을 거야." 야네크가 업신여기며 그를 안심시켰다. "나는 네가 거기 있다는 걸 재빨리 눈치챘거든. 나는 인기척을 금방 느끼지. 숲에서는 그런 걸 배우게 되니까……"

소년은 감자를 먹고 있었다. 그는 감자를 먹기에 앞서 그것을 빨고, 핥고, 갉아 먹었다. 가능한 한 오랜 시간에 걸쳐 아껴 먹으려고 애쓰고 있었다. 그는 손톱으로 껍질을 벗겼고, 감자 알맹이를 다 먹은 다음에는 껍데기까지 먹어치웠다.

"너 숲에서 왔냐?"

야네크는 아무 말도 하지 않았다. 그러자 소년은 뭔가 그를 감동시킬 만한 것을 궁리했다. 무심결에 발로 땅바닥을 문지르며 그가 말했다.

"우리 아버지는 학교 선생님이었어."

"우리 아버지는 의사였어." 야네크가 말했다.

"우리 아버지는 독일군에게 죽었어." 소년이 말했다.

그러고는 자랑스럽게 덧붙였다.

"아버지는 교수형 당했어!"

그는 그 고백의 효과를 자신만만하게 기다렸다.

"거짓말!" 야네크가 조용히 말했다. "교회 입구에서 착한 여자들에게 구걸할 때나 써먹으면 되겠군. 나한텐 안 통해!"

그러자 소년이 엄숙하게 맹세했다.

"아버지는 교수형 당했어. 그들이 아버지를 대극장 앞에서 처형하고 이틀 동안이나 그 자리에 내버려두었어. 그걸 증명해줄 사람은 많아. 물어보기만 해. 내 친구들을 모조리 데리고 가서 보았으니까. 어머니가 미쳐버리자 그들은 어머니를 가두었어. 네 아버지는 교수형 당한 건 아니지?"

그는 결정적 결과를 가져다줄 듯한 그 이야기를 이용해먹으려 애쓰면서 재빨리 애원했다.

"감자 하나 더 줘!"

"우리 아버지는 독일군을 수백 명 죽였어. 우리 아버지는 네 아버지와 달라서 체포당할 만큼 어리석지 않았어……" 야네크가 거만하게 말했다.

그가 어깨를 으쓱했다.

"독일군 한 명을 죽일 때마다 교수형 당해야 한다면……"

소년이 존경스럽게 그를 바라보았다.

"아버지는 어디 계시는데?"

188

"독일군과 싸우고 있어."

"어디서?"

"스탈린그라드."

"설마."

"정말이야."

"장교야?"

"장군이지!"

야네크는 이내 자신의 거짓말에 부끄러움을 느꼈다. 아버지는 지금 어디에 있는 것일까? 어떻게 아버지에 대해 이토록 경솔하게 말할 수 있었단 말인가? 거북살스러운 기분이 들어, 그는 남은 감자들을 다 꺼내어 소년에게 던져주었다. 소년은 감자를 재빨리 움켜잡아 주머니에 넣었다.

"아내한테 줘야지." 그가 말했다.

"아내가 있어?"

"응. 그녀는 나를 위해 일해. 우리 여럿이 그녀에게 얹혀살고 있어. 마니에크 자고르스키, 요시에크 메카, 그리고 물론 즈비흐 쿠르자바도. 하지만 그녀가 좋아하는 사람은 나야."

소년은 거드름을 피우며 말했다.

"착하고 사랑스러운 여자야. 독일 병사들이 그녀에게 통조림을 주지. 그녀는 그걸 모두 집으로 가져와. 그들은 때로 돈을 주기도 해. 그러면 돈도 가져오지."

그가 침을 뱉었다.

"우리는 꽤 잘살아. 큰 불평은 없어. 담배가 좀 부족할 뿐이지."

"너희들 수가 많아?"

"오! 여러 패거리가 있지. 나는 즈비흐 쿠르자바와 함께 활동해. 굉장한 녀석이야. 멋진 녀석이지! 모두가 그의 말에 복종해. 그는 모든 계집애들을 요구할 권리가 있어. 그리고 통이 커. 어제는 그가 양식 세 자루를 가져왔어. 그는 반 시간 동안에 혼자서 여자 세 명을 공략했어. 키가 거의 너만 해. 그는 놀이를 좋아해. 아니, 흥청거리는 걸 좋아해. 한번은 그가 어디서 유대인 코흘리개를 발견했어. 그 아이는 바이올린 분더킨트*야. 걔네 부모는 총살당했거나 수용소에 잡혀 들어갔거나 뭐 그랬나봐. 즈비흐는 그 애를 우리 집에 데려왔어. 그리고 자기가 원할 때마다 녀석에게 바이올린 연주를 시키고, 우리는 춤을 춰. 나는 그 녀석을 좋아하지 않아. 재수 없는 유대인 놈이거든."

그가 침을 뱉었다.

"나는 유대인 놈들을 좋아하지 않아. 하지만 구걸할 때 길에서 바이올린을 켜게 하려고 우리는 그를 붙잡아두고 있지. 그런데 좀 이상한 놈이야. 어느 날 즈비흐가 기분이 안 좋았어. 마루가 더럽다고 생각했거든. 그때 그가 어떻게 했는지 알아?"

"아니."

"분더킨트의 목을 붙잡아서는 한쪽 끝에서 다른 쪽 끝까지 마룻바닥을 핥게 했어. 즈비흐가 아니고는 그런 걸 생각해낼 수 없지."

"그래, 즈비흐가 아니고는!" 야네크가 말했다.

"그 애 이름이 모니에크인가 뭐 그래. 하지만 모두가 그를 분

---

* '신동'이라는 뜻의 독일어.

더킨트라고 불러. '어이! 분더킨트, 장작 좀 구해 와! 바이올린을 켜! 춤춰, 노래해, 네 발로 기어.' 그러면 놈은 하라는 대로 다 해. 정말이지 이상한 놈이야."

"정말 이상하군." 야네크가 이를 악물고 말했다. "그 애 좀 만나볼 수 있을까?"

"네가 감자를 더 가지고 있다면……"

"지금은 더 없어. 하지만 다음번에 한 자루 갖다주면 안 될까?"

소년의 입이 떡 벌어졌다. 목이 멘 그가 우물우물 말했다.

"한 자루?"

"우리가 합의를 본다면."

"따라와." 소년이 말했다.

그들은 길에 나섰다.

"모두가 나를 페스트카라고 불러." 길을 가며 소년이 말했다. "너는?"

"얀 트바르도브스키."

그들은 포홀란카 거리를 따라 내려가 자발나까지 갔고, 거기서 왼쪽으로 방향을 틀었다.

"저기야." 페스트카가 말했다.

그 건물은 전에 공장으로 쓰였던 것이 분명했다. 그러나 벽들은 시꺼멓고 부분적으로 무너져 있었다. 유일하게 굴뚝만이 말짱한 모습으로 마당 한가운데 우뚝 서 있었다.

"다른 사람들은 여기 안 들어와. 위험하거든. 벽이 언제 무너질지 모르니까. 하지만 우리는 신경 안 써."

그가 야네크에게 길을 안내했다. 그들은 쓰레기로 뒤덮인 계단을 내려가 지하실로 갔다. 컴컴해서 무너진 돌더미에 부딪히기 십상이었다. 썩은 내와 똥 냄새가 났다. 바이올린 소리와 유대식 발음으로 노래하는 떨리는 목소리가 들려왔다.

떡갈나무 위에 그녀가 앉아
이를 쑤셨다네.
멍청한 인간들은
쓸데없는 생각을 했지.

바이올린이 멈췄고, 곧이어 아우성치는 목소리가 들렸다.
"한 번 더, 한 번 더! 티티나 해줘!"
"티티나!" 또 다른 목소리들이 요구했다. 그중에는 날카로운 여자애들 목소리도 섞여 있었다.
바이올린 소리와 함께 웬 아이가 낮은 목소리로 노래했다.

티티나가 병이 나
의사에게 갔는데,
의사가 그녀에게 말하길
남자가 그녀 위에 앉아 있다는군.

"지금 즈비흐 쿠르자바는 기분이 좋아." 페스트카가 조심스럽게 말했다.
지하실은 반 이상이 돌로 막혀 있었다. 천장이 무너져 내린 것이었다. 다른 쪽에는 불을 둘러싸고 소년소녀 패거리가 모여 있었다. 그들은 자루나 상자, 썩은 매트리스 위에 앉아 있었다. 가장 나이 많은 아이가 기껏해야 열다섯 살 정도 되어 보였다.

"즈비흐 쿠르자바." 페스트카가 매우 공손한 태도로 말했다.

결핵 환자 같은 얼굴, 금발의 더벅머리, 마치 공기가 너무 부족하다는 듯 놀라울 정도로 넓은 콧구멍. 야윈 가슴과 좁은 어깨. 꾹 다문 입, 심술궂게 찡그린 눈.

"한 번 더, 분더킨트! 티티나 한 번 더!"

패거리 한가운데 열두 살쯤 되어 보이는 아이가 서 있었다. 못생긴 아이였다. 적갈색 곱슬머리, 두툼한 입과 코, 붉은 눈꺼풀에 속눈썹 없는 눈. 그는 바이올린을 옆구리에 끼고 있었다. 그의 입이 떨리더니, 이내 그는 바이올린을 켜며 노래를 부르기 시작했다.

그녀는 선인장 아래 누워
인도인과 사랑을 나눴다네.

"할 줄 아는 게 뭐야, 분더킨트?" 여자애 하나가 소리쳤다.

"나는 노래를 부르고, 바이올린을 켜고, 춤을 추고, 재주를 부려!" 아이는 재빨리 대답하고 계속 노래를 불렀다.

그녀는 측백나무 아래 누워
호랑이와 사랑을 나눴다네.

페스트카가 앞으로 가 야네크를 소개했다. 즈비흐 쿠르자바가 그에게 불안한 시선을 던졌다. 그는 자기보다 강한 소년들을 싫어하고 두려워하는 것 같았다. 페스트카가 그에게 귓속말을 했다.

"감자의 대가로 뭘 원하지?" 즈비흐가 물었다.

"좀 있다 얘기할게."

"아무래도 좋아. 나는 먹을 게 충분하거든. 감자는 아니지만."

즈비흐는 이렇게 말하고 분더킨트를 향해 돌아섰다.

"그 못생긴 얼굴 치우고 가서 물이나 데워."

아이가 곧 돌더미 뒤로 사라졌다.

"저 아이와 얘기해도 될까?" 야네크가 물었다.

즈비흐 쿠르자바가 그를 뚫어지게 쳐다보았다.

"그것 때문에 온 거군?"

"그래."

"좋아. 가봐. 돈도 안 드는 일인걸!"

야네크는 장작불 위로 몸을 숙이고 있는 아이에게 갔다. 그는 물을 끓이며 소리 없이 울고 있었다.

"이름이 뭐니?"

아이가 소스라치며 겁에 질린 얼굴로 야네크를 돌아보았다.

"분더킨트, 분더킨트." 자동인형처럼 그가 빠르게 반복했다. "나는 노래를 부르고, 바이올린을 켜고, 춤을 추고, 재주를 부려! 때리지 마!"

"난 널 때리지 않아! 네가 바이올린을 연주할 줄 안다면 아무도 널 때리지 않을 거야……"

분더킨트라는 아이는 그에게 의심스러운 눈빛을 던졌다. 그의 바이올린은 벽에 기대어져 있었다. 야네크가 손을 뻗었다……

　"그거 만지지 마! 그걸 만지면 즈비흐가 네 입을 찢어놓을 거야." 아이가 소리쳤다.

　"만질 생각은 아니었어. 그리고 나는 그를 무서워하지 않아."

　"그렇지 않아. 모두가 그를 무서워해."

　"바이올린 연주할 줄 알아, 몰라?"

　아이가 주의 깊게 그를 쳐다보았다.

　"음악 좋아하니?"

　"굉장히."

　"그럼 너는 날 때리지 않겠구나. 사람들은 음악을 좋아할 줄은 모르고 나를 때릴 줄은 알지…… 너 아무한테도 말 안 할 거지?"

　"아무한테도."

　"그럼 들어봐……"

　그가 바이올린을 집어 들었다.

　더러운 누더기를 걸친 아이, 유대인 거주 지역의 학살로 부모를 잃은 유대인 아이가 악취 풍기는 지하실 한가운데 서서 세계와 인간의 명예를 회복시키고 있었다. 신의 명예를 회복시키고 있었다. 그는 연주하고 있었다. 그의 얼굴은 더 이상 흉하지 않았고, 그의 어설픈 몸은 더 이상 우스꽝스럽지 않았다. 그리고 그의 자그마한 손에서 활은 요술 막대기가 되었다. 승리자처럼 의기양양하게 머리를 뒤로 젖히고, 승리의 미소로 반쯤 입을 벌린 채 그는 연주하고 있었다. 세계가 혼돈으로부터 빠져나왔다. 세계가 조화롭고 순수한 모습을 띠어갔다. 연주가 시작되자마자 증오가 사라졌고, 처음 몇 곡에 굶주림과 경멸과 추악함이 달아나 버렸다. 빛이 비치면 까무라쳐 죽어버리는 음지의 애벌레들처럼. 가슴마다 사랑의 온기가 숨을 쉬고 있었다. 모두가 손을 내밀고, 모두의 가슴에서 형제애가 숨을 쉬었다. 아이는 이따금 연주를 멈추고 의기양양한 태도로 야네크를 쳐다보았다. 그러면 야네크는 이렇게 말하는 것이었다.

"한 번 더."

아이는 계속 연주했다…… 야네크는 불현듯 두려움을 느꼈다. 죽음에 대한 두려움이었다. 독일군의 총알, 추위, 굶주림. 그는 인간의 성배를 영혼 속에 받아들이기도 전에 사라질 것이다. 사람들이 이마에 땀을 흘리고 피눈물을 쏟는 가운데 페스트와 증오 속에서, 학살과 모욕 속에서, 육체와 정신의 크나큰 고통 속에서, 하늘의 분노와 냉담 속에서, 여러 해 동안 비참한 삶을 살아오면서도 수천 년을 위한 아름다움을 창조해낼 줄 알았던 이 인간 개미들의 비할 데 없는 노역 속에서 그 성배가 탄생되었건만.

"쟤들은 나를 때려." 쓰라린 목소리로 갑자기 아이가 말했다. "그리고 내 혓바닥으로 바닥을 닦게 해……"

"이름이 뭐니?" 야네크가 속삭였다.

"모니에크 스테른." 아이가 대답했다. "아버지는 내가 훌륭한 음악가가 될 거라고 말했어. 야샤 하이페츠나 예후디 메누힌 같은. 하지만 아버지는 죽었고, 쟤들은 나를 때려."

"나하고 같이 갈래?"

"어디로?"

"숲으로. 빨치산들이 사는 곳으로."

"여기서 나갈 수만 있다면 어디든 가겠어. 하지만 쟤들이 보내주지 않을 거야. 나는 유대인이고, 쟤들의 장난감이거든. 내가 없으면 쟤들은 자기들끼리 서로 죽일 거야."

"생각 좀 해보자." 야네크가 이를 악물고 말했다.

"물 어떻게 됐어?" 누군가 외쳤다. "분더킨트, 한 대 걸어채고 싶어?"

즈비흐였다. 그는 눈을 찡그리고 야네크를 쳐다보았다.

"음모를 꾸미는 건가?"

"나한테 감자 한 자루가 있어."

"두 자루겠지. 나는 네가 행복해하는 것을 봤어, 친구."

"한 자루일 수도 있고, 전혀 없을 수도 있어."

두 소년의 눈이 마주쳤다.

교환은 다음 날 안토콜의 운동장 뒤에서 이루어졌다. 즈비흐가 페스트카를 데리고 약속된 시간에 도착했다. 그 뒤로, 한참 거리를 두고서 어린 음악가가 종종걸음으로 걸어오고 있었다.

"여기다, 분더킨트!" 즈비흐가 외쳤다.

아이가 뛰었다.

"자, 여기 있다. 상태는 좋아. 바이올린도 가져왔고! 페스트카, 네가 자루를 들고 간다!"

페스트카가 모자를 벗고 귀를 긁었다.

"돌아가는 길 내내?"

"당-연-하-지!" 즈비흐가 휘파람을 불었다. "게다가 올 때보다 더 빨리!"

페스트카가 한숨을 쉬더니 손바닥에 침을 뱉고는 자루를 들어 어깨에 졌다.

"너 숲 좋아하니?" 눈 속을 걸어 소나무들 사이로 들어서면서 야네크가 물었다.

"모르겠어." 모니에크가 조심스럽게 말했다.

그는 야네크의 기분을 상하게 할까봐 겁을 내고 있었다.

"겁내지 마. 이제는 아무도 너를 때리지 않을 거야. 네 생각을 말해도 돼."

"나는 모르겠어. 한 번도 들판에 나와본 적이 없거든."

그러나 모니에크는 숲을 좋아하지 않았다. 자연이 인간만큼 잔인할 수 있다는 것을 그는 재빨리 간파했다. 매우 오래전부터 그의 종족은 대지와 관계를 끊고 살아왔고, 얼어붙은 숲과의 접촉은 너무나 가혹했다. 첫날 밤부터 아이는 잔뜩 몸을 웅크린 채 가련하게 떨며 그저 울기만 했다. 모니에크는 감각이 마비된 손을, 복종하기를 거부하는 손가락들을 공포스럽게 바라보았다. 그는 기회만 있으면 불에 손을 쬐었지만 항상 불이 있는 것은 아니었다……

"나는 손가락을 잃게 될 거야!" 그는 끊임없이 불평했다.

그러고는 바이올린을 집어 들고서, 손의 감각을 살리기 위해 연주를 시작했다. 눈 속에, 별 아래 서서 몇 시간이고 연주를 했다. 사람들이 잘 때 그는 자리를 떴고, 그러고 나면 소나무 숲에서 구슬프게 울려 퍼지는 비통한 바이올린 소리가 오랫동안 아득하게 들려왔다. 야네크는 싫증도 내지 않고 그 연주를 들었다. 너무 늦기 전에 주머니를 가득 채우려고 서두르는 도둑처럼, 그는 아이가 냉혹하고 탐욕스러운 눈 속에서 모든 능력을 마지막 한 방울까지 쥐어짜도록 내버려두었다…… 때로 아이에게 뜨거운 재나 잉걸불을 가져다주기도 했지만, 그것은 동정심에서 나온 행동은 아니었다. 그는 단지 다음 날 그 신동이 제 역할을 못하게 될까봐 우려했을 뿐이었다. 빨치산들은 모니에크를 그다지 따뜻하게 맞아들이지 않았다. 크릴렌코는 어린 유대인을 위아래로 훑어보더니, 쉰 목소리의 이디시어로 얀켈에게 말했다.

"축하하네!"

그 후 그는 마치 모니에크가 존재하지 않는 것처럼 굴었다. 겨우 그를 무시하지 않는 정도로만 행동했다. 모니에크가 바이올린을 연주할 때 크릴렌코는 그저 멍하게 코를 후비고 있었다. 그러나 어느 날 밤 야네크는, 나무 뒤에 숨어서 입을 벌린 채 어린 유대인의 모차르트 연주에 귀 기울이고 있는 크릴렌코와 맞닥뜨리게 되었다. 들켰다고 생각한 크릴렌코가 투덜거렸다.

"오줌 누려고 일어난 거야."

"누가 뭐래요?"

그런가 하면 얀켈 쿠키에르는 모니에크를 심문했다. 이름이 무엇인가? 아버지의 직업은 무엇인가? 어머니의 처녀 적 성은 무엇인가? 할아버지는 무슨 일을 했는가? 스비에치아니의 수의사 스테른과 관계가 있는가? 아니라고? 스비에치아니의 수

의사 스테른과 아무 관계도 없단 말인가? 그렇다면 몰로데치노의 서점 주인 스테른의 친척이거나, 아니면 니에미에츠카에서 시오마 카펠루시니크네 가게와 야코브 질베르트크베이트네 가게 사이에 가게를 열고 있는, 빌노의 모피 상인 스테른의 친척이겠군? 아니라고? 그 스테른들과 친척 관계가 아니야? 음……이상하군. 참 이상해. 그럼 스테른 성을 가진 사람들 중 누가 너의 친척인가? 코브노의 스테른? 점점 더 이상해지는군. 나는 전쟁 전에 코브노에 여러 번 갔지만 거기서 스테른이라는 성을 가진 사람은 보지 못했는데. 그 대신에 치페르블라트라는 사람을 알게 되었다. 약제사인 야하 치페르블라트. 코브노의 약제사 야하 치페르블라트를 아는가? 모른다. 전혀. 음…… 그럼 왜 독일군이 너의 부모를 죽였나? 이유 없이? 음…… 가능한 일이지. 지금 수많은 사람들이 이유 없이 죽어가고 있지. 하지만 그래도 무슨 이유가 있겠지? 음…… 그럴 수도 있지.

"애 좀 가만 눠둬." 드디어 마호르카가 넌덜머리를 내며 말했다.

그러고는 모니에크에게 다가가 물었다.

"하느님을 믿니?"

모니에크는 아무 말 없이 바이올린을 집어 들었다. 그리고 눈을 감고 오랫동안 연주했다. 연주가 끝나자 마호르카가 말했다.

"착한 아이구나."

하지만 모니에크는 숲에 오래 머물지 않았다. 그가 누더기로 손을 친친 감싸고, 변변찮은 불길에 손을 내밀어 온기를 구걸했음에도 불구하고 그의 손가락들은 빠르게 죽어갔다. 그가 내는 바이올린 소리는 점점 탁해졌고, 때로는 혼란스러운 삐걱거림으로 곡이 끝나기도 했다. 그러면 그는 바이올린을 무릎 위에 올려놓고 울었고, 그의 얼굴은 슬픔으로 일그러져 더욱 보기 흉해졌다.

"나는 손가락을 잃고 있어, 손가락을 잃고 있어." 그가 흐느꼈다.

크리스마스 무렵에 그는 감기에 걸렸다. 공처럼, 가련하게 떠는 어린 짐승처럼 몸을 동그랗게 웅크리고서 그는 빨치산 구덩이 속에서 오랜 잠에 빠졌다. 헛소리를 하며, 얀켈만이 이해할 수 있는 이상한 이디시어 단어들을 더듬더듬 내뱉었다. 얀켈이 그 말들을 야네크에게 진지하게 해석해주었다.

"부모를 부르고 있는 거야."

또는 이랬다.

"기도를 하고 있는 거야."

어느 날 밤, 대원들이 잠든 지 한참 되었을 때 의식을 되찾은 분더킨트가 더듬더듬 몇 마디 말을 했다. 얀켈이 일어났다.

"얘가 바이올린을 찾고 있어."

아이는 바이올린을 집어 들었다. 활을 들었지만 기력이 달리자 바이올린을 가슴에, 뺨에 꼭 껴안았다. 그의 입술이 소리 없는 현들을 어루만졌다. 그는 그렇게 죽어갔다. 품속에 바이올린을 꼭 껴안고서.

11월에 빌레이카 지역 모든 빨치산 부대의 총집회가 크리스마스 날 밤에 열리게 된다는 소식이 숲속에 퍼졌다. 마호르카는

지도를 손에 들고 이 분대에서 저 분대로 다니며, 십자가로 표시해둔 집결 장소를 그 커다란 손가락으로 짚어주었다. 그리고 빨치산 나데이다가 그 집회에 참석하여 그토록 오랫동안 용감하고 충성스럽게 자신을 따라준 사람들에게 이야기를 하게 될 거라는 소문이 돌았다.

그들은 구덩이 밖으로 나와, 새로 내린 눈으로 뒤덮인 고요한 숲을 가로질러 그림자처럼 미끄러져 갔다. 추위는 살을 에는 듯 매서웠고 공기는 잔잔했다. 전날 동쪽으로부터 다시 한 차례 불어왔던 바람이, 다른 많은 침략자들처럼 그 눈 덮인 광대한 공간에서 결국 쇠진하고 말았던 것이다. 하얀 팔을 가진 전나무들은 작은 흔들림도 보이지 않았다. 마치 별들이 하늘에서 떨어져 얼음 입자들 하나하나 속으로 흩어진 것만 같았고, 몸을 굽히기만 하면 그것들을 주울 수 있을 것만 같았다.

북쪽에서 빨치산 올레시아가 왔다. 그는 젊은 교사인데, 스무 명 이상의 적병을 죽이는 공적을 세웠다. 비명 소리도 나오지 않게 보초병의 목을 따는 기술에서 그를 따를 자가 없었다. 그리고 부라크 신부가 왔다. 과거에 그는, 나머지 전선에서 마지막 폴란드 대포가 소리를 멈춘 뒤에도 보름이나 더 싸웠던, 발트 해 연안에 주둔했던 폴란드 군대의 부속 사제였다. 그는 딱 벌어진 육중한 체격에, 강한 주먹과 냉정하고 정확한 눈을 가지고 있었다. 그는 50미터 떨어진 곳에서 수류탄을 던져 모자 속에 쏙 들어가게 할 수도 있었다.

동쪽에서는 쿠블라이가 왔다. 그는 노벨 화학상 수상자로, 연구 업적을 통해 전 세계에 알려진 인물이었다. 그는 침략자가 마시는 물, 그들이 먹는 음식, 심지어 그들이 들이마시는 공기까지 오염시키는 일을 맡고 있었다. 빌노에 있는 게슈타포 참모부 건물 굴뚝에 시안화물 정제들을 투입해 그 독성으로 참모장과, 폴란드인들의 사형 집행을 담당하는 한스 셸다, 그리고 그의 부하 열두 명을 죽인 것이 바로 그였다.

서쪽에서는 전 레슬링 챔피언 푸치아타가 왔다. 그는 유명한 폴란드 레슬링 선수 슈테케르와 피네키의 라이벌이자, 링에서의 비열한 행동 때문에 예전에 대중에게 미움을 받았던 인물이었다. 그는 오랫동안 반칙적인 공격과 비열한 경기 태도, 금지된 속임수로 악명을 떨쳤고, 이제는 또 다른 링에서, 코미디가 벌어지고 있는 곳에 불과한 새로운 링에서 똑같은 역할로 실력 이상의 힘을 발휘하고 있었다.

남쪽에서는, 지금은 크릴렌코의 지휘하에 있는 체르프의 분대와 도브란스키의 분대, 미하이코의 분대가 왔다. 많은 빨치산 대장들과 그들의 사람들, 젊거나 늙은, 이미 유명하거나 조금 더 유명해진, 그리고 처음으로 서로 만나게 된 사람들이 거기 모여 있었다.

어떤 사람들은 스키를 타고 왔고, 어떤 사람들은 징이 박힌 눈신을 신고 왔다. 또 어떤 사람들은 무릎까지 빠지는 눈 속을 힘들게 걸어서 왔다. 그들은 빌레이카 숲 사방팔방에서 왔다. 그들 주위에서는 전나무들이, 별이 빛나는 눈 덮인 가지들을 벌리고 있었다. 때때로 야네크는, 크리스마스의 이 고요한 밤에 숲 전체가 곧 선물을 안고서 먼 곳에 있는 한 외양간을 향해 걸어가기 시작할 것만 같은 느낌을 받았다.

집결 장소에 가까워지면서 어떤 낯선 산광散光이 어둠 속에서 희미하게 나타나기 시작했다. 그 방향으로 십 분쯤 더 걸어가면서 야네크는, 저토록 대지와 가까운 하늘에 있는 그 새로운 천체는 어떤 것일까 생각했다. 마침내 숲속 빈터에 이르렀을 때 그들은 그 빛의 진원지가, 가지가지마다 촛불들로 뒤덮여 있는 한 그루 전나무임을 알게 되었다. 이미 백여 명의 빨치산이 그 살아 있는 크리스마스 트리 주변에 둥그렇게 모여 있었다.

바람 한 점, 살랑거리는 나뭇잎 하나 없이 공기가 매우 잔잔해, 작은 불꽃들은 하늘에 있는 화려한 빛을 향해 평온하게 몸을 세우고 있었다. 고요 속에서 갑자기 까마귀 소리가 울려 퍼졌다. 잠에서 깨어난 까마귀들이 인간의 손이 만들어놓은 이 새벽을 보고, 온 숲에 새벽이 왔음을 알리기 시작한 것이었다.

야네크는 거기 모여 얼어붙은 공기 속으로 입김을 내뿜고 있는 사람들의 얼굴을 열심히 살펴보았다. 두근거리는 가슴으로 그는, 그들 사이에서 나데이다라는 전설적인 이름으로 숨어 있는 사람이 과연 누구인지 알아맞혀 보려 했다. 그는 그날 밤 나데이다가 거기에 와 있다고 확신했다. 나데이다의 비밀을 꿰뚫어 보기란 쉽지 않았고, 그 영웅인 것처럼 여겨지는 얼굴들이 너무 많았다. 나데이다는 부라크 신부일 수도 있었다. 딱 벌어진 땅딸막한 체구의 신부는 허리에 수류탄 띠를 두르고 눈신을 신고 서 있었다. 아니면 학자인 쿠블라이일 수도 있었다. 그의 피 속에는 압제자에게 상해를 입히겠다는 냉혹한 의지가 흐르고 있었고, 그의 입가에서는 희미한 냉소가 떠나지 않았다. 아니면 나데이다는 레슬링 선수 푸치아타일 수도 있었다. 두 해

동안 수많은 유격전을 치르면서도 단 한 사람도 잃지 않았을 만
큼 그는 수완이 좋았다. 아니면 도브란스키일 수도 있었다. 맨
머리에 가죽 외투를 입은 그는 무척 젊었고, 일반적으로 한 영
웅을 상상할 때 떠오르는 모든 것에 너무나 어울려 보였다. 어
쩌면 나데이다는 학교 선생 올레시아인지도 몰랐다. 그는 단도
외에는 아무 무기도 소지하고 있지 않았다. 어쩌면 야레마인지
도 몰랐다. 몽골 사람 같은 얼굴에 뾰족한 모피 모자를 쓴 그는
집결지로 오기 위해 스키로 이틀 밤을 행군했다. 그의 병사들은
모두 독일군처럼 보였다. 그들의 군수품 하나하나가 다 적병을
죽여 탈취한 것들이기 때문이었다. 또 어쩌면 나데이다는 바로
크릴렌코인지도 몰랐다. 양털을 댄 외투를 입은 그의 몸이 어찌
나 큰지, 그의 손에 들려 있는 경기관총이 꼭 장난감처럼 보였
다. 어쩌면 나데이다는 그 사람들 각각이자 모두일 수도 있었
다. 그가 와 있다는 것, 그것에는 의심의 여지가 없었다. 그들의
시선 속에, 각자의 얼굴 위에서 읽히는 강인한 의지와 희망 속
에, 그리고 심지어 야네크가 마음 깊이 느끼고 있는 열광과 기
쁨 속에는, 그가 그들 사이에서 일어나 자기 이름을 밝힌 것이
나 진배없을 정도로 그 사실을 확연한 것으로 만들어주는 무엇
인가가 있었다. 그리고 야네크는 하늘이 광채를 발하고 있다면,
자기 눈으로 본 그 어떤 밤의 빛보다 더 평온하고 더 빛나는 빛
들이 하늘에 보이고 있다면, 그것은 자신의 전설적 영웅이 이
숲에 와 있다는 사실이 그 먼 곳까지 알려져 환영받고 있기 때
문일 거라고 생각했다.

　부라크 신부가 기도하자고 말했다. 불 켜진 나무 둘레에서 신

도들은 눈 속에 무릎을 꿇었고, 다른 사람들은 머리를 숙이고 서, 그들의 동지들이 절대자에게 기도하는 것과 똑같은 열정으로 인간에 대한 자신들의 믿음을 찬양했다. 까마귀의 외침이 그쳤다. 숲은 고요를 되찾았다. 별들이 눈밭과 하늘에서 똑같이 찬란하게 빛났다. 천년의 속삭임이 그보다 더 오래된 길을 한 번 더 지나가고 있었다.

기도 후 도브란스키가 대열에서 나와 그들에게 알렸다.

"우리 총사령관의 메시지를 읽어드리겠습니다."

사람들이 자리에서 일어섰고, 도브란스키가 읽었다.

'1942년 12월 24일. 총사령관이 빌레이카의 빨치산들에게.

러시아군이 볼가 강 전선에서 공격하고 있고, 연합군이 북아프리카에서 진격하고 있다. 그들의 유럽 대륙 상륙은 이제 시간문제다. 여러분의 투쟁, 여러분의 용기, 여러분의 격렬한 저항은 오늘날 전 세계에 알려졌다. 여러분의 이름은 전설이 되었다. 가장 캄캄한 암흑 속에서 여러분은 세계에 가장 큰 광명을 주었다. 나는, 승리가 지척에 와 있는 이때에 여러분이 형제애를 가지고 단결하기를, 여러분이 가슴속에 더욱 큰 힘과 용기를 품어주기를 희망한다. 우리의 때가 왔을 때 압제 없이 승리하기 위해서, 망각 없이 용서하기 위해서 우리에게는 그러한 힘과 용기가 필요할 것이다. 서명 : 빨치산 나데이다.'

27

1월 초에 도시로 원정 나갔던 마호르카가 흥미로운 정보를
가지고 돌아왔다. 트럭— 눈에 대비해 특별 제작된, 무한궤도를
장착한 그 유명한 '오펠'이었다— 종대가 스물네 시간 전부터
안토콜 삼림의 묘지 옆에 주둔해 있다는 것이었다. 차량은 엄중
하게 감시되고 있었다. 마호르카에 따르면 트럭 한 대당 보초병
한 명에 기관총이 두 개씩 배치되어 있다고 했다. '대반격'의 낌
새를 감지한 즈보로브스키 삼형제는, 마치 천국 주변에서 고통
받고 있는 영혼들처럼 며칠 밤을 트럭 주변에서 보냈다. 그러나
그들의 정보는 빈약했다. 안토콜 사람들은 트럭에 접근하는 것
이 금지되어 있다는 것 외에는 아무것도 알지 못했고, 즈보로브
스키 형제들이 관찰을 통해 얻은 유일한 결론은 차량들에 폭약
과 휘발유가 실려 있다는 것이었다. 병사들이 트럭 근처에서는

절대로 담배를 피우지 않았고, 길을 건너가서야 담배를 꺼내 물곤 했던 것이다. 즈보로브스키 만형은 손톱을 물어뜯으며 뜬눈으로 하룻밤을 보내고 나서 이튿날 아침 조시아를 찾아갔다. 그녀는 빨래를 해주기 위해 빨치산 거주지에 와 있었다.

"주스카……"

"왜?"

야네크 외의 남자들과 이야기할 때면 조시아는 도전적이고 공격적인 태도를 취했다.

"네가 필요해."

그녀가 그를 바라보았다.

"안 돼. 그건 안 돼…… 이젠 끝났어."

"내 말 좀 들어봐, 조시아. 중요한 일이야."

"안 돼. 이젠 안 해. 이젠 내 일이 아니야."

즈보로브스키 만형이 그녀의 팔을 붙잡았다.

"이번이 마지막이야. 맹세해, 주스카. 이번이 마지막이야. 지금까지 잘했잖아."

"내가 무슨 일을 하고 있는지도 몰랐어. 나는 아무 느낌도 없었어. 그건 아무것도 아니었어. 나는 아무것도 안 했어. 이젠……"

그녀는 남자의 눈을 냉정하게 바라보았다.

"이제 난 느낄 수 있어. 나는 이제 야네크 아닌 다른 남자와는 하고 싶지 않아. 오, 안 돼!"

"너는 야네크 아닌 다른 남자와는 여전히 아무것도 느끼지 못할 거야, 조시아……"

그녀는 머리로 '안 돼'라고 말했다. 그리고 더운물 속에 팔꿈치까지 담근 채 세탁물 위로 몸을 숙였다. 즈보로브스키 맏형은 '그리고 야네크는 아무것도 모를 거야'라고 말하고 싶었지만 거기서 멈췄다. 그 모든 논리가 옳지 않으며 그 모든 이유가 거짓이라는 것, 변명의 여지가 없다는 것을 그는 알고 있었다. 그러나 마음속에서는 분노가 솟았다. 투쟁 아닌 다른 것에 가치를 부여할 수 있는 모든 사람들에 대한 분노와 무한한 경멸. 그가 화난 목소리로 말했다.

"그 트럭들에는 아마 폭약이 잔뜩 실려 있을 거야. 막대한 양이지. 내일, 내일모레, 그들은 전선으로 떠날 거야. 그들은 스탈린그라드로 가서……"

그가 이어서 할 말을 찾고 있었다.

"그럼 너무 늦을 거야!"

그는 어깨에 와 닿는 손을 느꼈다. 조시아가 소녀의 목소리로 부드럽게 말했다.

"갈게. 가야지. 그만해, 카지크, 내가 갈게."

그녀는 울기 시작했다. 즈보로브스키 맏형은 돌아서서 그 자리를 피했다. 침대로 뛰어든 그는 이를 악문 채 얼굴을 손에 묻었다. 관자놀이에서 피가 뛰었다. 부끄러움으로 달아오른 피였다. 그의 동생이 옆 침대에서 총을 닦고 있었다.

"무슨 일이야, 카지크?"

"닥쳐. 아무것도 아니야."

"이 아파?"

"조용히 해, 빌어먹을……"

창백하고 찌푸린 얼굴로 그가 갑자기 동생을 돌아보았다.

"입을 찢어놓기 전에 닥쳐. 그 더러운 입 좀 닥쳐······"

그의 동생이 잠시 멈칫하다가 물었다.

"그럼 그녀를 보낸 거야?"

"나는 개야. 알겠어, 스테페크? 개라고, 더러운 개. 나는 그것 밖에 안 되는 놈이야······"

"걱정하지 마. 더도 덜도 아니고 더러운 개 한 마리가 세상에 있다 한들 그것이 무슨 대단한 짓을 할 수 있겠어?"

조시아는 두 시간 이상을 걸었다. 그녀는 눈 위를 기어가는 작고 검은 한 마리 개미가 되어 길 한가운데로 걸어갔다. 멀리 보초병이 보였다. 병사는 두 무릎 사이에 총을 꼭 끼고서 몸을 덥히려는 듯 두 팔로 자기 가슴을 치고 있었다. 조시아는 길에서 50미터 떨어진 곳에 있는 트럭도 보았다. 그 앞에는 기관총 하나와, 방한모로 얼굴을 가린 병사 두 명이 있었다. 보초병이 동작을 멈추고 총을 집어 들었다.

"이리로는 못 지나간다. 돌아가!"

그는 폴란드어로 이해시키려고 노력했다.

"못 가······ 저리 가, 저리 가!"

"애쓸 것 없어, 자기. 나 독일어 할 줄 알아." 조시아가 다정하게 미소 지으며 말했다.

"독일군하고 다닌 지 삼 년이야. 그래서······ 독일어를 꽤 배 웠지!"

병사가 웃기 시작했다. 그는 트럭을 향해 외쳤다.

"이봐, 우리 몸을 녹여줄 계집애를 발견했어."

다른 보초병이 다가왔다. 어두운 얼굴의 나이 든 남자로, 추위 때문에 코언저리 피부가 벗어지고 있었다. 그가 머리끝부터 발끝까지 조시아를 뜯어보더니 침을 뱉었다.

"여기 여자들은 모두 매독에 걸렸어."

"애는 깨끗한 것 같은데. 게다가 굉장히 어리잖아." 첫 번째 병사가 말했다.

"그건 아무 상관 없어. 난 벨기에서 열다섯 살 먹은 계집애한테 옮았고, 또 콜루슈케는 열넷밖에 안 된 계집애 때문에 병원으로 후송됐어. 너, 증명서 있어?"

"응."

"꺼내봐!"

조시아가 주머니에서 증명서를 꺼냈다.

"정기적으로 검사받은 것 같은데." 첫 번째 병사가 보지도 않고 말했다.

"그렇군." 나이 든 쪽이 말했다. "나는 믿지 않아. 이 더러운 나라에서는."

그가 침을 뱉었다.

"하지만 어차피 상관없잖아. 매독에 걸리면 후송될 거야. 내가 원하는 건 그뿐이야. 나는 지금 이동하는 곳으로 가고 싶지 않아."

"한 번에 얼마?"

"돈은 필요 없어. 살 수 있는 게 아무것도 없으니까. 하지만 통조림이 있다면……"

젊은 병사가 웃기 시작했다.

"이 꼬마, 바보가 아닌데. 이런 계집애들은 어디서나 이해가 빠르지!"

"우리 둘이서 통조림 하나를 주지."

"너무 적어."

"그럼 동료들에게 할 건지 물어볼게. 한 사람당 통조림 하나로 가격을 말할게."

"좋아."

"중사에게도 생각 있는지 물어보는 게 좋을걸. 그는 그걸 대단히 좋아하거든. 그러면 나중에 우릴 좀 잘 봐주겠지." 나이 든 쪽이 말했다.

"난 중사 다음에 하고 싶지 않아. 확실하진 않지만 벨기에에서……"

"우리가 먼저 하자."

그가 조시아에게 돌아섰다.

"저기 덤불 속에서 기다려. 한 시간 후가 교대 시간이니까. 널 찾으러 갈게. 그때 트럭 사이로 가자. 거기가 바람이 덜 부니까."

"알았어."

……그녀는 기다렸다. 나무 그루터기 위에 앉아서 기다렸다. 그녀는 즈보로브스키 맏형이 했던 말을 생각했다. '이번이 마지막이야.' 그러나 그녀는 그 말을 믿지 않았다. 고통을 겪는 데 '마지막'은 없었다. 그리고 희망은, 새로운 고통을 견뎌내도록 인간을 격려하기 위한 신의 술책에 지나지 않았다. 그녀는 기다렸다. 시간이 느리게 흘러갔고, 공기가 얼음처럼 혹독하게 차

가웠고, 까마귀가 깍깍댔고, 하늘은 창백했다. 그녀는 자문하고 있었다. 내가 원하는 것은 오직 사랑하고 먹고 따뜻하게 지내는 것뿐인데, 평화롭게 사랑하는 것, 굶어 죽지 않는 것, 얼어 죽지 않는 것이 왜 그토록 어려운 것일까? 지구는 둥글며 자전한다든가, 맞춤법이 어떻게 된다든가 하는 것 등 제 나이 또래의 여자아이들이 학교에서 배우는 내용들을 다 깨우치는 것보다 그 문제에 대한 답을 알아내는 것이 더 중요하다고 그녀는 생각했다. 그녀는 기다렸다. 그녀는 나무들을 보았고, 그들의 단단한 껍질을 부러워했다. 또한 엄마를 생각했고, 야네크의 얼굴이 생각나지 않는다는 것을 깨달았다. 그의 목소리가 귓가에 맴돌고 있었다. '더 이상 전쟁이 없게 하기 위해서 스탈린그라드에서 사람들이 싸우고 있어.' 하지만 이미 그녀는 그것이 진실이 아니라는 것, 사람들은 어떤 사상을 위해서가 아니라 단지 다른 사람들에게 맞서기 위해서 싸우고 있다는 것, 병사의 힘은 분노가 아니라 무관심이라는 것, 그리고 문명의 발자취들은 폐허일 뿐이고 앞으로도 영원히 그러하리라는 것을 알고 있었다.

"저기 있다!" 누군가 말했다.

병사들이 호기심을 가지고 그녀를 뜯어보았다.

"내가 제일 먼저 할래!"

"매독 걸렸어? 매독 걸린 애였으면 좋겠다! 나의 프리다는 내가 철십자 훈장을 받으며 죽는 것보다는 매독에 걸린 채 살아 있기를 더 원한다고!"

"얘는 매독 안 걸렸어."

"뭐 상관없어."

"좀 비켜봐. 자, 내 통조림. 일등품 고기야! 약속은 약속이니까!"

"나는 두 개 주고 두 번 한다."

"되지도 않는 일에 쓸데없이 욕심내면 뭘 해."

"어디 조용한 자리 있어?"

"트럭 사이에."

"눈이 있는데."

"봄까지 기다릴까?"

"이봐, 농담하겠다는 거야, 하겠다는 거야?"

"따라와." 첫 번째 병사가 말했다.

그녀는 그를 따라갔다. 트럭들이 가축 떼처럼 빽빽하게 서 있었다. 병사가 외투를 벗어 눈 위에 펼쳤다.

"이리 와. 네가 마음에 들어."

"그래?"

"그래."

"그럼 내가 또 왔으면 좋겠어?"

"그래. 내일 또 와. 더 늦게는 안 돼. 우린 떠나."

"모레 다시 올 수 있을 거야."

"우린 모레 떠나."

"아침에 올 수 있어."

"우린 새벽에 떠나."

"불쌍한 자기, 불쌍한 자기……"

그녀는 눈을 감고 머리를 뒤로 젖혔다. '아무 느낌도 없었으면, 아무 느낌도 없었으면……' 그녀는 등에 땅의 냉기를 느끼고 있었다. 사랑 없이 여자를 껴안을 때 남자 스스로 갖게 되는 반발심 때문에 그녀에게 상처를 입히는 손톱과 주먹을 느끼고 있었다. 그녀는 까마귀 울음소리를, 남자들이 낮게 중얼거리는 욕설을, 바람 소리를 듣고 있었다. 그녀는 아무 말도 하지 않았다. 울지 않았다. 배고플 때 같았고, 추울 때 같았다. 전쟁 같았다.

그녀가 물었다.

"기다리고 있는 사람들 많아?"

"네 명."

"담배 하나 줘."

"미쳤군. 금연이야."

"왜?"

"트럭마다 폭약이 꽉 들어차 있거든. 로켓탄용인데 새로 나온 거야. 스탈린그라드에서 쓰려고. 조금만 가지고도 모든 걸 날려버릴 수 있어."

"설마."

"그렇다니까. 이 트럭들을 타고 달릴 때는 모두들 겁에 질려 꼭 죽은 사람들 같다니까! 한 차례 충돌만 있어도 얼굴에 핏기 가실 틈도 없이 그냥……"

"그래?"

"그렇다니까. 감히 급정지 한 번 할 수 없다고!"

어떤 병사는 그녀에게 손도 대지 않았다. 그가 간청했다.

"친구들한테는 얘기하지 마……"

"얘기 안 할게."

"고마워. 나는 너무 창피해……"

또 어떤 병사는 그녀에게 계속 반복해서 말했다.

"다정한 말을 해줘, 내 머리카락에 키스해줘."

그녀는 갑자기 목에 눈물방울이 떨어지는 것을 느꼈다. 그녀는 역겨운 마음으로 그것을 닦았다.

"달콤한 말을 해줘."

그녀는 십자가처럼 두 팔을 벌리고 손으로 눈을 만졌다. 그 차가운 순결을 느끼기 위해. 그러고는 물었다.

"이 폭약들, 위험하겠지?"

"오, 그럼! 정말 고약한 거야."

"충돌 한 번에도……"

"모든 게 날아가 버리지!"

마지막 상대인 나이 든 사람은 턱을 떨면서 두 손을 꼭 맞잡았다.

"나한테는 어린 딸이 있어. 그런 내가 어린애를 공격했어. 너 같은 어린애를. 나한테는 딸이……" 그가 더듬더듬 중얼거렸다.

"이봐, 루카스. 오늘 할 거야, 부활절 날 할 거야?"

"나 좀 가만 내버려둬."

그녀는 저녁때 돌아왔다. 즈보로브스키 맏형은 두 손으로 얼굴을 가리고 침대에 누워 있었다.

"나야."

그는 몸을 떨었고, 아무 말도 하지 않았다. 돌멩이들 틈에서 불이 죽어가더니 이제 잉걸불로 남아 천천히 연기를 피우고 있었다.

"카지크."

그는 여전히 말이 없었다. 그녀는 꼼짝 않는 그의 몸을 보았다. 근육이 경련을 일으키고 있었다. 그녀는 그의 어깨를 만지려고 손을 내밀었지만, 손끝만 대도 그가 자제력을 잃고 오열을 터뜨릴 것임을 예감했다. 그녀는 그가 자신과 싸우는 것을 도와주기 위해 손을 거두어들였다. 잉걸불이 완전히 꺼지기를, 그래서 그가 어둠 때문에 그녀를 볼 수 없게 되기를 기다렸다. 그리고 말했다.

"그들은 모레 새벽에 떠나."

조시아는 그가 침대에서 몸을 뒤척이는 소리를 들었다.

"폭약이야. 새로 나온 거래…… 한 방에 모든 걸 날려버린대. 스탈린그라드에서 쓸 거라고 말했어."

"어떤어떤 트럭들인지 물어보는 거 잊지 않았지……"

"잊지 않았어. 트럭 네 대는 보급품만 싣고 가. 하지만 알아보기 쉬워. 보급품 트럭들에는 트레일러가 달려 있으니까."

"틀림없겠지?"

"틀림없어." 눈물을 닦으며 그녀가 중얼거렸다.

28

다음 날 변호사 선생이 즈보로브스키 만형을 찾아와, 돕겠다
고 조심스럽게 말했다.

"이건 선생님에게 맞는 일이 아니에요."

"부탁이에요, 즈보로브스키!"

"고집부리지 말아요."

변호사가 그의 손을 잡았다.

"이게 내가 당당해질 수 있는 유일한 기회예요."

"당당해져요? 뭐한테요? 누구한테요?"

"그녀한테."

카지크가 놀라서 그를 바라보았다. 변호사의 얼굴은 수척하
고 핏기가 없었다. 그의 장腸은 밤낮으로 그에게 고통을 주었다.
숲은, 털을 댄 그의 아름다운 외투의 겉감을 갈가리 찢어놓았

다. 이제 그는 속의 털이 다 드러난 외투를 입고 있었다. 그래서, 눈 속에서 몸을 끌고 가느라 지친, 몸집 크고 유순하고 조금 슬퍼 보이는 어떤 동물을 닮아 있었다.

"선생님, 정말 생각이 없군요!"

"알아요. 잘 알아요. 내가 무기력하다는 것도 잘 알아요. 나는 기진맥진한 상태예요, 즈보로브스키. 난 배가 너무 아프고, 배가 너무 고파요. 너무 추워요. 이 일을 하게 해줘요."

"아내한테 돌아가요!"

"아내는 나를 믿고 있어요. 당신은 젊어요, 즈보로브스키. 당신은 서른 살이나 어린 여자를 사랑하는 게 어떤 건지 몰라요. 그녀는 나를 믿고 있어요. 그녀에게는 내가 복수자요, 심판자요…… 영웅이에요!"

그가 슬픈 미소를 지었다.

"내가 영웅이라니…… 당신은 척 보고도 다 알아보겠죠. 하지만 그녀는 너무 어리고 너무 순진해요! 그녀는 사랑 때문에 나와 결혼한 게 아니에요. 나를 존경하고 숭배해서 결혼했어요. 나는 중년의 남자지만, 그녀는 오직 영혼, 인격, 이상…… 그런 것들밖에 생각할 줄 모르는 어린 대학생이에요. 가엾은 것! 몽상가요 이상주의자였던 과거의 나, 세상의 자유를 위해 목숨을 내던질 준비가 되어 있던 그 청년은 이미 조심스럽게 짐을 꾸려 도둑놈처럼 살금살금 떠나버렸고, 탐욕스럽고 무관심하고 무기력하고 뚱뚱한 부르주아가 벌써 오래전에 그 빈 자리에 들어섰다는 걸 그녀는 모르고 있어요…… 내가 그 일을 하게 해줘요, 즈보로브스키. 그녀를 위해서."

카지크는 피에로 같은 눈썹을 한 그 피곤에 지친 얼굴과, 털이 곤두선 채 떨고 있는 그의 외투를 바라보았다. 절로 미소가 떠올랐다.

"당신이 쉰 살이 되면, 그리고 내가 아내를 사랑하는 것처럼 어떤 어린 여자를 사랑하게 된다면, 그땐 당신도 이해할 겁니다. 하지만 당신에게는 그런 일이 일어나지 않을 거예요."

그가 다소 오만하게 말했다.

"모든 사람한테 그런 일이 주어지는 건 아니니까!"

"트럭 운전할 줄 압니까?"

"그래요."

카지크는 계속 주저했지만 크릴렌코가 결정을 내렸다. 늙은 우크라이나인은 이 일에 대해 가혹할 정도로 냉정한 시각을 취했다.

"그는 어떤 일에도 쓸모가 없으면서 양식만 축내. 어차피 그놈의 설사병 때문에 죽게 될 거야. 그러니 다른 사람보다 그를 쓰는 게 낫지!"

변호사 선생은 성실한 어린아이처럼 주의 깊은 표정으로 설명을 들었다. 그는 자신이 이해했다는 것을 확인시키기 위해 몇몇 사항을 복창했다.

"여기서 속력을 낸다. 여기서 왼쪽으로 꺾어져 오솔길로 접어든다…… 그 끝에 트럭들이 있다. 다시 속력을 낸다. 트럭들 오른쪽으로 돌진한다. 좋아. 트레일러가 딸린 트럭들은 피한다. 그것들은 아무 상관이 없다. 그들이 사격을 한다…… 그냥 내버려둔다. 그래봤자 때늦은 일이니까. 좋아. 좋아. 그렇죠? 수류탄

끈을 잡아당긴다…… 좋아! 다 이해됐어요. 안심들 해도 돼요."

"가로막는 방향을 잊지 말아요. 그렇게 하면 총알을 맞아
도……"

"이런, 이런! 완전 실패야! 알았어요. 잊지 않으리다."

대원들은 마음이 불편해져서, 온순하고 커다란 젖은 개를 닮
은 이 털외투 차림의 남자를 쳐다보려 하지 않았다. 크릴렌코조
차 침을 뱉고 역겹다는 듯이 말했다.

"어린애를 도살장으로 보내는 기분이군."

그의 배에 수류탄 줄이 매어졌다. 운전석에 앉기에 앞서 그는
덤불숲으로 달려갔다. 장이 계속 그에게 고통을 주었다. 그가
트럭에 올랐고, 모두들 비탄스러운 표정으로 그를 쳐다보았다.
그들은 그에게 뭐든 격려의 말을 하고 싶었다. 하지만 아무 말
이 없었다. 그가 즐거운 모습으로, 어린아이 같은 목소리로 그
들에게 외쳤다.

"그럼, 안녕."

그러자 한두 목소리가 대답했다.

"안녕."

그는 시동을 걸었다. 그러고는 즈보로브스키 맏형을 향해 몸
을 내밀더니 빠르게 중얼거렸다.

"가서 그녀를 만나요. 그녀를 위해 했다고 말해줘요. 그녀가
나를 자랑스러워할 거예요…… 잊지 말아요!"

"잊지 않겠습니다."

트럭이 출발했다. 그들은 하얀 길 위로 트럭이 천천히 멀어
지는 것을 바라보았다. 마호르카가 모자를 벗었다. 그의 입술이

움직이고 있었다. 그는 기도하고 있었다.

"그래도 멋지군. 사나이야!" 도브란스키가 말했다.

그렇게 해서 변호사 선생은 죽었다. 빨치산들은 구덩이를 떠나 숲속 더 깊은 곳에 틀어박혔다. 폭발이 있은 지 보름이 지나도록, 빌레이카의 얼어붙은 늪지에 자리 잡은 새로운 은신처에서 감히 밖으로 나오지도 못했다. 독일 척후병들은 숲을 훑고 다녔지만 눈 덮인 숲속 깊이 들어오는 일은 피했다. 안토콜에서 인질 몇 명이 처형당했다. 사람들은 한동안 그들의 이름을 자주 입에 올렸고, 그러다가 잊었다. 독일군은 한동안 더 숲속 여기저기를 뒤지고 다녔다. 그러나 눈이 너무 많이 쌓여 있고 바람이 매섭고 낮이 짧아, 이내 숲을 광풍에 내맡겨버린 채 추위가 범죄자들을 벌해주기를 기대했다. 탐색에 나섰던 즈보로브스키 형제가 돌아와 '일이 잘 해결되었다'고 알렸다. 독일 수송 차량들은 숲을 피해 더 남쪽, 핀스크의 도로로 다녔다. 어느 날 저녁 즈보로브스키 맏형이 숲에서 나와 빌노로 갔다. 원정은 위험했다. 도시에서는 네 시간 동안 야간 통행금지가 실시되고 있었고, 무장한 분견대들이 모든 길목을 지키고 있었던 것이다. 그러나 빌레이카의 얼어붙은 늪지대에서 스무이레를 보내는 동안, 밤마다 어둠 속에서 변호사 선생이 간청하는 소리가 그의 귓가에 메아리쳤다.

'그녀를 위해 했다고 말해줘요. 그녀는 매우 자랑스러워할 거예요! 잊지 말아요.'

빌노의 거리에서 척후병들의 무거운 발걸음에 눈이 뽀드득 소리를 내고 있었다. 빛이 다발을 이루어 갑자기 어둠을 가르면 명령을 내리는 억센 외침이 총성처럼 터져 나왔다. 그럴 때면 횃불빛 속에서, 모기들이 눈이 부셔 날아오르듯 순식간에 눈송이들이 소용돌이치다가 다시 어둠 속으로 돌아갔다. 카지크는 담벼락에 바싹 붙어 걸었고, 발소리를 죽여가며 대문 안으로 피신하곤 했다. 그는 가까스로 그 집을 찾았다. 3층으로 올라간 그는 성냥을 그어 문 가까이 갖다 댔다. '변호사 스타니슬라브 스타히에비치.' 그는 초인종을 눌렀다. 안에서 기타 소리와 함께 독일어로 노래를 부르는 남자의 목소리가 들려왔다.

사랑스럽고 매력적인 여인이여,
거울 좀 자세히 들여다보세요……

빠른 발걸음 소리가 들리더니―누군가 맨발로 달려오고 있었다―문이 열렸다. 젊은 여자였다. 속옷 바람에 헝클어진 금발의 여자는 입에 비스듬히 담배를 물고 있었다. '스타히에비치 부인은 집에 없고, 하녀 혼자 재미를 보고 있군!' 카지크가 생각했다.
"스타히에비치 부인을 만나러 왔습니다."
"나예요. 빨리 얘기하세요. 난 맨발이니까."
남자의 목소리가 노래했다.

거울 속에 이렇게 씌어 있네요.
당신은 날 사랑해야 한다고
아, 사랑스럽고 매력적인 여인이여……

이어 안에서 독일 남자가 외쳤다.

"여보, 누구야?"

"모르겠어. 당신이 이리 좀 와봐야겠어, 프리츠. 나 너무 추워."

독일 하사관이 복도에 모습을 나타냈다. 깃도 없는 단정치 못한 옷차림에 기타를 안고 있었다. 카지크는 겨우 이렇게 속삭일 시간밖에 없었다.

"변호사님이 죽었습니다."

젊은 여자가 그를 뚫어지게 쳐다보았다. 그녀는 입에서 담배를 빼고, 코로 연기를 내뿜었다.

"설마." 그녀가 조용히 말했다. "언제요?"

"삼 주 전에요."

독일 남자가 현관으로 다가왔다. 젊고 웃음 띤 얼굴이었고, 짧게 깎은 머리가 삐쭉삐쭉 곤두서 있었다.

"무슨 일이야, 여보?"

"아무것도 아니야." 젊은 여자가 말했다. "수선 맡긴 구두 때문에 온 거야…… 아저씨, 잘 가요!"

문이 닫혔다.

곧바로 이런 소리가 들려왔다.

"오, 여보! 내 작은 발이 꽁꽁 얼었어!"

그러고는 다시 기타 소리와 독일군의 목소리가 들려왔다.

사랑스럽고 매력적인 여인이여……

그는 감정을 억제하고, 후들거리는 다리로 계단을 내려가기 시작했다. 변호사 선생의 목소리가 그의 귀에 대고 속삭였다. '그녀는 너무 어리고 너무 순진해요. 그녀는 오직 인격, 이상, 영혼…… 그런 것들밖에 생각할 줄 모르는 어린 대학생이에요!' 그는 넘어지지 않기 위해 난간을 움켜잡았다. 그는 생각했다. '오, 하느님! 이 모든 일을 정녕 당신이 조종하고 있는 겁니까? 어떻게 그럴 수 있습니까, 어떻게 그럴 수 있습니까?' 현기증이 났다. 그는 계단 위에 털썩 주저앉아 구역질을 하기 시작했다.

29

눈보라가 들판을 휩쓸었고, 나무들이 벌거벗은 검은 팔들을
비틀고 있었다. 매일 아침 야네크는 나무 밑에서 얼어 죽은 까
마귀 시체들을 발견했다. 숲에서는 불이 한번 꺼진다는 것은 곧
사람이 한 명 죽는다는 것을 의미했다. 빨치산들의 행동은 졸렬
하고 거칠어졌다. 야네크는 자신들의 불쌍한 수족이 머지않아
녹슨 톱니바퀴처럼 삐걱이게 되겠다고 생각했다.

"방금 근처에서 늑대 울음소리를 들었어." 조시아가 말했다.

도브란스키와 야네크가 죽은 나무들을 가득 안고 막 숲에
서 돌아온 참이었다. 그들의 옷과 얼굴에서 눈이 녹아내리고 있
었다.

"울 만도 하지." 도브란스키가 말했다.

그들은 곱은 손을 불에 쪼였다.

"하지만 놈들은 이골이 나 있을걸. 숲에서 사는 게 놈들의 일이니까." 조시아가 말했다.

"어쩌면 늑대는 단지 우울해하고 있는 건지도 몰라. 사는 게, 인간이 지긋지긋해서…… 요컨대 삶과 늑대가 지긋지긋하다는 얘기지 뭐." 도브란스키가 미소 지었다.

조시아가 야네크에게 바싹 다가앉았다.

"늑대 때문에 걱정했어. 네 생각을 했거든."

"유일한 차이가 있다면 나는 울부짖지 않는다는 거지." 야네크가 말했다.

그가 한숨을 쉬었다.

"그러고 싶은 마음이 없어서가 아니야."

"우울해?"

"아니. 하지만 난 겨울이 싫어. 눈이 싫어. 정말이지 이런 시기에는, 대지가 인간을 위해 만들어진 것이 아니고 우리가 실수로 여기 와 있는 거라는 생각이 들 만도 해."

"우리는 우연히 여기 있는 거야. 어쨌든 그건 확실해……" 도브란스키가 말했다.

"들어봐." 야네크가 말했다.

그들 머리 위에서 광풍이 나무들을 후려치고 있었다.

"숲 또한 우연히 여기 있는 거고. 하지만 숲은 수천 년 전부터 용기와 인내를 갖고 있었어. 그런데 인간은 왜 그걸 갖지 못하는 걸까?"

"나는 눈이 싫어."

"그건 부당한걸."

도브란스키가 불에 잔가지들을 던져 넣었다. 젖은 나무가 화난 고양이처럼 날카로운 소리를 냈다.

"우리의 친구인 눈에게 부당한 말이야."

그는 점퍼 속에서 두꺼운 공책을 꺼냈다.

"피곤하지 않아?"

"피곤해요. 너무 피곤해서 잠이 안 와요. 읽어봐요."

"제목은 '좋은 눈'. 배경은……"

"스탈린그라드 부근."

도브란스키가 웃었다.

"맞았어."

그가 읽기 시작했다.

숲에서 늑대 울음소리가 들려온다. 기나긴 지긋지긋한 탄식, 그것도 이 화석화된 밤에.

'놈이 죽도록 추운 모양이군. 우리처럼……' 요들 병사가 생각한다.

영하 40도. 척후대는 전날 저녁 러시아의 눈 속에서 길을 잃었다. 이 여덟 사람은 얼음 조각이 핏줄 속을 흐르고 있는 것만 같았다. 슈트라서 중사가 늑대의 탄식에 욕설로 답한다. 고맙게도 사병 그뤼네발트의 온 얼굴에 악취 나는 그의 숨결이 전해진다. 그 숨결이 그에게 약간의 온기를 가져다준다.

"늑대들!" 리블링 하사가 자기도 모르게 쉰 목소리로 말한다.

'러시아 늑대들과 러시아 사람들이 꼭, 손발을 속박하는 이 추

228

위, 사람을 파묻어 버리려 하는 이 눈, 끝없이 텅 빈 이 공간 같구나.' 그뤼네발트가 생각한다.

그는 러시아에 와보고 싶어 했었다. 그곳은 작은 종들이 은방울 같은 소리를 울려대는 가운데 수많은 썰매들이 하얀 트랙 위를 질주하는 나라, 유쾌하고 낭만적인 나라다. 그곳은 또한, 넘치는 감정을 한없이 구슬픈 음악 속에 익사시키려 하고, 마음을 끄는 노래라고는 금세 꼬리를 감추어버린 짧은 혁명의 노래나, 넘쳐흐르지만 한 번도 충족되지 않은 욕망의 노래밖에 없는 번민하는 나라이기도 하며, 오직 꿈만이 중시되고 삶의 이유가 되는 나라이기도 하다. 그곳은 위인들이 그들의 꿈에 따라 평가되는 나라이며, 현실이 냉담한 경멸로 견뎌내야 하는 천하고 가치 없는 것으로 취급되는 나라다. 그뤼네발트는 러시아에 대해 잘 알고 있다. 차르와 트로이카, 크렘린 궁과 〈검은 눈동자〉, 푸시킨, 캐비아, 소비에트, 보드카…… 이런 단어들은 항상 그의 상상력을 자극했고, 언제나 그의 마음속에 어떤 이상한 울림과 억누를 수 없는 막연한 욕망을 일깨웠다.

'아마도 내 몸에는 러시아의 피가 흐르고 있나보다.' 그가 열심히 생각한다.

영하 40도. '내가 뭐 때문에 여기 와 있는 거지?' 베니거 병사가 불안한 마음으로 생각한다.

그는 화가 나서 다리를 쫙 벌리고 뻣뻣하게 눈 속에 앉아 있다. 그의 회색 콧수염이 애처롭게 축 처져 있다.

"으으으……" 볼트케 병사가 그의 옆에서 떨고 있다.

"지옥은 하얀색이군!" 학생인 카르민켈이 불현듯 깨닫는다.

"불구덩이 같은 건 없고, 영원한 눈밖에 없어. 죄지은 영혼들이 얼음 욕조 속에서 속죄하고 있어. 그리고 마귀는 하얀 수염을 기르고 있고, 러시아어를 쓰고, 산타클로스를 닮았지……"

척후대는 이제 지옥 같은 추위에 사로잡혀 얼이 빠진 채, 적대적인 밤 앞에 잔뜩 오그라들어 있는 오합지졸에 불과하다.

'흩어지지 말 것. 틀림없이 사령관이 우리를 찾기 위해 스키 부대를 보냈을 거야.' 슈트라서 중사가 생각한다.

숲속에서 늑대가 또다시 탄식을, 일종의 짧은 야성의 울부짖음을 내뱉는다.

"저게 뭐야?" 샤츠 이등병이 묻는다.

사실은 그 어떤 독일군도 그를 그 이름으로 부른 적이 없었다. 그의 동료들, 심지어 그의 상관들도 그를 '멍청이'라고 부른다. 간혹 좀 더 인정 많은 사람이라면 '가엾은 멍청이'라고 부른다. 사람들은 그게 누구를 가리키는지 금방 알아듣는다.

"저건 빨간모자야!" 요들이 화가 나서 더듬거린다. "숲에서 길을 잃어서 울고 있는 거야. 심술궂은 늑대가 무서워서."

슈트라서는 욕설을 내뱉기 시작하더니 한참을 계속한다. 그는 몸에 활기를 주기 위해, 억지 분노로 혈관 속의 피를 움직이기 위해, 침식해 들어오는 냉혹한 무감각 상태를 흔들어 깨우기 위해 욕을 한다.

'아니야, 저건 러시아 겨울의 소리야. 러시아 숲과 스텝의 소리야. 잠과 잠 사이의 의식의 섬광과도 같이 짧고 파리한 낮을 보낸 후 찾아오는 기나긴 밤의 소리야. 바다처럼 넓은 강을 가진, 광대무변한 대지의 소리야.' 그뤼네발트는 호의적으로 생각한다.

배 높이까지 쌓인 눈을 헤치며 몸을 끌고 온 탓에 힘이 빠지고 쇠약해진 그들의 생각은 힘겹게 전진하고 있다.

'내가 뭐 때문에 여기 와 있는 거지?' 베니거는 여전히 같은 생각을 하고 있다.

이 말이 그의 머릿속에서 쉼 없이 맴돈다. 마치 고장난 축음기에서 헛돌고 있는 음반처럼.

'내 이름은 베니거, 카를 베니거. 내 직업은 식료품 장수. 내 가게는 프랑크푸르트암마인 가르텐베크 22번지에 있다. 나는 항상 여행을 싫어했다. 아이는 셋. 큰아이는 벌써 학교에 다닌다. 도대체 내가 뭐 때문에 여기 와 있는 거냐고?'

"으으…… 으으…… 으으……" 옆에서 볼트케 병사가 열심히 떨고 있다.

그의 눈 한쪽이 빛을 잃는다. 그는 이제 별 감각이 없다. 이미 오래전에 고통은 그의 연약한 성정이 감당해낼 수 있는 수준을 넘어섰다. 그의 신경은 죽었다. 그의 육체는 장작개비가 되었다. 감자 껍질 벗기듯 그의 껍질을 벗기는 것도 가능하리라. 그는 아무 감각도 느끼지 못할 것이므로. 그의 머릿속으로 눈이 침입해 들어가, 이젠 그 어떤 생각도 그 눈을 뚫고 나올 수 없다. 그의 머리는 온통 눈으로 가득 차 있다. 그는 눈이 어떻게 머리로 들어갔는지 설명할 수 없지만 그것은 확실하다. 눈이 머릿속으로 들어갔다. 눈더미가. 예전 같으면 볼트케 병사는 깜짝 놀랐을 테지만, 현재로서는 더 놀랄 수도 없고 어떤 종류의 반응도 보일 수 없다. 그의 뇌는 눈더미 아래서 꽁꽁 얼었다. 오직 치아만이 살아 있어, 반사적인 움직임을 계속하며 끊임없이 기분 나쁜 소리를 낸다.

숲속에서 늑대가 울음소리를 내지르자 갑자기 밤이 더 어두워지고, 추위가 더 맹렬해지는 듯하다. 그의 심장을 그토록 얼어붙게 만드는 것이 눈인지, 아니면 반드시 실패할 거라고, 모든 시도가 헛될 거라고, 인간의 희망은 결국 꺾이고 만다고 미리 소리쳐 알리는 듯한 저 절망적인 외침인지, 카르민켈은 이제 알 수가 없다.

'빨간모자라고?' 샤츠 이등병이 생각한다. 그 이름은 분명 그에게 뭔가를 환기한다…… 한데 무엇을? '어린아이야!' 그가 갑자기 기억해낸다. '여자아이…… 그 이야기를 들은 적 있어. 오래전에! 그 애가 꽤 오래전부터 숲에서 길을 잃고 헤매고 있는 거야.'

"중사님!" 그가 말했다. "아이를 찾으러 가도 되겠습니까?"

"멍청이!" 슈트라서가 허탈한 듯 중얼거린다.

그러나 마음씨 착한 샤츠는 욕설에는 아랑곳도 하지 않는다. 그는 일어나서, 꼼짝 않는 두 발을 모아 차려 자세를 취하려고 애쓴다.

"중사님, 〈정복자 지침〉에 따르면, 훌륭한 독일 병사는 정복국가 주민의 존경과 애정을 얻기 위해 어린아이들에게 다정하고 깊은 관심을 기울여야 합니다!"

저 녀석에게는 아직 말할 기운이 남아 있구나! 슈트라서가 감탄한다. 나는, 철십자 훈장을 받은 나 슈트라서 중사는 이렇게 울고 싶은 심정인데, 저 녀석에게는 아직 미사여구를 구사할 기운이 남아 있다니! 그가 이 분대의 유일한 생존자가 될까? 그는 장차 사령관 앞에 출두해 차렷하고서 이렇게 말할지도 모른다. "이등병 샤츠. 슈트라서 중사가 지휘하는 여덟 명의 척후대가 길을 잃고 동사했음을 보고드리게 되어 영광입니다. 제가 유일한 생존자입니다."

"앉아!" 그가 외친다.

갑자기 코고는 소리가 들려 그는 소스라치며 고개를 돌린다. 요들이 눈 속에 얼굴을 박고 자고 있다.

"그를 깨워!"

아무도 움직이지 않는다. 사람들은 거대한 백색의 고독 속에 꼼짝 않고 붙박여 있는 여덟 개의 점에 불과하다. 슈트라서는 요들을 흔들고 얼굴을 때리고 문지르기 시작한다. 그의 몸을 녹이기 위해서라기보다는 오히려 자기 몸을 녹이기 위해서다. 마침내 요들이 정신없어하며 눈을 뜬다.

"여자다!" 그가 더듬더듬 말한다. "예쁜 러시아 여자다!"

그는, 손쉽게 여자들을 공략해가며 기나긴 외로운 밤들을 모든 러시아 여자들과 사랑을 나누며 보내겠다고 여러 번 다짐했었다. 하지만 이 텅 빈 나라에서 그는 여자라고는 만나보지도 못했다. 그런데 지금, 그가 마침내 어떤 따뜻하고 애교 넘치는 여자를 발견한 이 순간에 슈트라서 중사가 그녀를 가로채려 하는 것이다.

"이 여자는 내 거야!" 요들이 소리친다.

그가 몸부림친다. 두 사람이 싸운다. 그들의 움직임은 이상하고 굼뜨다. 마치 바닷속에서 싸우고 있는 것 같다.

'내가 뭐 때문에 여기 와 있는 거지?' 베니거는 여전히 이 생각을 하고 있다. '나의 직업은 식료품 장수. 나는 맛있는 음식, 소금, 후추를 판다. 나는 눈은 팔지 않는다!'

"으으…… 으으…… 으으……" 볼트케 병사가 희미하게 소리를 낸다.

그뤼네발트는 더 이상 자기 몸이 느껴지지 않는다는 사실에 갑자기 불안해진다. 눈 속에 웅크리고 앉아 있는 그는 이제 눈과 자신의 몸을 구별할 수 없게 되었다. 그의 살과 눈이, 그 좋은 러시아 눈이 친밀하게 섞여, 한없이 차가운 혼합물로 융합된 것만 같다.

'나는 베를린의 학교 마당에서 꼬마들 손에 만들어진 눈사람에 불과한 것일까?'

냉기가 서서히 그에게서 육체를 훔쳐 가고 있다. 이제 그에게 남은 것이라고는 살아 있다는 희미한 의식과, 머릿속에서 길을 잃고 허둥대는 막연하고 단편적인 생각들뿐이다.

'그리고 봄이면 여기저기서 새싹들이 돋아나고 이 나라 전체가 녹색을 떠어가지. 스텝…… 태양이 빛나는 쾌청하고 더운 날씨. 흑토…… 차르…… 볼가, 볼가…… 성 러시아…… 인터내셔널……'

하늘에는 별이 흩뿌려져 있지만 이곳에 있는 것은 적대적인 빛, 반짝이는 얼음조각들이다. "너는 이제 곧 춥지 않게 될 것이다!" 영하 40도의 기온 때문에 리블링 하사의 머릿속에서 무언가가 외친다. 가까이에 있는 카르민켈은 몹시 놀라워하고 있다.

또한 불안해한다. 매우 불안해한다. 방금 아무 흔적 없는 공간만이 존재했던 그곳에서 그는 이제 쿠르틀러 교수를, 시험 날 공포스러운 광채를 발하며 교단에서 군림하는 교수를 본다. 카르민켈은 그런 태도가 특히 불쾌하다. 그는 대학입시 공부를 시작하기 전에 군에 입대했으므로 아는 게 별로 없다. 러시아 눈밭 한가운데까지 그렇게 자신을 귀찮게 하러 오다니, 쿠르틀러 교수의 처사가 비인간적이라고 그는 생각한다.

"카르민켈 지원자, 지리학에 대해 질문하겠네." 교수가 말한다. 그는 교단 위로 약간 몸을 내밀고 따지는 듯한 손가락으로 카르민켈을 가리킨다. "자…… 러시아에 대해 아는 것을 말해보게." 그는 애를 써보지만, 초보적인 막연한 지식들밖에는 떠오르지 않는다. "볼가 강은 카스피 해로 흘러듭니다. 러시아의 인구는 일억 칠천만 명입니다." 그가 빠르게 말한다. 지리학 개론에서 두서없이 발췌한 단편적인 문장들만이 기억난다. "우크라이나의 흑토는 세계에서 가장 비옥한 토양에 속합니다. 러시아는 흑해에서부터 북극까지 걸쳐 있습니다." 그런데 갑자기 머리가 텅 비어버린 듯 아무것도 생각나지 않는다. 그가 멈춘다. 쿠르틀러 교수가 위협적인 태도로 그를 바라본다. "그게 자네가 러시아에 대해 알고 있는 전부인가, 카르민켈 지원자?" 눈이 내리기 시작한다. 눈이 순식간에 그들을 유령으로 바꾸어버리고 별들을 감추어버린다. 이제 아무것도 보이지 않고, 모든 위험이 더욱 가까이 와 있는 듯하다. 요들은 러시아 여자를, 하얀 머리의 아름다운 러시아 여자를 바라본다. 옷자락을 걷어 올린 채 눈 위에 앉아 있는 그녀는 스타킹을 벗는 중이다. 그녀는 극심한 추위를 전혀 염려하지 않는 듯이 보이고, 하얀 머리칼을 흔들어대며 음란하고 정열적인 모습으로 계속 스타킹을 잡아 내린다. 요들은 입에 음탕한 미소를 띤 채 그녀와 결합하기를 서두른다. 그는 흥분에 떨며 재빨리 구두를 벗고, 옷을 벗는다······

"빌어먹을······" 슈트라서가 시근거린다. 요들이 눈 속에서 반라가 되었다. 눈송이들이 떨어지고, 점점 더 두툼해진다. 두 남자가, 물속에서 녹초가 된 사람들 같은 몸놀림으로 다시 싸우기 시작한다. 그런데 슈트라서 중사가 갑작스러운 공격을 받는다. 뒤에서 누군가 다리를 걸어 넘어뜨리더니 무쇠 같은 팔로 그의 몸통을 휘감고는 저항할 수 없게 가슴을 억누르기 시작한다. 슈트라서 중사는 요들을 풀어주어 자기 운명을 향해 달려가게 한다. 그는 초인적인 힘을 발휘해 그 조임에서 빠져나와 비틀거리며 몸을 돌린다.

"맙소사!"

그는 보았고, 전모를 파악한다. 눈앞에 거대한 눈사람이 있다. 검은 숯으로 된 입과 코와 눈이 달린 눈사람이다. 옛날에 마리엔가의 보도 위에서 그가 만들었던 눈사람과 똑같이 생겼지만 그것보다 어마어마하게 더 크다. 몸이 어디서 시작되어 어디서 끝나는지도 보이지 않는다. 철십자 훈장에 빛나는 슈트라서 중사는 주저하지 않는다. 그는 이제 밤중에 척후대를 그릇된 길로 인도한 것이 누군지 안다. 훌륭한 독일인답게 그는 그 도전을 받아들인다. 그는 주먹을 꽉 움켜쥐고서 게르만 식으로 소리를 지르며 돌진한다. 그러나 거인은 피한다. 그는 오랜 정복 전쟁을 위해 세심하게 훈련받은 훌륭한 독일 하사관과 싸우는 것이 얼마나 위험한지 알고 있다. 그는 피한다. 즉시 몸을 숨기고서 다시 공격하기에 유리한 순간을 조용히 기다리기 위해 자신의 색깔과 자신의 물질을 이용한다. 슈트라서 중사의 꽉 쥔 주먹은 단지 눈에 가 부딪칠 뿐이다. 그는 세차게 눈을 마구 휘갈기고, 절망에 취해 눈 속에서 뒹굴고, 입에 담기 어려운 욕설을 마구 퍼붓는다.

"아무것도 필요 없어…… 나는 지쳤어…… 나를 이기기 위해 그가 노리는 건 오직 그것뿐이야…… 그게 그의 전술이야. 그의 빌어먹을 러시아 전술!"

형태 없고 만질 수 없는 눈송이들이 잔잔한 공기 속에서 즐겁게 소용돌이친다. 늑대가 울부짖는다.

'그 아이를 저기 그냥 내버려둘 수는 없어……' 샤츠 이등병이 생각한다.

그는 일어나 걸어가기 시작한다. 걷기가 어려워진다. 한 발을 다른 발 앞에 놓는 것이 이렇게 힘들었던 적은 일찍이 없었다.

'쾰른 성당의 종탑을 달려 올라가는 것보다 더 힘든걸.' 감탄하며 그가 생각한다. '빨간모자…… 내가 그 아이를 구할 거야.'

슈트라서 중사가 머리를 들자, 갑자기 뿌연 시야 속에서 샤츠 이등병이 10미터 떨어진 숲을 향해 비틀비틀 걸어가는 것이 보인다.

"정지!" 그가 외친다.

그는 일어서고 싶다. 아무리 멍청이라 해도 샤츠는 그가 지휘하는 분대의 일원이고, 그는 독일을 대표해 샤츠의 목숨을 책임져야 하는 것이다. 그는 일어서고 싶다. 그러나 그 순간 누군가 그에게 덤벼들어 등에 달라붙더니 그를 쓰러뜨리려고 한다. 슈트라서 중사가 돌아보고, 그를 파묻어 버릴 준비가 되어 있는 흰 덩어리를 금세 알아본다. "눈사람이다!" 중사가 그에게 돌진한다. 그러나 비겁한 공격자는 곧 사라져, 그 타고난 하얀 색깔 속으로 숨는다.

카르민켈은 또다시 곤혹스러워하며 애쓰고 있다.

"자, 그게 자네가 러시아에 대해 알고 있는 전부인가?" 쿠르틀러 교수가 반복한다. 그의 입이 비웃음으로 일그러진다.

"우크라이나는 러시아의 곡창지대입니다." 그가 더듬더듬 말한다. "러시아의 광산과 석탄과 철은 우랄 산맥에 묻혀 있고, 러시아의 석유는 캅카스 산맥에 묻혀 있습니다. 세계에서 가장 큰 공장들이 드네프로페트롭스크에 있습니다. 크림 반도는 일 년 내내 봄입니다. 러시아의 지하자원은 비할 데 없이 풍부합니다!"

쿠르틀러 교수의 미소가 한층 커진다.

"다 끝난 건가, 카르민켈 지원자?"

"볼가 강은 카스피 해로 흘러듭니다." 그가 바보처럼 더듬거린다.

"좋아, 유감스럽게도 자네가 중요한 것을 빼먹었다는 것을 지적해야겠네, 카르민켈 지원자."

카르민켈이 겁에 질려 애원하는 눈길로 교수를 쳐다본다.

"자네는 '눈'에 대한 언급을 완전히 빼먹었네, 카르민켈 지원자."

샤츠 이등병은 전나무 숲에 도착했다. 그래서 그는 기쁘다. 더는 한 발짝도 움직일 수 없을 것 같기 때문이다. 그의 노력에 비해 두 다리는 거의 군인답지 않은 무기력으로, 자칫하면 명령에 도 불복종할 듯한 무기력으로 응한다.

"전진!" 샤츠 병사가 두 다리를 향해 엄하게 명령한다.

하지만 그의 두 다리는 이십오 년간 착실하고 충성스럽게 봉사를 해왔음에도 불구하고 지금 거의 무례할 정도로 부동자세를 고집하고 있다.

"군법회의에 회부하겠다!" 샤츠 병사가 그들에게 단호히 외친다.

그러자, 특히 규율을 잘 지켜서인지 아니면 위협에 겁을 먹어서인지 그의 오른발이 천천히 일어나 앞으로 75센티미터 내딛는다. 그것이 행군 시의 정규 보폭이다.

"잘했다, 오른발!" 샤츠가 격려한다. "자네는 전공훈장 후보자로 추천될 것이다."

그의 정신이 완전히 흐려진다. 그는 거기서 무방비 상태로, 눈속에 내던져진 검은 허수아비가 되어 있다. 그는 숨결이 고갈되고, 심장이 멈추고, 모든 군사 규율에도 불구하고 생명이 자신을 떠나는 것을 느낀다. 생명이 그를 버리고 떠나고, 그의 피에서, 그의 굳어진 폐에서 도망친다.

"적 앞에서 직무유기다!" 훌륭한 병사 샤츠가 훈계하려 애쓴다. "중형감이야."

그러나 생명은 냉혹하게 탈주를 계속한다. 그러자 그는 자기가 숲속으로 온 이유를 기억해내려 애쓴다. '빨간모자.' 가까스로 주위를 둘러보던 그는 결국 어둠 속에서 빛나는 초록색 눈들을 본다. 난폭한 조바심으로 가득한, 이글거리는 눈이다. '훌륭한…… 독일 병사는…… 정복국가 주민의…… 존경과…… 사랑을…… 얻기 위해…… 어린이들을…… 보호해야……' 초록색 눈이 경계하며 다가온다. 그러나 생명은, 그 독일인의 생명은 자기가 입고 있는 제복을 망각하고, 충성심과 영광스러운 군대의 이십오 년 전통을 망각한 채 떠나버렸다. 생명은 비열하게 자신의 직무를 유기하고, 꽁꽁 얼어 이제 감각도 느낄 수 없는 샤츠 이등병의 몸을 굶주린 적 앞에 남겨둔다.

 "그래, 자네는 '눈'을 까맣게 잊었네, 카르민켈 지원자." 쿠르틀러 교수가 말한다. "러시아의 으뜸가는 보물이자 그 나라의 국민성을 결정하는 것이 바로 눈이지. 게다가 자네가 충분히 열거하지 못한 다른 모든 자원을 감싸고 보호하고 있는 것도 바로 눈이라네, 카르민켈 지원자. 그 나라의 석유, 철, 금, 석탄, 흑토, 지구상에서 가장 풍요로운 땅을 보호하고 있는 것이 바로 눈이야. 수세기 동안 그 나라의 부를 공격하러 나선 정복자들을 격퇴하고, 그들의 시체를 하얀 팔들로 비정하게 가로막아 버린 것도 바로 눈이야. 자네는 눈을 까맣게 잊었네, 카르민켈 지원자."

 "시험 공부를 할 시간이 거의 없었어요, 교수님!" 학생이 애원한다.

 쿠르틀러 교수가 노트에 무언가를 갈겨쓴다.

 "자네에게 시험에 떨어졌음을 알리게 되어 유감이네, 카르민켈 지원자. 하지만 우리는 자네에게 러시아의 눈에 대해 좀 더 완벽하게 공부할 수 있는 최고의 기회를 주겠네. 가장 훌륭한 교육은 현장교육이지. 우리는 자네를 러시아 정벌에 파견하겠네, 카르민켈 지원자!"

"싫어요! 싫어요, 교수님." 학생이 소리 지른다.

그러나 이미 너무 늦었다. 너무 많이 늦었다. 그는 또 다른 시험관 앞에 소환된다. 쿠르틀러 교수보다 더 거드름을 피우지만, 쿠르틀러 교수보다는 훨씬 인정 있는 시험관이다.

눈이 무더진 그의 몸을 덮기 시작한다. 수천 개의 눈송이가 그의 주위에서 즐겁게 소용돌이치고, 그의 흐릿한 눈과 파란 입술에 내려앉는다. 뭐 대단한 것은 필요하지 않다. 러시아 눈송이들의 이 사랑스러운 축제를 더욱 즐겁게 만들기 위해서는 그저 즐거운 음악, 집시들의 합창 정도만 있으면 된다…… 그뤼네발트는 손을 뻗어 눈송이들을 잡고 싶다. '좋은 눈. 가벼운, 소용돌이치는 눈…… 성대한 겨울 축제에 뿌려지는 매혹적인 색종이 조각…… 아름다운 나라 러시아…… 보드카…… 크렘린…… 아이들이 언덕 꼭대기에서 썰매를 타고 내려오네…… 캐비아…… 은방울 같은 종소리……'

영하 40도. 요들이 마침내 관능적인 정복을 실행한다. 그는 러시아 여자와 결합했다. 하얀 머리칼을 가진 아름답고 음란한 여자, 수백만의 정복자들을 호린 천년의 유혹자와. 그는 벌거벗은 채 엎드려 그녀의 차가운 포옹에 꽉 붙들려 있다. 그녀는 또 하나의 정복자의 몸에 자기 몸을 맞대고서 그의 부드러운 입술에 승리의 입맞춤을 한다. 옆에 있는 베니거는 이제 생각을 멈추었고, 볼트케는 이제 이 부딪치는 소리를 내지 않는다. 리블링 하사는 더 이상 춤지 않는다. 그때 슈트라서 중사가 부하들에게 명령을 내리기로 결심한다.

"일어서!" 그가 외친다. 그러나 입술에서는 아무 소리도 나오지 않는다.

그때 그는 얼빠진 시선을 들어 그의 앞에 서 있는 눈사람을 본다. 눈사람은 그 거대한 키로 그를 내려다보고 있다. 그러나 슈트라서 중사는 이번에는 달려들지 않는다. 훌륭한 독일 군인으로서 그는 체념하고 패배를 인정할 줄 안다. 그는 단지 자신의 철십자 훈장을 떼어내 거인의 가슴에 달아주고서 말한다.

"나보다는 네가 그걸 받을 만해."

그와 동시에 눈사람이 무자비하게 그에게 달려든다. 그러자 슈트라서 중사는 발뒤꿈치를 맞부딪고 차려 자세를 취하더니, 무릎을 굽히지 않는 걸음걸이로 영원의 공간을 걸어간다. 팔을 내뻗어, 튜튼 전사자들의 천국의 문에서 애타게 그를 기다리고 있을 독일인의 총통에게 경의를 표하며…… 훌륭한 독일 병사 그뤼네발트의 입술에 행복한 미소가 감돈다. 지금 그는 으리으리한 환영을 받고 있다. 그는 가벼운 배를 타고 고요한 돈 강의 물결을 따라 부드럽게 흘러 내려간다. 러시아 국민이, 러시아 전 국민이, 칼미크 사람, 키르기스 사람, 캅카스 산맥의 조지아 사람, 자포로예의 카자크인, 그리고 우즈베크의 거친 산악인들, 우크라이나 사람, 타타르족, 시베리아 농부들, 유대인들, 쿠르드인, 스물일곱 민족이 모두 거기 모여 열렬히 그를 향해 환호한다. 수천, 수백만의 팔들이 그를 향해 열렬히 색종이 조각을 뿌린다. 하얗고 차디차고 소용돌이치는 그 유명한 러시아 색종이 조각을…… 그리고 그들은 엄청난 양의 캐비아를 먹고, 그들의 새로운 정복자를 위해 건배하며 막대한 양의 보드카를 마시고, 그에게 경의를 표하며 모두 한목소리로 〈검은 눈동자〉를 노래한다.

그리고 차르, 모든 차르, 찬탈자 보리스 고두노프, 이반 대제와 그의 귀족들, 표트르 대제, 그리고 다른 모든 차르들이 그에게 환호하고, 그가 지나는 길에 웃음을 보내기 위해 무리를 지어 크렘린 궁에서 나온다. 그리고 레닌 또한 그의 묘에서 도망쳐 거기에 와 있고, 러시아의 대인구가, 일억 칠천만 인구가 거기에 와 있고, 그들 모두가 손가락으로 훌륭한 독일 병사 그뤼네발트—정복자 그뤼네발트, 장엄한 그뤼네발트—를 가리키며 폭소를 터뜨리고, 배꼽을 쥐고 배를 두드리며 끝없이 웃고, 한량없는 기쁨으로 몸을 비틀며 그의 눈과 입과 목구멍에 하얗고 차디차고 소용돌이치는 예쁜 러시아 색종이 조각들을 던져 넣는다. 색종이 조각들이 점점 그를 덮고, 그를 숨 막히게 하고, 그에게서 호흡을 앗아 간다. 그리고 비정한 그들의 웃음소리가 왁자하게 피어오른다. 그리고 고요한 돈 강이 도도하게 흐른다…… 그리고 눈이 계속 부드럽게 떨어진다. 부드럽게, 소리 없이, 종교처럼, 눈은 역사적 임무를 완수한다. 눈은 초연하고 평온하게 정성 들여 정복자들을 묻는다. 덤덤하게, 불필요하게 서두르지 않고…… 가볍고 무정한, 커다란 눈송이들. 눈. 좋은 눈.

30

부라크 신부는 비에르키의 성 프란치스코 성당에서 기도하던 중에 체포되어 그 자리에서 사살되었다. 푸치아타의 분대는 포드브로지에 도로상에서 기관총을 장착한 장갑차와 교전하다 다섯 사람을 잃었고, 푸치아타 자신도 중상을 입고 어떤 농가에 누워 있었다. 쿠블라이는 치열했던 어떤 전투 끝에 쓰러졌다. 그가 몰로데치노의 철도를 파괴하는 중에 일어난 일이었다. 두 무전 담당자는 한 농부 아내의 배반으로 헛간에서 포위당했고, 숲의 모든 비밀 무전기들이 그들의 마지막 메시지를 수신했다. '행운을 빈다, 안녕히, 두 명이 사라진다.'

그러나 빨치산 나데이다는 붙잡히지 않고 있었다. 그가 바르샤바에 사령부를 만들었다는 얘기도 있었고, 그가 그곳의 유대인 거주 지역에서 유대인 폭동을 준비하고 있다는 얘기도 있었다. 반역자와 밀정들이 도처에서 동시에 그의 출현을 알리고 있었다. 새벽마다 사람들이 반항적인 미소를 띤 채 총살집행반 앞에 섰다. 마치 그래봤자 본질적으로는 자신들에게 아무 일도 일어날 수 없다는 은밀한 확신으로 활기가 넘치는 듯했다. 마을마다 너무나 순진하고 이상한 소식들이 떠돌았다.

"그가 루스벨트와 처칠을 만나 조건을 제시했어요. 스탈린이 마침내 대화할 상대를 찾게 된 거지요."

"그는 엄청난 비밀 무기를 가지고 있어요. 살인 광선이라는데, 10킬로미터 밖에서도 효력을 발휘하나봐요."

"어제 그가 수하르키의 학교에 와서 아이들과 이야기를 나눴어요. 그래서 꼬마들 눈이 지금까지도 반짝반짝해요."

그처럼 추운 겨울은 일찍이 없었다. 숲 어떤 곳에서는 적설 두께가 4미터에 달했고, '산사람'들은 계속 근거지를 떠나 있었다. 크릴렌코, 도브란스키, 호로마다의 분대는 화석화된 갈대들 사이에 고립되어 있는 작은 섬으로, 빌레이카의 얼어붙은 늪지의 사냥집으로 피신했다. 어느 날—1943년 2월 3일—페흐가 그들의 은신처로 뛰어들었다. 마지막 순간이 닥쳤다고 믿고 모두들 무기를 손에 들 만큼 심상찮은 분위기였다. 그러나 그는 단지 크릴렌코를 만나 그의 아들에 대한 이야기를 전해주려고 찾아온 것이었다. 사람들은 크릴렌코의 아들이 붉은 군대의 장군이라고 수군거리곤 했지만, 그 노인 앞에서는 그의 이름을 입에 올려서는 안 되었다. 우연히든 악의에 의해서든 누군가 그 위험한 주제에 접근하면 크릴렌코는 침울해져서는 "바보 같은 놈!"이라고 이를 악물고 말했다.

그러면 그의 이야기 상대는 깜짝 놀라 말했다.

"하지만 국민이 그를 그런 높은 계급에 오를 만한 인물로 판단한 만큼 당신 아들은 분명 유능한 인물이에요, 사비엘리 르보비치."

"바보 같은 놈!" 노인은 경고의 뜻으로 목소리를 약간 높이면서, 욕하는 영광을 함께 누리자는 듯 상대를 뚫어져라 쳐다보면서 거듭 말했다.

"도대체 왜 그러는 거죠, 사비엘리 르보비치?"

"제 아비를 적에게 넘겨준 놈을 그럼 뭐라고 불러야 하나?"

"하지만 그는 당신을 적에게 넘겨주지 않았잖아요, 사비엘리 르보비치?"

"녀석은 나를 적에게 넘겼어. 바보 같은 놈이라니까!"

"화내지 말아요, 사비엘리 르보비치."

"화내는 거 아니야, 염병할 놈!"

"알겠어요, 사비엘리 르보비치, 당신이 그렇게 말한다면……"

"제 아비의 마을을 적에게 넘겨준 놈을 그럼 뭐라고 불러야 하나?"

"달리 어쩔 도리가 없었던 게죠."

이쯤 되면 노인은 화가 나 벌겋게 되어가지고는, 상대의 코 밑에 털투성이 주먹을 들이대고 삐쭉삐쭉한 자기 콧수염을 천천히 위협적으로 움직이면서 물었다.

"이게 뭐지?"

"주먹이요, 사비엘리 르보비치!"

"너라면 네 목숨을 먼저 내놓지 않고 네 아비의 마을을 적에게 넘길 텐가?"

"아, 아, 아니요, 사비엘리 르보비치, 아닙니다. 단지……"

"단지 뭐?"

"아, 아, 아니에요, 사비엘리 르보비치!"

"그렇게 하겠어, 응?"

"아, 아, 아니요."

"확실해?"

"확실해요."

"네 아비의 무덤에 대고 맹세해?"

"우리 아버지는 건강하세요, 사비엘리 르보비치. 고마워요."

"어쨌든 맹세해."

"맹세해요!"

"좋아. 네가 장군이 될 때를 위해 명심해둬."

"명심할게요, 사비엘리 르보비치. 저, 가봐도 될까요?"

"사람들이 몰라서 그래. 요즘은 어떤 바보라도 장군이 되지. 저들은 미트카도 장군으로 만들었잖아!"

"미–트–카?"

"염병할 내 아들놈 말이야!" 금세 콧수염이 빳빳해져가지고 크릴렌코가 외쳤다. "벌써 스무 번은 말했다. 다음번에도 잊어버렸다가는……"

그러나 일단 그런 식의 대화가 한번 이루어지고 나면 보통 '다음번'이란 없었다. 처음에 빨치산들은 크릴렌코의 이야기에 대해 반신반의했다. 그의 등 뒤에서 사람들은 그 이야기를 황당무계한 것으로 규정지었다. 하지만 어느 날 너무나 불쾌하다는 듯 노인은 주머니에서 구겨진 사진 한 장을 꺼냈다. 《프라우다》 지에서 오려낸 것이었다. 러시아어를 아는 사람들 — 두 전쟁의 고참병들 — 이 소제목을 읽었다. "붉은 군대의 가장 젊은 장군, 디미트리 크릴렌코 장군." 크릴렌코는 리아비니코보의 한 작은 마을의 제화공이었다. 그의 아들은 열두 살에 집을 나갔다. '공부를 해서 대단한 인물이 되고 싶다'는 뜻을 아버지에게 알리는 과정에서 한바탕 소란이 일어난 뒤였다. 십칠 년 동안 노인은 아들의 소식을 듣지 못했다. 하지만 침공 초기에 리아비니코보 사람들이 그를 찾아와, 미트카가 붉은 군대의 장군이 되었으며 《프라우다》지 일면에 그의 사진이 실렸다고 알려주었다. 노인은 심하게 빈정댔다. "공부를 해서 대단한 인물이 되겠다더니, 그게 장군이군!" 크릴렌코가 투덜거렸다. 그리고 곁에 있던 카자크인 친구 보고로디차가 웃음을 보이자 욱하는 마음에 그를 걷어차, 그의 얼굴에서 웃음기를 확 쫓아버렸다. 하지만 노인은 이에 만족하지 않고, 과거 혁명기에 자신이 하사였음을 떠올리고 곧장 전쟁에 뛰어들었다. 그 후 마을 사람들은 그에게서 잘 지내고 있다는 편지를 받았고, 동시에 그에게 젊은 크릴렌코 장군이 스몰렌스크를 수호한 공로로 레닌 훈장을 받았다는 소식을 알려주었다. 헤어진 지 십칠 년 만에 이루어진 아들과 아버지의 상봉은 기대만큼 극적인 것이었다. 그날 제화공의 아들은 책상으로 쓰는 전나무 판 앞에 앉아 지도를 들여다보고 있었다. "여기는…… 제20사단. 리아비니코보!" 이때까지 그에게 리아비니코보는 수호할 의무가 있는 다른 백여 개 지점들과 마찬가지로 러시아 땅의 한 지점에 불과했었다. 그러나 이제는……

"노인네……!" 그가 어깨를 으쓱했다. "리아비니코보, 알맞게 단단한 토양, 남쪽에 전나무 숲. 탱크가 지나가기 쉬울 거야. 제20사단은 대전차 병기를 충분히 갖추고 있지 않아. 그렇다면 리아비니코보를 포기하고 동쪽으로 후퇴해야 한다는 얘기가 되지." 그는 연필을 들고, 리아비니코보에서 동쪽으로 20킬로미터 떨어진 곳에 강 쪽을 향한 세 개의 화살표와 반원을 정성 들여 그렸다.

그러고 나서 종이를 한 장 꺼내 후퇴 명령서를 작성했다. 그런데 갑자기 '노인네가 난리 칠 거야!' 하는 생각이 들며 겁이 났다. 그는 한숨을 쉬고는, 보좌관이자 친구인 루킨 대위의 방으로 가 후퇴 명령을 내린 다음 다시 돌아와 책상 앞에 앉았다. 연락병이 들어와 발꿈치를 맞부딪치면서 경례를 했다. 그가 입을 떼는 순간, 고래고래 소리를 지르며 난폭한 욕설을 퍼붓는 목소리가 들려왔고, 이어 크릴렌코 노인이 뒷걸음질로 방에 들어섰다. 화가 난 보초병이 총검을 들고 악착같이 따라붙고 있었다.

"아버지!" 장군이 외쳤다.

그러나 노인은 아들은 무시한 채 보초병에게만 몰두했다.

"계급장 안 보이나, 응?" 그가 고함을 질렀다.

그는 보초병의 코앞에 소매를 들이댔다.

"근사하지, 응? 너는 절대 가져보지 못할 것들이지!"

그는 손가락으로 코를 풀고 아들에게 고개를 돌렸다. 젊은 크릴렌코가 정신을 수습하고서 보초병과 연락병을 내보냈다. 노인은 두 손을 허리에 대고 몸을 약간 앞으로 내밀어, 자신의 작품을 위에서 아래까지 쭉 훑어보았다. 역겹고 의심스러운 마음이 들었다.

"정말이냐, 미트카? 그들이 너를 장군으로 만들었다는 게?"

미트카는 눈을 내리깐 채, 죄지은 사람처럼 말이 없었다.

"이것 봐라?" 노인이 갑자기 소리쳤다. "개자식, 아비를 이런 식으로 맞이해? 의자 위에 앉아서, 샐쭉하게? 너 나한테 한 번도 제대로 안 맞아봤지? 너는 이젠 너무 늦었다고 생각하겠지?"

거대한 털북숭이 주먹이 크릴렌코 장군의 코밑으로 날아왔다.

"어때?"

옆에서 방문이 열리더니 보좌관 루킨 대위가 질겁한 얼굴을 들이밀었다.

"우리 아버지시네!" 젊은 크릴렌코가 설명을 한답시고 재빨리 소리쳤다.

문이 조심스럽게 다시 닫혔다. 젊은 크릴렌코가 아버지를 향해 돌아서 화해를 도모하기 시작했다.

"자, 그렇게 떠들어대지 좀 마세요. 사람들이 다 모여들겠어요. 물론 저는 아버지를 만나서 무척 기뻐요……"

제화공 하사 크릴렌코는 장군 아들의 책상 뒤 의자에 편안하게 자리를 잡았다.

그가 투덜댔다.

그는 미심쩍어하며 아들의 가슴을 쳐다보았다.

"그게 뭐냐?" 그가 레닌 훈장을 손가락으로 가리키며 엄하게 물었다.

젊은 크릴렌코가 당황하며 얼굴을 붉혔다. 그는 참담하고 낙담한 기분이었다. 그는 죄지은 사람처럼 곁눈질을 했다. '맙소사, 내가 훈장을 훔치기라도 한 것 같군!'

"별거 아니에요." 그가 자신을 변호했다. "아시죠, 스몰렌스크의 공훈으로 지난여름에…… 그저 그런 거예요."

"그저 그런 거!" 크릴렌코가 분노로 식식대며 그 말을 따라 한다. "왜, 이왕이면 레닌 훈장을 달지 그랬니? 응? 별 볼일 없는 놈!"

"하지만……"

"닥쳐!"

털북숭이 주먹이 탁자 위로 또다시 날아왔다.

"그거 당장 이리 내."

젊은 크릴렌코가 재빨리 훈장을 떼어내 자기 주머니에 넣었다.

"흥분하지 마세요…… 아버지 연세에……"

"내 나이에 나는 여전히 전선에서 전투원으로 싸우고 있다. 한데 스물아홉 먹은 네놈은 후방에서 서기 노릇만 하고 있구나. 응?"

그가 구역질 난다는 듯 침을 뱉고 다리를 내밀었다.

"장화를 벗겨라!"

아들이 아버지에게 다가가, 그에게 등을 보인 자세로 장화를 잡아당기기 시작했고, 아버지는 그의 엉덩이에 기댔다.

"차를 마시겠다." 노인이 결정했다. "찻주전자 가져오라고 해."

장군이 연락병을 불렀다. 연락병이 들어와 발뒤꿈치를 맞부딪치고 경례를 하고는, 장군의 책상 앞에 신발을 벗고 편안히 앉아 있는 하사를 멍하니 곁눈질했다.

"차를 가져와!"

연락병이 발뒤꿈치를 또 한 번 맞부딪치더니 비틀거리며 나갔다. 크릴렌코 노인이 두 손을 싹싹 비비며 지도를 쳐다보았다.

"리아비니코보!" 그가 금방 찾아낸다. 커다란 더러운 손가락을 지도 위에 댄 채 그는 어린애처럼 즐거워한다. "그런데 이 편자 형태는 뭐냐?"

"우리의 새로운 진지들이에요. 저는 리아비니코보에서 철수하라는 명령을 내렸어요……"

젊은 크릴렌코가 불안해하며 말을 흐렸다. 노인의 콧수염이 일제히 곤두서더니, 바람에 흔들리는 숲처럼 떨리기 시작했다. 그의 눈에 심술궂게 주름이 잡히고, 코에서는 끊어졌다 이어졌다 하는 분노의 소리가 뿜어져 나왔다. 그는 천천히 일어나 앞으로 몸을 기울였다……

"뭐라고?"

"너무 개인적인 시각으로 이 문제를 보면 안 돼요, 아버지!"

"리아비니코보를 지키지 않을 거라고? 우리의 리아비니코보를?"

"자, 아버지. 자…… 이성적으로 생각해보세요. 적은 여기에 최신의 기갑 사단을 배치해두었는데 저는 대전차 병기를 갖고 있지 않아요……"

"대전차 병기가 없어? 대전차 병기가 없어? 국민이 너에게

252

준 것들은 다 어디다 썼냐? 팔아서 술값으로 썼냐? 아니면 노름으로 날렸냐?"

"저기, 아버지……"

"바보 같은 놈!" 노인이 갑자기 괴상한 목소리로 고래고래 소리를 지르기 시작했다. "동지들! 그를 벽에 갖다 붙여라! 총살해라! 잠깐, 잠깐!"

그는 놀라울 정도로 재빨리 튀어 올라 아들의 귀를 잡아 비틀었다……

"아야! 놔주세요." 크릴렌코 장군이 부끄러움도 잊고 애원했다.

"네가 리아비니코보를 버렸어." 노인이 한탄했다. "내가 거기서 살고, 일하고, 땀 흘린 세월이 오십 년인데…… 내가 지어준 신발을 신지 않은 발이 하나도 없는데! 우리 마을이 총 한번 쏴보지 못하고 적에게 내던져지다니! 스티옵카 보로고디차가 뭐라고 말할까? 바트루슈킨은? 안나 이바노브나는? 미트카 크릴렌코가 적에게 자기 고향 마을을 내주었다! 내 아들이!"

고함 소리를 들은 보초병이 누군가 장군을 암살하려 한다고 판단하고서, 총검을 세워 들고 방으로 뛰어들었다. 보초병은 맨발에 단정치 못한 차림으로 울면서 장군의 귀를 비틀고 있는 늙은 하사를 보았다. 맙소사! 장군은 자기를 방어하려는 노력조차 하지 않고 있었다. 보초병에게는 너무나 지나친 행동으로 보였다. 보초병은 두 눈을 비비더니, 마치 지옥의 마귀들이 모두 자기 발뒤꿈치에 들러붙기라도 한 것처럼 방에서 뛰어 달아났다…… 젊은 크릴렌코가 마침내 아픈 귀를 빼내고 책상 뒤로 피했다.

"저는 명령을 받았어요!" 그가 설명하기 시작했다. "마음 내키는 대로 전쟁을 할 수 있는 게 아니에요…… 그리고 제가 얘기했잖아요. 대전차 병기가 없다니까요!"

"대전차 병기, 대전차 병기! 그럼 총검은? 총검은 개한테 쓰라고 있는 거냐?"

"아버지!"

"염병할 놈!" 크릴렌코 노인은 이렇게 간단히 답했다. "총 한 번 쏘지 않고, 군인 목숨 하나 바치지 않고 리아비니코보를 내주다니!"

그러더니 그는 갑자기 입을 다물고 벌떡 일어섰다.

"좋다. 내가, 나 사비엘리 크릴렌코가 보여주마. 시민이란 어떻게 싸워야 하는지를! 난 리아비니코보로 가겠다! 나 혼자서 그곳을, 리아비니코보를 지키겠다! 내 가슴으로! 내 손으로! 네 도움 필요 없다…… 금수 같은 놈!"

그는 소매를 걷어 올리더니 의기양양하게 문으로 갔다.

"아버지, 차 드셔야죠." 미트카가 소심하게 중얼거렸다.

노인이 돌아서더니 그의 발에 조용히 침을 뱉었다.

"네 찻잔에 대고 이렇게 하련다! 나는 독살당하고 싶지 않다! 자기 고향을 적에게 넘겨줄 수 있는 작자라면 제 아버지를 독살하는 일도 할 수 있지!"

그가 나갔다. 여전히 욕설을 퍼부어대며 멀어지는 그의 목소리가 들렸다. 방에 젊은 크릴렌코 혼자 남았다. 그는 손수건을 꺼내 이마를 닦았다. "내가 꿈을 꾼 거야, 뭐야?" 그는 의심스러운 눈길로 주변을 두루 훑어보다가 펄쩍 뛰었다. 방 한가운데, 정성 들여 닦은 거의 새것인 듯한 장화 한 켤레가 당당히 놓여 있었다…… "맨발로 가버렸잖아!" 그는 장화를 들고 급히 나가 큰 걸음으로 눈 속을 100여 미터 달려가다가, 군인 하나를 보고 불러 세웠다.

"콧수염을 잔뜩 기르고 맨발에 화를 내며 가는 어떤 하사를 보지 못했나?" 그가 딱딱한 어조로 단숨에 내뱉었다.

크릴렌코 장군을, 그 유명한 크릴렌코 장군을 직접 보게 된 그 보잘것없는 병사는 입이 떡 벌어지면서 목구멍에서 나지막한 비명을 토했다…… 그러나 크릴렌코 장군은 이미 그 자리를 떠나고 없었다. 손에 장화를 든 채 그는, 연신 몸짓을 해대며 멀어져가고 있는 사람의 모습을 찾아 빠르게 달려갔다. 한편 눈 속을 헤치고 얼어붙은 강을 따라서 리아비니코보에 도착한 크릴렌코 노인은 때마침, 반대편 쪽 마을을 통해 입성한 독일군과 장터에서 맞닥뜨렸다. 안색이 창백해진 크릴렌코는 탱크 안에 서 있는 뚱뚱한 장교를 잠시 바라본 다음 앞으로 다가갔다.

"소비에트 사회주의 공화국 연방의 이름으로……"

"바스? 바스?"* 장교가 독일어로 물었다.

"그는 환영의 뜻을 전하는 겁니다." 곁에 있던 중위가 설명했다.

"아! 환영, 좋지! 좋아!" 장교가 즐거워했다.

늙은 제화공 크릴렌코는 숨을 한껏 들이마신 다음 독일군의

---

* "뭐라고? 뭐라고?"

발치에 침을 뱉었다.

"소비에트 사회주의 공화국 연방의 이름으로!" 그가 반복
했다.

"끌고 가라!" 분노로 파랗게 질린 장교가 소리쳤다.

이렇게 하여 노인은 가축 운반 기차에 실려 폴란드의 포로수
용소로 끌려가게 되었다. 하지만 운 좋게도 몰로데치노에서 도
망치는 데 성공한 그는 마흔여덟 시간 동안이나 쉬지 않고 걷다
가 마침내 의식을 잃고 말았고, 막내 즈보로브스키에게 발견돼
간호를 받은 덕분에 며칠 후 의식을 되찾았다.

페흐가 은신처에 들이닥쳤을 때 크릴렌코는 이를 잡고 있었다.

"즐거운 사냥이 되기를!" 페흐가 기원했다.

"고맙네."

"사비엘리 르보비치." 페흐가 머뭇거리며 말문을 열었다.

그가 행동을 멈췄다.

"응?"

"아니에요." 페흐가 한숨을 쉬었다.

"좋아, 그럼 입 다물어."

그는 장작더미 위에 앉아 자기가 걸치고 다니는 양가죽 속을
계속 열심히 뒤졌다.

"사비엘리 르보비치!" 페흐가 다시 입을 열었다.

"응?"

"화내지 말아요……"

크릴렌코가 침착하게 가죽을 옆에 내려놓고 페흐를 쳐다보
았다.

"이봐, 나한테 할 말이 있으면 해. 말하고 나서 꺼져버리는 것
도 잊지 말고."

페흐가 침을 한번 삼키더니 입을 열었다.

"당신 아들 있잖아요, 사비엘리 르보비치……"

"바보 같은 놈!" 크릴렌코가 급하게 말을 잘랐다.

하지만 페흐는, 그러면서도 그의 눈에서 호기심이 번득이는
것을 본 것만 같았다. 그가 재빨리 말을 이었다.

"볼레크 즈보로브스키가 어제 모스크바 소식을 들었어요. 당
신 아들 디미트리 크릴렌코가 스탈린그라드 해방에 기여한 공
로로 '소련의 영웅'이라는 칭호를 받았어요."

노인의 낯빛이 콧수염보다도 더 회색으로 변했다.

"화내지 말아요!" 페흐가 재빨리 말했다.

"확실해?" 크릴렌코가 물었다.

"확실해요, 사비엘리 르보비치. 볼레크 즈보로브스키가 직접
들었어요, 빌노에서요……"

"볼레크 어디 있어?"

"밖에요…… 그는 당신에게 직접 말할 엄두를 못 냈어요. 하
지만 당신이 원한다면……"

"그를 불러와."

페흐가 토끼처럼 달아나더니 이내 막내 즈보로브스키와 함
께 돌아왔다. 막내 즈보로브스키는 불안해 보였다.

"말해봐!" 크릴렌코가 으르렁댔다. "뭘 꾸물대?"

"……소련의 영웅 칭호를 받았어요! 스탈린그라드 해방에 기
여한 공로로요." 볼레크가 서둘러 말했다.

"확실해?"

"확실해요, 사비엘리 르보비치! 그들은 분명히 디미트리 크릴렌코 장군이라고 했어요."

"그걸 묻고 있는 게 아니야, 멍청한 놈아! 그들이 정말 스탈린그라드 해방이라고 말했어? 그들이 정말 해방이라고 말했느냐고?"

"네, 해방이요, 사비엘리 르보비치! 그리고 그들이 덧붙이기를 디미트리 장군이……"

"바보 같은 놈!" 크릴렌코 노인이 퉁명스럽게 말을 잘랐다. "그건 관심 없어."

"어떻게 그럴 수가! 관심이 없다니!" 페흐가 마침내 화를 냈다. "실례지만, 놀라워요! 정말이지 너무나 놀랍군요!"

"좋아, 친구. 어서 실컷 놀라워하라고!" 크릴렌코가 빈정댔다.

그는 실컷 놀라워하는 페흐를 더욱 감탄스럽게 쳐다보려는 듯, 한 발짝 뒤로 물러나 머리를 옆으로 기울였다.

"어쨌든, 사비엘리 르보비치! 당신 아들이 스탈린그라드를 해방시켰잖아요." 페흐가 외쳤다.

"아니야. 내 아들이 한 게 아니야. 스탈린그라드를 해방시킨 건 인민이야. 인민, 알겠어? 고맙다는 인사를 받아야 할 사람은 바로 인민이라고! 내 아들은 여러 달, 또 여러 달 동안 뒤에 물러서 있었어. 지도 위에 화살표나 원 따위를 그렸지. 그놈이 한 일이라고는 그것뿐이야. 그러다가 어느 날 혼자 중얼거렸지. '이 원이 마지막이 될 것이다.' 그는 인민에게 물었지. '알겠습니까?' 그러자 인민이 대답했지. '알겠습니다.' 자, 누구에게 감사

해야 하지? 지도 위에 작은 표시를 한 사람인가, 아니면 자기 피를 땅에 뿌린 사람인가? 응?"

잠잠했다. 페흐가 큰 소리로 한숨을 쉬었다.

"어쨌든 나는 당신에게 축하의 말을 전하러 온 거지 논쟁하러 온 게 아니에요. 그리고 도브란스키가 오늘 저녁에 와달라고 당신을 초대했어요. 스탈린그라드 해방을 축하할 거예요. 감자가 준비될 거예요!"

"먹으러 가지." 노인이 퉁명스럽게 약속했다.

밖으로 나오면서 막내 즈보로브스키가 우울하게 말했다.

"부끄러운 일이야…… 정말이지 부모를 갖고 있을 필요가 없다니까. 부모란 겨우 이런 식으로 자식에게 고마움을 표하니."

그는 기분 나쁘다는 듯 침을 뱉었다.

31

잉걸불 위에서 감자가 부풀며 즐겁게 타닥거렸고, 사람들은 양가죽을 바닥에 던져두고 점퍼 단추를 푼 채 앉아 있었다. 더웠던 것이다. 단지 불의 온기 때문만은 아니었다. 사람들의 형제애가 발하는 보잘것없는 온기, 행복한 사람들이라면 불쾌해 얼굴을 돌려버리겠지만 이 가난한 사람들에게는 쾌적하기만 한 그 온기 때문이기도 했다. 최대한 불에 가까이 다가앉은 크릴렌코 노인—그의 바지 자락에서는 위험스럽게도 연기가 피어오르고 있었다—은 잉걸불 속에서 감자를 낚고 있었다. 그의 손은 화상도 아랑곳하지 않는 듯이 보였다. 야네크는 끓는 물이 든 찻주전자 앞에 쭈그리고 앉아서 '차'를 준비했다. 페흐가 그에게 그 유명한 비법을 전수해준 것이었다…… 모임의 시작을 알린 것은 페흐였다.

"도브란스키 동지!" 그가 엄숙한 어조로 알렸다.

사람들이 박수를 쳤다. 페흐는 지나간 좋은 시절의 회합 때 하던 식으로 대중을 열광시킬 순간이 왔다고 판단했다. 그는 주먹을 들고 심호흡을 한 뒤 외쳤다.

"민중의 단결, 민중의 형제애 만세! 해방군 만세! 만세……"

"입 닥치고 앉아, 페흐." 사람들이 점잖게 충고했다.

도브란스키가 공책을 폈다.

"이번에 읽어줄 이야기는 푸시킨의 유명한 발라드를 읽다가 착상하게 됐어. '까마귀 한 마리가 다른 까마귀를 향해 날아간다. 까마귀 한 마리가 다른 까마귀에게 이야기한다'라는 구절이지."

"〈루슬란과 류드밀라〉의 처음 두 행이지!" 페흐가 구체적으로 짚어주었다.

그가 튀어 오르듯이 일어났다.

"러시아 민중의 서정시인, 그의 영원한 천재성 만세. 알렉산드르 세르게예비치 푸시킨!" 그가 소리쳤다.

"잠이나 자, 잠이나 자!" 사람들이 간청했다. "페흐, 침대에나 쑤셔 박혀."

도브란스키가 알렸다.

"제목은 '스탈린그라드 근방'."

그가 읽기 시작했다.

새벽이다. 야행성 개구리 울음소리가 점차 잠잠해지고, 마지막 박쥐 몇 마리가 소란스럽게 달아나고, 왜가리가 천천히 갈대숲에서 나와 첫 번째 물고기를 삼킨다. 볼가 강의 두 늙은 친구, 백 살 먹은 까마귀 일리야 오시포비치와 아카키 아카키비치가 강 위에 나타난다. 그들은 아침 공기 속에서 천천히 선회하고, 한쪽 눈으로 뚫어져라 수면을 탐색한다.

"여전히 아무것도 없지, 아카키 아카키비치?"

"여전히 아무것도 없어, 일리야 오시포비치. 자네가 뭔가 오해한 게 틀림없어."

"하지만 창문이 열려 있어서 독일어로 이야기하는 소리가 똑똑히 들렸단 말이야. 그 목소리는 이렇게 말했어. '동쪽 군대의 전황 공보. 우리의 가장 뛰어난 사령관 중 하나인, 헤이그 출신의 장군 폰 라트비츠 남작 휘하의 우리 군대는 어제 볼가 강의 한 지점에 도착했다!'"

"내 첫 번째 새끼들을 걸고 맹세해!" 아카키 아카키비치가 거품을 물고 말했다. "자네 말을 들으니 내 입에 침이 고이는군!"

단정치 못한 옷차림의 두 인물이 강 위에 나타나더니, 죽어 넘어진 두 개의 나무줄기 위에 말을 타듯 걸터앉는다. 두 나무가 동요하며 위험스럽게 빙빙 돈다.

"피츠!" 첫 번째 기병이 절망적으로 외친다. "우리는 기슭으로 접근해야만 해!"

"예, 알겠습니다!" 두 번째 기병이 움직일 생각도 하지 않으면서 대답한다.

발트 해의 작고 예쁜 도시 자스니츠 출신인 전前 독일 병사 슈반케의 시체가 어쩌다 그곳을 지나가게 된다. 잇새에 지푸라기 한 가닥을 물고 무기력하게 누워서 하늘에 시선을 고정시키고 있는 그는 방랑자같이 보이고, 무사태평하게 보인다. 그러나 세상사에 초연한 그 시선도 둥둥 떠다니는 인간 잔해들을 지나치지 못한다. 생전에 병사였던 슈반케는 놀라 제자리에서 맴돌다가, 첫 번째 나무줄기로 와 단단히 매달린다.

"이봐! 함부르크 출신 카를 뢰더!" 갈대숲 쪽을 향해 사자死者의 언어로 그가 외친다. "내가 지금 누구를 붙잡고 있는지 좀 봐!"

"내가 뭘 가지고 보기를 원하는데? 내 엉덩이로?" 석공으로 일했던 함부르크 출신의 카를 뢰더가 같은 언어로 투덜거린다.

그는 갈대숲에서 나와 여기저기 되는대로 떠다니기 시작한다.

"나를 골탕 먹인 그 추잡한 새 두 마리나 발견할 수 있었으면!"

일리야 오시포비치와 아카키 아카키비치가 순진하기 짝이 없는 모습으로 그를 바라본다.

"이쪽이야!" 슈반케가 인정을 베푸는 마음으로 동료를 안내한다.

"이게 누군데?" 석공 뢰더가 흥미를 가지고 묻는다.

"이봐! 만하임 출신 프린첼! 이봐! 뤼베크 출신 카닌헨. 이리와! 내가 붙잡고 있는 사람이 누구인지 좀 맞혀봐!" 슈반케가 외친다.

"내 장담하는데, 그가 우리의 가장 뛰어난 사령관 중 하나인 장군 폰 라트비츠 남작이 아니라면 내 목을 내놓겠어." 완전히 발가벗은 존재가 코르크 병마개처럼 수면 위로 불쑥 나타나며 자신 있게 말한다.

"목을 내놓느니 그냥 물에 빠져 죽으면 될 텐데!" 갈대숲에서 투덜대는 어떤 목소리가 말한다. "좀 더 가까이 가게 해줘……안경 없이는 아무것도 볼 수가 없어! 빌어먹을! 그가 장군 폰 라트비츠 남작이 아니라면 나는 카닌헨이 아니야!"

"너는 분명 더 이상 카닌헨이 아니야!" 갈대숲에서 무례한 목소리가 말한다. "그리고 너를 보면 볼수록, 심지어 네 아들도 그런 이름을 갖고 있지 않다는 확신이 들어! 너무 부드러운 진흙을 만나면 나는 가재 없이는 눈 한쪽도 감을 수가 없어…… 대체 무슨 일이야?"

전에 독일 하사였던 자가 겨우 사분의 삼 정도 물 위에 모습을 나타낸다.

"이런, 이런! 우리의 가장 뛰어난 사령관들 중 하나야! 이봐, 너희들! 갈대숲, 모래밭, 지류, 강바닥 바위들에 흩어져 있는 너희들 모두 가까이 와!"

"그가 아돌프 히틀러라는 얘기는 마." 감격을 가장한 목소리가 투덜댄다. "내가 너무 기뻐 죽을 위험이 있거든!"

"하하하!" 명예로운 회중이 포복절도한다. "하하하!"

우리의 가장 뛰어난 사령관들 중 하나인 장군 폰 라트비츠 남작은 죽은 나무줄기에 맹렬히 달라붙는다. 그는 소용돌이에 말려든다. 전前 독일 병사들의 시체가 그의 주위에서 빙글빙글 돌고, 그가 타고 있는 말의 가지들 속에 걸린다.

"피츠!" 그가 화가 나 부관을 향해 외친다. "이 시체들 좀 쫓아내. 우리의 진행을 방해하잖아!"

"예, 알겠습니다!" 피츠 중위가 겁에 질려 외친다.

"아카키 아카키비치!" 까마귀 일리야 오시포비치가 엄숙하게 말한다. "자네, 돌아가신 우리 아버지가 보로디노에서 어떤 프랑스 장군의 시체에서 빼낸 담배쌈지 기억하나? 자네가 그 예쁜 은시계를 걸겠다면 나는 그 담배쌈지를 걸 테니, 내기하세. 저 젊은 중위에게는 잠수할 용기가 없을 거야. 명예를 걸고 내기하세!"

"명예를 걸고!" 아카키 아카키비치가 스포츠 정신으로 도전에 응한다.

"좋아요, 여러분." 슈반케가 너무나도 멍한 눈길로 하늘을 응시하며 명예로운 회중에게 말한다. "나는 이번에는 우리가 그를 휘어잡고 있다고 생각해. 그리고 너희가 그렇게 할 수 있는 건 물론 다 내 덕분이지!"

"좋아, 슈반케!" 프린첼이 투덜거린다. "우리는 볼가 강의 물을 한잔 살 준비가 되어 있다네!"

"하하하하!" 재치 넘치는 농담에 명예로운 회중이 포복절도한다.

"뭐가 문제야?" 갈대숲에서 흥분한 목소리들이 묻는다. 그리고 위대한 전前 독일 군대의 또 다른 헐벗은 전 병사들이 사방에서 나타난다. "하느님 맙소사! 장군 폰 라트비츠 남작이 합류했다!"

"아직 결정적으로 합류한 것은 아니야." 카닌헨이 암시적으로 말한다. "흠! 흠……! 명예로운 회중 가운데 라트비츠 장군이 결정적으로 우리 일원이 되는 것에 반대하는 사람 있나?"

"없다, 없다!" 사방에서 목소리들이 열광적으로 말한다. "오히려 매우 영광스럽다, 매우 영광스럽다!"

라트비츠 장군이 자기가 탄 말의 장애물들을 제거하기 위해 좌우로 발길질을 해댄다.

"오, 오……" 슈반케가 슬픔을 가장하며 한탄한다. "그가 내 엉덩이를 걸어찼어!"

"뭐야? 감히. 그건 중대한 잘못이야! 그런 행동은 규율상 명백히 금지되어 있어!"

"으, 되게 아프네!" 슈반케가 흐릿한 눈으로 하늘을 증인 삼아 한탄한다.

명예로운 회중이 자지러지게 웃고는, 옴짝달싹 못 하게 된 나무줄기 주위로 점점 더 많이 몰려든다.

"피츠!" 라트비츠 장군이 외친다. "즉시 내려가서 장애물을 제거해!"

"예, 알겠습니다!" 피츠 중위가 날카롭게 외치고는, 눈을 질끈 감고 자기 말을 떠난다.

일리야 오시포비치가 만족스러운 듯 고개를 끄덕인다.

"자네와 내기를 하지 않은 게 천만다행이네, 아카키 아카키비치. 내 아름다운 담배쌈지를 잃을 뻔했어."

"하지만 자네는 내기를 했어, 일리야 오시포비치!" 아카키 아카키비치가 화난 것처럼 보이려 애쓰며 외친다. "자네가 명예를 걸고 내기를 했다고!"

일리야 오시포비치가 한쪽 눈을 감고 아카키 아카키비치를 쳐다본다. 아카키 아카키비치는 한숨을 쉴 뿐, 더 주장하지 않는다.

"여러분, 여러분!" 슈반케가 외친다. "피츠 중위가 합류했다. 나는 그의 행동이…… 흠, 뭐랄까…… 기개 있는 것인지 감시하는 임무를 여러분 가운데 두 사람에게 맡길 생각이다. 여러분 가운데 누가 가장 고참이지?"

"나야." 카닌헨이 말한다. "나는 사흘 전부터 여기 있었어. 내가 물을 먹지 않았다는 건 말할 필요도 없고!"

"나로 말하자면, 나 역시 사흘 전부터 여기 있었어. 그리고 대접받기만을 요구하는 숙달된 가재 스물네 마리가 내 몸을 기어 다니고 있어." 프린첼이 말한다.

"하하하!" 명예로운 회중이 포복절도한다. "프린첼 노인네는 늘 저런 식이라니까. 앞으로도 변하지 않을 거야!"

"좋아." 슈반케가 말한다. "내 명령에 따라 프린첼과 카닌헨은 피츠 중위를 향해 전진!"

동요가 일어나고, 피츠 중위는 갑자기 종아리를 붙들리는 느낌을 받는다. 그리고 순식간에 가라앉는다. 별로 구미가 당기지 않는 '꾸루룩꾸루룩꾸루룩' 소리를 내며.

"건강을 비네!" 두 까마귀 일리야 오시포비치와 아카키 아카키비치가 다정하게 속삭인다.

"건강을 빕니다, 건강을 빕니다." 프린첼 또한 정복자의 귀에 대고 듣기 싫은 소리를 낸다. "두고 봐요, 두고 봐요. 갈대의 뿌리를 먹는다면 갈대도 그리 맛이 없는 건 아니라고요!"

그러자 라트비츠 장군이 외친다. "비켜! 너희는 내가 누군지 모르나?"

"예, 명령대로 하겠습니다. 명령대로 하겠습니다!" 명예로운 회중이 그의 주변으로 몰려들며 즐겁게 외친다.

"나는 너희의 사령관이다. 폴란드로, 프랑스로 너희를 데리고 갔던 사람이다……"

"그리고 볼가 강으로!" 명예로운 회중이 큰 소리로 외친다. "볼가 강을 잊지 마세요! 그런데 당신이 양껏 마신 볼가 강의 물속에는 뭔가가 있답니다. 심지어 개라도 주인에 대한 충성심을 잃어버리게 만들 뭔가가 있답니다!"

"독일군 시체들아!" 나무줄기가 가라앉는 것을 느끼며 라트비츠 장군이 외친다. "물러서! 명령이다!"

"예, 알았습니다. 명령대로 하겠습니다!" 독일군 시체들이 중얼거리고, 전 장군 폰 라트비츠 남작은 팔을 쳐든 채 천천히 가라앉더니 마침내 물 밑으로 사라진다.

"자네 먼저, 아카키 아카키비치!" 일리야 오시포비치가 살며시 아래로 내려가면서 공손하게 속삭인다.

"그럴 수야 없지, 일리야 오시포비치…… 자네 먼저!"

"좋아. 건강을 비네, 아카키 아카키비치. 건강을 비네……"

"건강을 비네. 많이 먹게! 많이 먹게!"

도브란스키가 중단하고 차를 조금 마셨다.

"오늘은 아주 맛있는데!" 그가 인정했다. "냄새가 거의 안 나는군!"

페흐는 다시 청중의 열광을 이끌어내기로 했다.

"폴란드 애국 전쟁의 인기 작가, 우리의 동지 아담 도브란스키 만세!" 그가 소리소리 질렀다.

"브라보, 브라보!" 빨치산들이 인정했다.

그러자 페흐는 소박하게나마 자기 개인의 인기를 손에 넣을 때가 왔다고 생각했다.

"페흐 만세!" 그가 용기 있게 시도했다.

"우-우! 꺼져라, 꺼져라! 잠이나 자라! 침대에나 쑤셔 박혀라!"

기가 꺾인 페흐는 사람들에게 등을 보인 채 감자에만 몰두했다. 도브란스키가 다시 읽기 시작했다.

몇 분 후 두 친구는 조금 둔하다 싶은 동작으로 그들이 좋아하는 떡갈나무 가지에 내려앉는다. 그러다가 깜짝 놀란다. 길고 유연한 목과 놀랄 만큼 날카로운 부리를 가진, 야위고 휘청거리는 한 까마귀와 부리를 맞대게 된 것이다.

"내 첫 번째 깃털을 걸고 맹세해!" 일리야 오시포비치가 외친다. "이 친구는 베를린 출신의 카를 카를로비치야! 그 뼈에 그 살, 틀림없이 그자야!"

"특히 뼈가 그렇지! 아, 특히 뼈가 그렇지!" 그 까마귀가 독일식 말투와 발음을 드러내며 구슬피 말한다.

독일 까마귀 카를 카를로비치는 차르 시대에 러시아로 와 살았고, 궁정에서 특별한 지위를 확보할 수 있었다. 차르가 그를 총애한 것이다. 차르는 자주 궁전 창가에 머물렀고, 만약 카를 카를로비치가 평범한 똥에 만족하지 않는 듯이 보이면 가족들을 마당으로 내려보내 특별 메뉴로 자신의 총아를 대접하게 했다. 순식간에 모든 사람이 카를 카를로비치의 마음에 들려고 경쟁을 벌이기 시작했고, 그리하여 대신들은 자기가 바친 것에 대해 차르의 총아가 만족하지 않는 빛을 보이면 잠을 설쳤다. 그것은 곧 자신의 실총이 임박했음을 알리는 확고한 신호였던 것이다. 정말 차르는 이 카를로비치의 기호와 선택을 너무 많이 참작했다. 그는 이 새가 자신의 측근들을, 그들을 구성하고 있는 바로 그 물질을 통해 판단할 기회를 갖고 있기 때문이라고 늘 말했다.

"그런데 여기서 뭘 하고 있는 건가, 카를 카를로비치?" 일리야 오시포비치가 깍깍거렸다. "유람여행 중인가? 관광도 하고 얼마나 좋은가!"

"아!" 카를 카를로비치가 한숨을 쉰다. "다른 때 볼가 강을 찾아왔더라면 좋았을 텐데…… 이 전쟁, 아! 이 무슨 불화…… 며칠 전에 나는 독일 외상 폰 리벤트로프 남작의 성에서 열린 연회에 참석했다네! 내가 지난날 차르 곁에서 누렸던 것과 같은 지위를 지금은 총통 곁에서 누리고 있다는 걸 말해둬야겠군. 내가 도처에서 초대를 받는다는 얘기네. 남작 집에서의 아름다운 축제, 최고의 인물들, 최고의 음악, 최고의 프랑스 포도주…… 하지만 나는 아무것도 보지 않고 한 귀퉁이에 앉아서 울기만 하고 있었어! 그런데 갑자기, 아, 이건 또 어찌 된 일인지, 폰 리벤트로프 남작이 다가오는 거야.

─왜 그렇게 울고 있니, 독일 까마귀 카를? 왜?

─아! 요아힘, 나는 울고 있어요. 어떻게 울지 않겠어요? 가엾은 러시아! 아, 가엾은 러시아…… 내가 말했어.

─아, 가엾은 러시아! 가엾은…… 가엾은 러시아! 남작이 말하더군.

그러고는 그 또한 우는 거야. 얼마나 슬픈 광경인지, 얼마나 슬픈 기억인지! 한데 갑자기, 아, 이건 또 어찌 된 일인지, 남작의 아내와 딸이 다가오는 거야.

—당신들은 왜 그렇게 울고 있지요? 왜?

—아, 퓌프헨! 아, 그레첸! 우리는 울고 있소. 어떻게 울지 않 겠소? 가엾은…… 가엾은…… 가엾은 러시아! 남작이 말했어.

—아! 아! 그레첸이 말했어. 아! 아! 퓌프헨이 말했어. 그들 역 시 울기 시작했어. 선량한 여인들, 고귀한 마음! 그런데 그때 모 든 귀빈들이 다가와 깜짝 놀라더니 우리를 둘러쌌어.

—아! 당신들은 왜 그렇게 울고 있나요? 왜?

—아! 아! 가엾은…… 가엾은 러시아! 우리는 눈물로 대답 했어.

—아! 가엾은…… 가엾은 러시아! 귀빈들이 말했어. 그러고는 그들 역시 울기 시작했어.

아! 얼마나 슬픈 광경인지, 얼마나 슬픈 기억인지! 내가 울고, 남작이 울고, 퓌프헨이 울고, 그레첸이 울고, 오케스트라가 울고, 귀빈들이 울고, 하인들이 울고…… 모두가 울고, 모두의 눈에서 눈물이 철철 흘렀지.

—아, 독일 까마귀 카를! 너는 우리 총통에게 대단한 영향력 을 행사하고 있다…… 가라! 가서 그분께 설명해라. 독일을 구해 라. 러시아를 구하라는 얘기다! 남작이 잠시 흐느낌을 멈추고 말 했어.

나는 울며 베를린으로 건너갔어. 얼마나 슬픈 광경인지, 얼마 나 슬픈 기억인지! 과부들이 울고, 어머니들이 울고, 딸들이 울 고, 누이들이 울고, 애인들이 울고, 어린 고아들이 울고, 모두가

울고, 모두의 눈에서 눈물이 철철 흘렀지! 군대가 흐느끼며 행진
했지. 나는 관저에 도착했어. 사람들이 내 도착을 알렸고, 나는
들어갔어…… 아! 얼마나 슬픈 광경인지, 얼마나 슬픈 기억인지!
러시아 지도 앞에 총통이 앉아 있었어…… 그는 울고 있었지! 그
렇게 눈물을……"

　카를 카를로비치가 중단하고 똥을 몇 덩어리 눈다.

　"총통의 진실한 눈물!"

　"아, 그런데 친구! 자네는 지금 자네 모국의 똥에서 이렇게 멀
리 떨어진 볼가 강에 와 있으니 어찌 된 일인가?" 일리야 오시포
비치가 다정하게 말한다.

　"아! 아!" 카를 카를로비치가 즉각 격분하며 날개를 비튼다.
"얼마나 슬픈 참극인지, 얼마나 슬픈 기억인지…… 베를린이 폭
격을 당했어. 내가 폭격을 당했어. 총통이, 총통이 폭격을 당했
어! 그러나 나는 거기 있었어. 그의 문 앞에, 끝까지 충성을 지키
면서, 마지막 깃털까지 독일 까마귀로! 그런데 갑자기, 아, 이건
또 어찌 된 일이야? 문이 벌컥 열리더니 총통이—창백하지만 결
연한 모습이었지!—달려 나오고, 총통 뒤로 나치 돌격대장 괴링
이 달려 나오고, 괴링 뒤로 선전장관 괴벨스가 달려 나오고, 괴벨
스 뒤로 폰 카첸 야메르 장군이 달려 나오는 거야! 모두 창백하
지만 결연한 모습으로!

　—독일 까마귀 카를, 벽난로 속에 시한폭탄이 있다! 어떻게
좀 해라! 총통을 구해라, 카를! 그들이 말했어.

　—나 독일 까마귀 카를이 뭘 어떻게 하겠어요? 나는 무릎을
꿇고 눈물 젖은 목소리로 이렇게 말했어.

—아, 총통을 위해 살고 죽으리!

그렇게 말하고는 푸드덕, 창문으로 뛰어내렸어. 그러자 총통이 푸드덕, 창문으로 뛰어내렸어. 그리고 총통 뒤로 푸드덕, 괴링이 창문으로 뛰어내렸어. 그리고 괴링 뒤로 푸드덕, 푸드덕, 괴벨스와 폰 카첸 야메르가 창문으로 뛰어내렸어! 모두가 창백하지만 결연한 모습이었어! 우리는 길에 떨어졌어. 폭탄이 비 오듯 쏟아졌어. 이렇게, 이렇게……"

신기할 정도로 카를 카를로비치가 연달아 똥덩어리들을 떨어뜨린다.

"나 독일 까마귀 카를이 뭘 어떻게 하겠어? 나는 무릎을 꿇고 눈물 젖은 목소리로 말했어. '나의 총통을 위해 살고 죽으리!'

그렇게 말하고는 푸드덕, 푸드덕, 푸드덕, 나는 달리기 시작했어. 창백하지만 결연하게!

—브라보, 카를, 고귀한 마음! 총통이 말했어. 그러고는 푸드덕, 그가 달리기 시작했어.

—용감한 카를, 신의 축복이 있기를! 괴링이 말했어. 그러고는 푸드덕, 그가 달리기 시작했어.

—용감한 카를, 자랑스러운 기사! 괴벨스와 폰 카첸 야메르가 말했어. 그러고는 푸드덕, 푸드덕, 그들이 달리기 시작했어.

창백하지만 결연하게! 그리고 목숨을 구해준 것에 대한 감사의 표시로 총통은 나를 볼가 강으로 보냈어. 그는 감동 어린 목소리로 내게 말했어.

—가라, 그곳으로 가라. 먹을 게 아주 많을 거다!"

가지 위에 잠시 침묵이 흐른 다음, 아카키 아카키비치가 한쪽 눈을 감고 말한다.

"자네 말 참 많이 했네그려, 카를 카를로비치. 그러니 이제 목이 마르겠지?"

"그래, 보드카 한잔 마셨으면 좋겠군……" 카를 카를로비치가 조심성 없이 말한다. "아니, 자네 거기서 뭐 하는 거야, 응?"

카를 카를로비치가 질겁하여, 깍깍 소리를 지르며 날개를 움직이려 애쓴다. 하지만 늙은 독일 까마귀에게 최후의 시간이 찾아왔다. 두 러시아 까마귀가 발톱으로 그를 옥죈다. 그의 앙상한 긴 목과 세상에서 가장 길고 가장 날카롭고 가장 탐욕스러운 그의 부리가 대번에 볼가 강 속에 잠겨버린다. 꾸루룩꾸루룩꾸루룩! 늙은 독일 까마귀가 오랫동안 목을 축인다. 꾸루룩꾸루룩꾸루룩……! 그는 기력을 잃고, 그의 날개는 더 이상 퍼덕이지 않으며, 그의 독일 발톱은 더 이상 움켜쥐지 못한다……

"건강을 비네!" 일리야 오시포비치와 아카키 아카키비치가 중얼거린다.

몇 분 후 두 친구는 다시 물 위를 선회한다. 그들은 갈대숲과 섬, 기슭의 초목 무성한 지류들, 백사장을 순찰한다. 더 이상은 아무것도 보이지 않아 그들은 볼가 강에게 물어본다.

"뭐 흥미로운 것 좀 붙잡으셨나요, 강들의 어머니?" 그들이 더할 수 없이 아첨하는 목소리로 깍깍댄다.

그 까마귀들이 타고난 아첨꾼이라는 것은 모두가 알고 있고, 볼가 강은 한 세기도 더 전부터 두 친구를 알아왔다. 그러나 오늘 그녀는 기분이 좋다.

"여기 나의 구혼자를 또 한 명 데리고 있다!" 중위 하나를 품에 안고서 강의 어머니가 으르렁거린다. 버려진 중위의 탱크가 볼가 강에서 불타고 있다. "이보시오, 당신 벌써 내 물을 마신 게요? 내 물은 정복자들의 소화를 촉진하는 데 탁월한 것 같군……"

"깍, 깍, 깍!" 일리야 오시포비치와 아카키 아카키비치가 쉰 목소리로 자지러지게 웃는다. "정말 재치가 넘치세요, 강들의 어머니. 너무 재미있어요, 너무 웃겨요, 깍깍!"

"당신 주머니 좀 뒤집어보게 해주시오." 볼가 강이 으르렁거린다. "늙은 푸주한 미닌이 쓰는 외알박이 안경! 내가 이걸 좀 쓰고 있어도 되겠소? 젊은 스탈린그라드가 웃겠군!"

"오, 너무 우스워요!" 두 친구가 깍깍댄다. "오, 너무 우스워요! 오! 너무 재미있어요! 깍, 깍, 깍, 정말 재치 있으세요, 강들의 어머니!"

"이게 뭐지?" 볼가 강이 깜짝 놀란다. "소련 훈장과 러시아 병사의 사진이잖아?"

"소련 훈장?" 일리야 오시포비치가 깜짝 놀라며 아카키 아카키비치를 본다.

"러시아 병사의 사진?" 아카키 아카키비치 역시 일리야 오시포비치를 쳐다보며 깜짝 놀란다.

"이게 누구인지 알겠다!" 볼가 강이 외친다. "그는 카잔 출신의 미슈카 부비엔이야. 난 그를 기억해. 그는 내 기슭에 앉아 자신의 가장 빛나는 시절을 보냈지. 나를 내려다보며 침을 뱉기도 하면서."

"우리도 그를 알아. 그를 알아!" 두 친구가 즉시 외친다. "그는 우리 알들을 깨뜨리고 우리 새끼들을 훔쳐 갔어…… 사랑스럽고 매우 호감이 가는 소년이었지!"

"이보시오, 무슨 영문으로 당신 주머니에 이 훈장과 사진이 들어 있는 건지 물어봐도 되겠소?" 볼가 강이 생각에 잠겨 중얼거린다. "기다려요, 내가 맞혀보겠소…… 그래, 알았다!"

"그래, 우리는 알았다!" 두 친구는 깡총깡총 뛰면서 과장되게 기뻐하며 귀에 거슬리는 소리를 낸다.

볼가 강이 초조하게 그들을 바라본다.

"그래, 뭘 알아냈다고, 건달들?"

"그래요." 일리야 오시포비치가 빠르게 중얼거린다. "뭘 알아냈지, 아카키 아카키비치?"

"자네는, 자네는, 일리야 오시포비치, 뭘 알아냈지?"

그들은 가련하게 서로를 본다.

"아니요, 우리는 아무것도 알아내지 못했어요, 강들의 어머니." 그들이 겸손하게 고백한다. "부디 친절을 베푸시어 깃 빠진 이 늙은 새들의 아둔한 머리를 밝혀주시겠습니까?"

"나는 알아냈다." 볼가 강이 말한다. "이보시오, 사정이 이러하니, 유감스럽게도 이제 나는 당신을 이 나뭇가지에 더 매달려 있게 놔둘 수 없소. 이젠 당신이 마음에 들지 않아."

"안 돼, 안 돼!" 가련한 정복자가 외친다.

"돼, 돼!" 두 친구가 의기양양하게 깍깍대고, 볼가 강은 그 새로운 구혼자를 물속으로 집어넣고는, 독일인 한 명이 물을 충분히 마실 정도의 시간 동안 그를 붙들고 있다…… 두 친구의 관심은 이미 딴 데 가 있다. 그들은 볼가 강이 이상할 정도로 부드러운 모습으로 품에 안고 있는 것을 향해 조심스럽게 다가간다.

"흠?" 일리야 오시포비치가 잘 모르겠다는 듯 말한다.

"흠, 흠!" 아카키 아카키비치가 그를 뒷받침한다. 그들은 살며시 하강하기 시작한다…… 그러나 볼가 강이 마구 소용돌이를 일으키는 바람에 늙은 날개로 온 힘을 다해 하늘로 솟구쳐 오른다.

"오, 맙소사! 무서워 죽을 뻔했어!" 일리야 오시포비치가 깍깍댄다. "아카키 아카키비치로 말하자면, 너무 무서운 나머지 깃털이 부리에 닿을 만큼 곤두서 있군."

"저리 가, 똥이나 먹는 것들아!" 볼가 강이 외치자 사방이 분노의 거품으로 뒤덮인다. "이게 러시아 병사라는 거 안 보여?"

"오, 맙소사!" 일리야 오시포비치가 외친다. "이 무슨 지독한 실수인가!"

"이 무슨 비극적인 오해인가!" 아카키 아카키비치가 한술 더 뜬다.

"우리의 늙은 눈을 용서하세요, 강들의 어머니!"

"늙으면 그저 빨리 죽어야 하는데!"

"그를 위해 우리가 할 수 있는 일은 없을까요, 강들의 어머니?"

그러나 강들의 어머니는 풍부한 울림을 내는 러시아어를 사용해 상스럽기 짝이 없는 욕설로 답한다. 두 친구는 질겁해 서로를 쳐다보고는, 깃털 속에 머리를 처박고 숲으로 도망친다……

"됐어." 일리야 오시포비치가 곤두선 깃털을 흔들면서 더듬더듬 말한다. "어머니 볼가가 그런 말씨를 갖고 있으리라고는 생각도 못해봤어!"

"나는 자고 싶어. 그리고 모두 잊고 싶어." 아카키 아카키비치가 진저리를 내며 중얼거린다. "내가 태어난 둥지를 두고 맹세하네! 어머니 볼가는 뱃사공이나 카자크인들과 교제하기 위해 그런 말을 배운 거야."

"걱정하지 말아라, 우리 바시오노크 바시엔카." 볼가 강이 그 어머니 같은 품에 금발의 청년을 안고서 부드럽게 속삭인다. "볼가 강의 무덤보다 더 슬픈 무덤들도 있단다. 아직 어떤 것도, 어떤 인간도 어떤 짐승도 찾은 적 없는 평온한 곳으로 너를 데려다주마. 내가 아는 어떤 섬의 싱싱한 갈대숲으로 너를 데려다주마. 너는 부드러운 물결, 갈대, 모래가 될 것이다. 너 자신이 섬이 될 것이다, 나의 바시오노크. 감자 밭이나 양파 밭의 거름으로 쓰이는 것보다는 더 기분 좋은 일이지……"

그녀는 카자크 어머니들의 옛 자장가를 부드럽게 불러준다.

잘 자라 예쁜 우리 아가,
잘 자라……
달님이 네 요람을
부드럽게 들여다본다……

얼마 후, 후끈거리는 머리를 식히기 위해 푸른 밤 속으로, 얼어붙은 늪지 위로, 승리의 빛이 수없이 반짝이는 하늘 아래로 나와 함께 다리 위를 몇 발짝 걸을 때 야네크가 도브란스키에게 물었다.

"러시아 사람들을 사랑해요?"

"나는 모든 국민을 사랑해." 도브란스키가 말했다. "하지만 어떤 나라도 사랑하지 않아. 나는 애국자지만 국수주의자는 아니야."

"뭐가 다르죠?"

"애국심은 자기 나라에 대한 사랑이야. 국수주의는 다른 나라에 대한 증오고. 러시아, 미국, 모든 나라…… 세계에 위대한 형제애가 싹트고 있어. 독일군은 적어도 우리에게 그런 걸 가져다주기는 한 셈이지."

32

스탈린그라드 전투 이후 그들은 몇 주 동안 기쁨에 취해 살았다. 굶주림의 고통도 덜해졌고, 추위도 그다지 매섭게 느껴지지 않았다. 그러나 2월 말경 양식이 완전히 바닥났다. 야네크는 마지막 감자들을 풀어야 했고, 곧이어 눈 속을 뒤져 감각 없는 손으로 밤과 도토리와 솔방울을 찾아야 하는 지경에 이르렀다. 즈보로브스키 삼형제는 밤이면 마을로 내려가 돌아다니며 구걸도 하고 애걸도 하고 위협도 했다. 그러나 언제나 빈손으로 돌아왔고, 굶주린 빨치산들이 그들을 사정없이 때린 적도 몇 번 있었다. 단독으로 활동하던 빨치산 몇 명이 벌써 독일군에게 항복했고, 극도로 절망한 빨치산 몇 명이 숲에서 나와 길에서 독일군 척후대를 공격했다가 죽음을 당하기도 했다. 하지만 오래지 않아 빨치산 나데이다가 숲에 모습을 보였다는 소문이 퍼졌다. 그들의 총사령관이 전투에 직접 참가하기 위해 왔다는 것이었다. 그들은 그 뉴스가 사실이라고 확신했다. 충분히 그 사람다운 일이었기 때문이다. 전쟁 상황이 가장 어렵게 돌아가는 곳에 갑자기 나타나고, 전투원들이 희망과 용기를 잃어갈 때면 거의 언제나 그들을 찾아와 합세하는 것이 그의 평소 행동이었던 것이다.

"마호르카가 철도에서 그를 봤다고 자신 있게 말하더군. 쿠블라이가 마지막 전투를 치렀던 바로 그 지점에서." 흐로마다가 그들에게 알렸다. "그리고 그다음에는 비에르키의 성 프란치스코 성당에서 그를 봤대. 저들이 부라크 신부를 죽인 바로 거기, 그 제단 앞에 서 있더래. 그런데 글쎄, 그가 폴란드 장군의 제복을 입고 있었대. 그래, 대낮에!"

도브란스키가 미소를 지었다.

"마호르카가 정말 그를 봤는지, 아니면 여느 때처럼 거짓말을 하고 있는 건지는 모르겠지만, 나는 그가 우리 가운데 있다는 걸 알아. 적어도 그건 사실이야." 그가 말했다.

야네크는 조시아를 껴안고 있었다. 그들은 불 옆에 앉아, 타데크 흐무라가 사용했던 양가죽을 덮고 있었다. 야네크는 조금 장난스러운 시선으로 도브란스키를 쳐다보았다. 그는 자신들의 전설적인 대장이 누구인지 막 깨닫고 있었다. 그리고 이제는 그가 어디에 숨어 있는지도 알고 있었다.

"나도 그를 봤어요." 그가 담담하게 알렸다.

흐로마다가 놀라서 입을 다물지 못했다.

"뭐라고? 어디서? 어디서 그를 봤어?"

"여기서요. 여기서 그를 봤어요. 게다가 나는 지금도 그를 보고 있어요. 그는 당신 옆에 앉아 있어요."

흐로마다가 숱 많은 눈썹을 찌푸렸다.

"어린 것이 어른들을 놀리면 쓰나." 그가 투덜거렸다.

그러나 도브란스키는 매우 놀란 것 같았다. 그는 야네크를 물끄러미 바라보더니, 몸을 기울여 야네크의 어깨에 팔을 두르고는 말없이 다정하게 흔들어주었다.

기적적으로 노획한 감자 100킬로그램이 빨치산 분대가 겨울을 이겨낼 수 있게 해주었다. 그날 저녁 즈보로브스키 삼형제가 여느 때처럼 텅 빈 손으로 은신처로 내려왔다.

"피아스키에서 로무알드가 살해당했어. 보복을 위해 독일군 종대가 오늘 아침 마을에 도착했어." 그들이 알려주었다.

"또다시 총알이 날아다니겠구먼!" 크릴렌코가 투덜거렸다.

"소플라가 범인들을 팔아먹었나 봐. 독일군이 보상으로 감자 100킬로를 제공했어……"

그날 아침 눈보라가 그 지역을 휩쓸고 지나갔고, 저녁에는 피아스키의 모든 길에 무릎까지 눈이 쌓여 있었다. 독일군의 무한궤도식 소형 장갑차라 해도 커다란 장대들이 등을 후려치는 듯한 형국에서는 무기력해 보였고, 종대 지휘자인 하우프트만 슈톨츠의 탱크도 시청 광장 한가운데 파묻혀 꼼짝도 하지 못했다. 슈톨츠는 탱크에서 나와―한쪽 눈에 쓴 외알박이 안경이 마치 얼음조각 같았다―욕지거리를 해대며 걸어서 병영으로 갔다. 그런 다음 마을 사람들과 많은 면담을 했다. 그러나 이 면담에 어김없이 등장하는 위협과 욕설에도 불구하고 마을 사람들의 얼굴은, 슈톨츠가 막 자기 탱크를 버려두고 온 그 눈 덮인 황무지만큼이나 허옇고 공허해 보였다. 목공 소플라와의 짧은 면담만이 결정적인 것이었다. 눈길만 한번 던지고도 슈톨츠는 긍정적인 인상을 받았다. 소플라의 얼굴은 앞서 면담을 치른 사람들의 얼굴처럼 무표정하지 않았다. 그것은 묵묵히 고통을 견디는, 피곤에 지친 창백한 얼굴이었다.

"빌어먹을 날씨." 슈톨츠는 위협적인 분위기를 보여주는 것으로 시작했다.

그러자 소플라는 금세 변명을 늘어놓았다. 그는 턱을 떨며, 독일군이 도착할 즈음에 눈보라가 몰아친 것은 그저 우연한 일일 뿐 계획적인 것이 아니며, 어쨌든 소플라 자신은 그것과는 아무 관계도 없다고 밝혔다. 소플라는 아내와 아이들이 너무 걱정되어, 슈톨츠를 방해하는 일 따위로 헛되이 시간을 보내고 있을 수가 없었다. 그들은 마흔여덟 시간 전부터 아무것도 먹지 못했던 것이다. 시작이 좋다고 판단한 슈톨츠는 격렬한 분노에 돌입하여 무례함과 사보타주와 선동에 대해 이야기했다. 마침내 가련한 소플라는 방법도 전혀 모르면서, 태양을 이글거리게 하고, 눈 내리는 것을 금지하고, 직접 나서서 한층 열의를 다해 광풍을 멈추고, 그 광풍의 발과 주먹을 꽁꽁 묶어서 슈톨츠에게 끌고 오겠다고 약속했다. 훌륭한 전략가로서 슈톨츠는 이 첫 번째 성공을 재빨리 활용했고, 반 시간 후 두 독일 병사가 소플라의 집에 감자 100킬로그램이 담긴 자루를 갖다주었다. 여덟 시경, 눈이 길에서 꽁꽁 얼어붙고 있을 때 독일 척후대가 어둠 속에 나타났다. 병사들은 발맞추어 걷고 있었다. 발밑에서는 눈이 뽀드득거렸다. 감자를 맛볼 틈도 없이 그 대가를 치르느라 척후대 앞에서 벽에 딱 붙어 바삐 걷고 있던 소플라는 그 소리가 꼭 음식을 씹을 때 나는 턱뼈 소리 같다고 생각했다. 그의 머릿속에는 한 가지 생각밖에 없었다. 어서 빨리 임무를 끝내고 집으로 돌아가 김이 무럭무럭 나는 감자를 한 접시 가득 먹는 것. '쿠부스는 나를 원망하지 않을 거야. 그는 똑똑하고 믿을 만한 친구니까 이해할 거야.' 그는 굶주림으로 인한 절대적인 확신을 가지고 생각했다. 척후대는 하노버 출신 클렘케 하사의 지휘를 받고 있었다. '외출 못할 날씨야. 심지어 탈영할 생각이 있다 해도.' 클렘케가 생각했다. 휴가 한 번 없이 일 년 동안 전쟁터에서 지내느라 그는 이루 말할 수 없이 화가 나 있었다.

"저깁니다." 목멘 소리로 소플라가 불쑥 알렸다.

클렘케가 횃불을 쳐들었다. 진열대 위에 팻말이 놓여 있었다. 'J. 피오트루시키에비치 제과점, 탄산수.'

"자, 뭘 꾸물대나?" 클렘케가 물었다.

굶주림과 불안으로 거무스름하고 수척한, 못생긴 감자 같은 소플라의 얼굴이 찌푸려졌다.

"이렇게 그를 깨우는 건…… 이유 없이……"

"이유가 없지 않지." 하사가 정정해 말했다. "그에게 총알을 박아 넣어주기 위해서지."

그가 문으로 다가가 두드렸다. 잠시 기다리자, 이윽고 안에서 졸린 목소리가 들렸다.

"누구세요?"

"친구라네!" 소플라가 가련하게 대답했다. "문 열어줘, 쿠부스!"

문이 활짝 열렸다. 병사들이 먼저 들어갔고, 소플라가 종종걸음으로 따라 들어갔다. 피오트루시키에비치는 바지 위에 가운을 걸치고 있었다. 멜빵은 바닥에 떨어져 있었다. 포동포동한 그의 얼굴이 슬퍼 보였다.

"에취!" 그가 재채기를 했다.

소플라가 재빨리 문을 닫고 하사에게 설명했다.

"저 친구는 폐가 매우 약해요. 그래서 어렸을 때 늘 아팠어요. 가엾은 어머니가 그를 키우느라 정말 고생 많이 하셨어요. 산에 가서 살았으면 좋았을 텐데."

"산도 때로는 좋은 일을 하지." 클렙케가 인정했다.

소플라가 친구에게 다가갔다.

"나를 원망하나, 쿠부스?"

"아니. 감자 100킬로, 그거 참 좋은 구실이지……"

"어떻게 그걸 아나?"

"마을 사람 모두가 아는 일인걸."

소플라가 의자 위로 무너져 내리며 울기 시작했다.

"자, 자, 용기를 내!" 피오트루시키에비치가 격려했다.

"나는 진짜 범인을 몰라!" 소플라가 오열했다. "나는 아무나 지적할 수는 없었어. 나와 내 가족이 보복당하게 될 테니까. 그래서 내가 의지할 수 있을 만한 사람을 찾았어. 무엇이든 잘 견뎌낼 수 있는 믿을 만한 친구를……"

"내가 자네에게 은혜를 베푼 셈이군." 피오트루시키에비치가 말했다. "그 대신에 자네도 날 위해 뭔가 해주겠나?"

"뭐든지." 소플라가 간단하게 말했다.

"그 감자…… 내 아내한테도 몇 킬로 보내주겠나?"

"내일 아침에 내가 직접 갖다주겠네!" 소플라가 약속했다.

클렙케 하사가 명령을 내렸다. 두 친구는 포옹을 했다.

"감자 고맙네!" 피오트루시키에비치가 말했다.

소플라는 입을 열었으나 아무 말도 할 수 없었다.

"자, 남자답게 굴어, 소플라!" 피오트루시키에비치가 소플라를 격려했다.

그러고는 그가 장에서 술병과 잔 몇 개를 꺼내 왔다.

"한잔 마셔."

소플라가 마셨다.

"당신들도 한잔해요." 피오트루시키에비치가 병사들에게 술을 따라주었다.

"예의 바르시군." 클렙케가 감사를 표했다.

그가 잔을 들었다.

"건배!"

"건배."

그들은 술을 마셨다.

"자, 이제 괜찮다면……" 클렙케가 말했다.

"그럼요." 피오트루시키에비치가 순순히 따른다. "적어도 이제 배고픔은 모르게 되겠군!"

소플라는 수척한 모습으로 비틀거리며 뒤돌아서서 귀를 막았다. 피오트루시키에비치는 가슴 한가운데 일제사격을 받았다. 그는 빙그르 돌아 쓰러졌고, 다시는 움직이지 않았다. 병사들이 재빨리 나가고, 끝으로 하사가 술병을 가지고 나갔다. 소플라가 그 뒤를 따랐다. 그는 남아서 친구의 아내를 위로해야 하리라고 생각했지만, 다음 날 감자를 가져올 때 그렇게 하기로 했다. '그 가엾은 여자가 매우 기뻐할 거야!' 그들은 거리로 나갔다. 빨리 일을 끝내고 싶어 마음이 급한 소플라는 집에서 자신을 기다리고 있는 감자를 생각하며 서둘러 걸었다. 부드럽고 하얗고 향기로운 속살…… 이런 이미지에 취한 그는 더 이상 주저하지 않았다. 하사의 횃불이 '재단사 Z. 막달린스키. 일류 재단. 즉석 다림질. 저렴한 가격'이라는 팻말을 비추자 그는 주먹을 불끈 쥐고 문을 두드렸다. 대답이 없었다. 그는 다시 두드렸다. 클렙케 하사는 생각에 잠긴 듯한 모습으로 팻말을 들여다보고 있었다. 마치 정말 가격이 저렴한 것인지 아닌지 따져보려는 것처럼, 자기 바지의 다림질을 맡기기라도 하려는 것처럼 보였다. 하지만 그는 폴란드어를 몰랐다. 추위 때문에 과격해진 병사들이 개머리판으로 문을 부수기 시작했다. 곧 아주 가까이에서 어떤 여자의 외침이 들려왔다. 아마 여자는 한참 전부터 문 뒤에 웅크리고 있었던 것이리라.

"뭐죠?"

"경의를 표합니다, 마르타 부인." 소플라가 말했다. "우리는 부인의 남편을 만나러 왔습니다."

"남편은 여기 없어요."

"토론은 그걸로 충분해! 문 열어!" 클렙케가 독일어로 외쳤다.

문이 열렸다. 침묵이 흐르는 가운데 병사들은 눈을 크게 치뜨고 좀 더 잘 보기 위해 까치발을 했다. 여자는 면으로 된 가운을 입고 있었지만 속은 완전히 알몸이었다.

그녀는 춥지도 않은 것 같았다. 오히려 남자들의 얼어붙은 얼굴에 그녀의 열기가 전해졌다. 그녀 몸의 가려진 부분은 추측하기 어렵지 않았고, 드러난 부분은 눈을 감고 싶지 않게 만들었다. 마르타 부인은 키가 크고 머리는 갈색이었으며, 커다란 녹색 눈은 고양이같이 앙칼져 보였고, 입은 입맞춤으로 지친 듯 젖어 있었다.

"이런!" 낮지만 분명하게, 가장 나이 어린 병사가 말했다.

"다른 데를 봐!" 가장 나이 많은 병사가 엄격하게 명령했다. 어린 병사의 부모와 잘 아는 사이인 그는 아이를 잘 보살피겠다고 약속한 터였다.

"조용히 해!" 날카로운 목소리로 하사가 즉시 명령했다.

그가 헛기침을 했다.

"조용히 해!" 그가 다시 말했다. "남편은 어디 있소?"

"그는 여기 없어요."

부인이 소플라에게 고개를 돌리고 아주 작은 소리로 내뱉었다.

"배신자!"

소플라는 뭐라 응수하고 싶었다. 하지만 바로 그때 가게 뒤쪽에서 무슨 소리가 났다.

"저게 뭐요?" 클렙케가 물었다.

"내가 알아요? 고양이겠죠." 여자가 말했다.

그녀는 문틀 안에 서 있었다. 클렙케가 그녀를 밀쳤다. 그녀는 저항했고, 그러는 과정에서 우뚝 솟은 분홍빛 젖가슴이 드러났지만 그녀는 가릴 생각도 하지 않았다. 가장 나이 어린 병사와 젖가슴이 딱 마주쳤다. 먼저 눈을 내리깐 쪽은 병사였다.

"아!" 그가 희미하게 소리를 냈다.

"다른 데를 봐, 멍청아!" 나이 든 병사가 명령했다. "그거 가려, 더러운 계집 같으니!"

"나는 네 마누라와는 달라." 마르타 부인이 식식댔다. "나는 이걸 내보여도 부끄럽지 않아!"

"들어가라!" 클렙케가 명령했다.

그들은 그녀를 밀치고 가게 뒤쪽으로 몰려갔다. 침대 하나가 자리를 거의 다 차지하고 있었다. 널따란 부서진 침대였다. 베개 주변의 시트가 휘감겨 있고, 모포들이 쌓여 있고, 바닥에는 털이불들이 떨어져 있었다. 방은 비어 있었다.

"고양이라고 했잖아요!" 마르타 부인이 외쳤다.

정말, 아주 부드러운 고양이 울음소리가 들렸다.

"고양아, 고양아, 고양아!" 동물을 좋아하는 가장 나이 어린 병사가 말했다. "침대 밑에 있나봐요……"

그가 몸을 숙여 침대 밑으로 손을 집어넣었다. 갑자기 그의 얼굴에 이루 말할 수 없이 놀란 표정이 떠올랐다.

"아!" 그가 희미하게 소리를 냈다.

클렙케 하사가 재빨리 침대 밑을 보았다.

"거기서 나와!"

한 남자가 마지못해 천천히 침대 밑에서 나왔다. 나이 많은 뚱뚱한 남자였다. 그다지 보기 좋은 모습은 아니었다. 몸에는 소름이 잔뜩 돋아 있었다.

"새끼 고양이로군, 응?" 클렙케가 말했다.

"나는 고양이 소리를 아주 잘 내오!" 남자가 기분이 상한 듯 말했다.

클렙케가 명령을 내렸다. 병사들이 총을 잡았다.

"기다려!" 소플라가 갑자기 외쳤다. "이 남자는 재단사 막달린스키가 아니야!"

"이런!" 가장 나이 어린 병사가 존경스럽다는 듯이 정체불명의 남자를 쳐다보며 말했다.

잠시 침묵이 흘렀다.

"그럼 이 작자는 누구야?" 클렙케가 물었다.

"몰라요. 이 마을 사람이 아니에요. 한 번도 본 적이 없어요."

남자가 몸에 모포를 한 장 둘렀다. 그러고는 하사에게 매우 유창한 독일어로 이야기를 했다.

"내 이름은 슈미트요. 독일계지요. 여기 군 당국을 위해 일하고 있소……"

"여기?" 가장 나이 어린 병사가 질겁하여 외쳤다.

"듣지 마!" 나이 든 병사가 명령했다. "귀 막아!"

"빌노 말이오. 군대와 계약을 맺고 수송 업무를 담당하고 있어요. 나는 당신 상관들과 잘 아는 사이요, 하사. 그리고 충고하겠는데, 철수하는 게 좋을 겁니다. 당신이 찾고 있는 남자는 여기 없어요."

"그는 어디 있습니까?"

슈미트가 어깨를 으쓱했다.

"내가 어찌 알겠소? 내가 관심 있는 건 그의 아내지, 그 남자가 아니오. 빨치산들과 함께 숲 어디에선가 어슬렁거리고 있겠지요. 그는 산적이에요."

다시 침묵이 흘렀고 잠시 후 소플라가 흥분하기 시작했다. 이미 한참 전부터 그는 분노로 몸을 떨고 있었다. 그는 친구인 막달린스키 때문에 괴로워하고 있었다. 재단사 친구는 자기 나라를 구하겠다고 빨치산 활동에 뛰어들었다. 그런데 그동안 그의 아내는 수치스럽게도 그를 배반하고 적의 앞잡이와 놀아나고 있었다. 그런 비열하고 추잡한 행동에 소플라는 기가 막혔다.

"발정난 암캐!" 그가 외쳤다. "이 나쁜……"

그러나 마르타 부인이 그의 말을 잘랐다.

"나는 부끄럽지 않아!" 그녀가 식식댔다. "이 남자는 나한테 먹을 것을 줘! 남편도 할 말이 없어! 소플라, 당신도 할 말 없어. 당신 아내도 스무 살만 젊었더라면 나처럼 했을 거야!"

소플라는 두려운 듯이 뒤로 물러섰다. 클렙케 하사부터 시작하여 독일군들이 히죽거리기 시작하더니 이어 웃음을 터뜨렸고, 끝내 자지러지게 웃었다. 마르타 부인은 한동안 그들을 경멸의 눈으로 쳐다보았다. 그러다가 분노를 터뜨렸다.

"누굴 보고 웃는 거지?" 그녀가 외쳤다. "당신들 자신? 모두들 결혼했겠지? 그래서 아내나 애인들을 독일에 두고 왔겠지? 그럼 그 여자들도 나처럼 하고 있겠군! 그렇단다, 내 어린 양들! 어떤 여자는 따분해서, 어떤 여자는 그 짓을 좋아해서, 또는 그 짓이 시금치에 버터를 얹어줘서!"

클렙케 하사의 웃음이 가장 먼저 멎었다. 그는 하노버에 젊은 아내를 두고 왔다. 너무나 젊은 아내. 처음에는 아내한테서 편지가 자주 왔다. 하지만 이제는 어쩌다 한 번씩 왔다. 게다가 특히 편지의 어조가 달라졌다. 그녀는 이제 처음에 그랬던 것처럼 '내 사랑'의 귀환을 빌고 있지 않았다. 그녀는 더 이상 외롭다고 한탄하지 않았다. 그것이 클렙케 하사를 몹시 놀라게 했고, 머릿속에 의심이 똬리를 틀게 했다. 평상시에 그는 그런 생각을 피했다. 하지만 지금 이 여자가…… 다른 결혼한 남자들도 비슷한 생각에 빠져 있었다. 그들은 적의에 찬 눈길로 슈미트를 쳐다보았다. 그들은 재단사 막달린스키에게 일종의 연민을 느꼈다. 그는 적이고 물론 빨치산이기까지 했지만, 그들은 자신들과 그 사이에 일종의 형제애가 자리 잡는 것을 느꼈다. 전선에 나와 있다가 아내한테 배반당한 남자들의 형제애였다.

"자, 어때?" 마르타 부인이 말했다. "이젠 웃기지 않아?"

남자들이 서로를 쳐다보았다. 그들은 아무 말도 하지 않고, 아무 질문도 하지 않았다. 그러나 동시에 모두 자신들이 어떻게 해야 하는지를 깨닫게 되었다. 소리 없이 순식간에 의견이 일치되었다. 심지어 정복자인 클렙케와 가련한 피정복자 소플라까지도 서로를 쳐다봤고, 한마디 말도 나누지 않은 채 서로의 생각을 이해했다.

"이 남자가 재단사 막달린스키가 아니라는 게 확실해?"

"잘 모르겠어요." 소플라가 말했다. "막달린스키를 본 지가 너무 오래돼서. 아마 그가 맞을 거예요. 아닐지도 모르고요. 아니, 모르겠어요."

"잘 살펴봐."

"잘 살펴보고 있어요." 소플라가 조심스럽게 곁눈질을 하며 말했다.

슈미트는 불안해하는 것 같았다.

"도대체 이게 무슨 코미디요? 나는 제대로 된 증명서도 갖고 있어요. 내 웃옷 속에 있소. 보여줄 수 있소."

"가만히 있어!" 클렙케가 명령했다.

그는 아내를 생각하고 있었다. 일 년 전 헤어질 때 그녀는 울었다. 그들은 막 결혼한 상태였다. 그들은 두 주를 함께 보냈다. 그는 그녀의 뜨거운 몸을, 열렬한 애무를 회상하고 있었다. 오랫동안 머릿속에서 애써 몰아내 버릴 수 있었던 생각이 이제 뚜렷하게 그에게 밀려들었다. 아내는 일 년이 넘도록 혼자 살 수는 없었던 것이다. 아내는 정부를 갖고 있다. 그녀는 정부를 갖고 있다. 클렙케 자신은 이 빌어먹을 눈 속에서 목숨과 기력을 탕진하고 있는데, 그녀의 정부가 매일 밤 그녀를 애무하고 있다…… 그녀에게 남자가 있다. 병역 기피자일 수도 있고, 이 전쟁을 이용해먹는 사람일 수도 있다. 이 전쟁으로 이득을 얻는 사람은 누구일까? 적어도 참전한 사람들은 아니다. 그들은 목숨을 내놓고 있다. 또 귀환해봤자 그들의 가정은 파탄이 나 있을 것이다. 아니다. 전쟁은 남아 있는 사람들에게 유익한 것이다. 슈미트 같은 작자에게, 내가 멀리 가 있을 때 나에게서 내 아내를 빼앗아 가는 이 슈미트 같은 작자에게…… 그가 명령을 내렸다.

"준비!"

슈미트의 낯빛이 창백해졌다.

"내 증명서는 하자가 없는 것이오. 제발 내 서류를 봐주시오,

하사. 그러면 당신도 걱정을 덜게 될 거요. 나한테는 높은 자리에 있는 친구들이 여럿 있어요. 나는 당원이오. 나는 독일인이나 마찬가지요, 하사. 그걸 잊지 마시오……"

소플라는 문득 이런 생각이 들었다. '세상에서 독일 놈 하나치워버리는 게 뭐 어때서?'

그는 앞으로 한 걸음 나가 선언했다.

"이자가 막달린스키입니다! 이제 그를 알아보겠습니다."

밖으로 나오자 클렙케는 우정 어린 몸짓으로 소플라를 툭 치며 잘 가라는 인사를 했다. 그는 꽤나 기분이 좋아 보였다.

"당원이라고?" 그가 투덜거렸다. "당원이라니, 나 참. 잘 가시오, 소플라 씨!"

그는 척후대를 이끌고 돌아갔고, 소플라는 집으로 돌아왔다. 그는 아내에게 투덜댔다.

"빨리. 배고파 죽을 지경이야."

"준비돼 있어요."

그때 문 두드리는 소리가 났다.

"일은 다 끝낸 것 같은데." 소플라가 말했다.

그가 문을 열자 즈보로브스키 삼형제가 급히 들어왔다. 야네크가 그 뒤를 따랐다.

"안녕하시오."

소플라의 입술이 움직였으나 아무 소리도 나오지 않았다.

"안녕하세요." 그의 아내가 말했다.

그녀는 긴장한 듯 앞치마 자락을 꼭 쥐고 있었다. 그녀의 두 손은 하도 빨래를 많이 해서 지쳐 있고 불그스름하고 거칠었다.

얼굴보다도 더 늙고 주름져 보였다. 마치 그 손들만 다른 삶을 살아온 것 같았다. 또 뒤틀린 손가락들은 얼굴과 눈보다 더 무언의 고통을 드러내고 있었다.

"난 두렵지 않아. 나는 너무 힘든 일로 고생했어." 소플라가 말했다.

그의 아내가 옷장으로 갔다. 그리고 옷장을 열고 남편의 나들이옷을 꺼내기 시작했다.

"먼저 좀 먹고 싶을 뿐이야."

"자루 어디 있어?" 즈보로브스키 맏형이 물었다.

야네크는 그 두 손을 보았다. 깍지 낀 손가락들이 너무나도 견고하게 서로에게 들러붙어 있었다. 고통만큼이나 오랜, 천년의 몸짓으로.

"그럴 수는 없어요." 여자가 말했다. "나한테는 자식들이 있어요. 애들 아버지도 죽이고 감자까지 빼앗아 가고, 그럴 수는 없어요."

"우린 그를 죽이지 않을 거요. 우리가 원하는 건 감자뿐이오."

"차라리 그를 죽여요, 그를 죽여요!"

"스테파, 스테파……" 소플라가 애원했다.

"그를 죽여요. 그를 죽여요!" 그녀가 울부짖었다.

그들은 이미 밖으로 나와 눈 속을 걷고 있었다. 귀한 짐을 지고 가느라 모두 몸이 휘어져 있었다. 등 뒤에서 여전히 울부짖는 소리가 들려왔다.

"그를 죽여요!"

소플라의 애원이 이어졌다.

"스테파, 스테파……"

그때 문득 야네크에게는 인간 세상이 어떤 거대한 자루에 불과하다는 생각이 들었다. 눈이 먼 채 꿈만 꾸는 감자들이, 자루 속에서 무정형의 덩어리를 이루며 발버둥치고 있었다. 그것이 바로 인간성이라는 것이었다.

33

차디찬 백색이 삼켜버린 숲에서는 전나무 꼭대기마저 종종
모습을 감추었고, 세상 끝의 밀도를 지닌 정적이 감돌았다. 그
럼에도 불구하고 숲은, 한결같이 격렬한 전투가 계속되고 있는
모든 비밀 전선들로부터 여전히 많은 소식을 거두어들이고 있
었다. 그리스, 유고슬라비아, 노르웨이, 프랑스로부터 수많은
생명의 숨결이, 강인하고도 은밀한 수많은 희망의 고동이 그들
에게 전달되었다. 빨치산들은 이름만 아는 천체들만큼이나 멀
리 있는 듯 여겨지는 여러 나라에서 도착한 그 표지들에서, 그
들 자신의 각오와 절망하기를 거부하는 그들 자신의 악착같은
의지의 메아리를 되찾을 수 있었다. 빨치산 나데이다가 동시에,
도처에 존재하는 것 같았다. 오래전부터 야네크는 그가 누구인
지 더 이상 생각하지 않았다. 불 옆에 모인 동료들이 자신들에

게 명령을 내리는 사람의 전설적 무훈을 주워섬기며 진지하게
나데이다에 대해 이야기하는 것을 들으면 그저 미소를 지을 뿐
이었다.

"간밤에 그가 베를린을 또 폭격했나봐. 이젠 어딜 가나 돌무
더기밖에 남은 게 없대."

그들은 만족스럽게 파이프를 빨고 있었다.

"유고슬라비아에서 그가 멍청한 독일군을 미치게 하고 있어.
하긴, 거기는 산이 많으니까 평지인 여기에 비하면 식은 죽 먹
기지."

"그는 여기서도 대단한 일을 하고 있어."

"이제 확실해. 그는 바르샤바에서 유대인을 지휘하고 있어.
유대인 거주 지역이 봉기해서 사자처럼 싸우고 있나봐."

"우리가 그 생각을 해낸 건 한 이 년 전이야." 밤에 야네크와
함께 걸으면서 도브란스키가 설명했다. "특히나 힘든 시기였
지. 우리 대장들 대부분이 전투 중에 쓰러지거나 독일군에게 체
포되거나 했으니까. 우리의 용기를 다시 북돋우고 적을 궁지에
몰아넣기 위해 우리는 빨치산 나데이다를 만들어냈어. 불사不
死, 무적의 대장, 절대로 적에게 붙잡히지 않고, 그 어떤 방법으
로도 체포되지 않는 대장. 어둠 속에 있을 때 용기를 내기 위해
노래를 부르듯이, 우리는 그렇게 하나의 신화를 창조해낸 거야.
하지만 너무나 빨리 그는 실체를 가진 존재가 되어 우리 사이에
현실로 존재하게 되었어. 경찰도, 점령군도, 그 어떤 물리적 힘
도 접근해 흔들어댈 수 없는 대단한 인물, 그 불멸의 존재에게
모두가 정말로 복종하는 것 같았어."

음악을 들을 때, 혹은 도브란스키가 읽어주는 인간의 용기가 메아리치는 이야기를 들을 때면, 야네크는 마치 그 불멸성의 숨결이 그를 스치고 지나간 듯 거의 태평함에 가까운 일종의 명랑함에 사로잡히곤 했다. 그가 조시아를 품에 안고 뺨을 비빌 때, 눈에 파묻힌 숲속에서 새벽이 오기를 기다리며 혼자 보초를 설 때, 그래서 손에 수류탄을 들고 어깨에 어둠을 얹은 채 겁먹고 떨고 있을 때면, 그 전설의 빨치산은 어느새 그의 곁에 우뚝 서서 어깨에 팔을 둘러주었고, 그러면 야네크는 자기 주변에 어떤 절대적 확신이, 인간은 결코 패하지 않는다는 확신이 일렁이고 있음을 느끼는 것이었다. 그는 이제 아버지가 거짓말을 한 것이 아님을 알고 있었다. 중요한 것은 어떤 것도 사라지지 않는다는 것을 알고 있었다.

결국은 독일군도 자기들이 끝내 제거하지 못한 이 불멸의 적의 정체를 알게 되었다. 그들은 그가 숨은 곳이 어디인지 알게 되었다. 또 그를 죽이기 위해, 그가 생명을 불어넣는 수백만의 심장들로부터 그를 제거하기 위해 들인 노력이 얼마나 헛된 것이었는지 알게 되었다. 훗날 뉘른베르크 재판을 통해 밝혀진 바에 따르면, 베를린에서 히틀러가 직접 폴란드의 모든 게슈타포 참모부에 엄중한 명령을 내렸다. 스스로 빨치산 나데이다라 일컫는 자의 정체를 밝히고 그를 체포하려는 시도들을 즉각 전면 중지하라는 명령이었다. '적군에 그런 이름을 가진 선동자는 존재하지 않기 때문'이었다. 이제 '선동과 심리전의 필요에서 적이 창조해낸 이 신화적 인물'에 대한 언급은 공식적 교신 내용에서 완전히 사라져야 했다. 즈보로브스키 삼형제는, 이중 첩자로 활동하다가 이제는 빨치산의 총애를 받으려 애쓰고 있는 어떤 사람을 통해 이 명령문의 사본을 손에 넣었다. 도브란스키가 그것을 한 페이지 한 페이지 번역해 그들에게 읽어주었고, 그러는 가운데 웃음과 야유가 터져 나왔다. 그 굉장한 인물은 그들의 마음속에 그토록 강력하게 살아 있었으므로, 그들의 폐를 가득 채우고 그들의 핏속에서 노래를 부르고 있었으므로, 그의 존재를 부인하려고 혈안이 되어 있는 경찰 관료의 노력이 너무나도 우스꽝스럽게 보였던 것이다.

그러나 다른 빨치산들과 함께 명령문 낭독을 듣고 있을 때, 불가능한 일을 이루려 애쓰는 압제자들의 우스꽝스러운 시도들에 대해 그들이 비웃는 것을 듣고 있을 때, 야네크는 문득 절망에 가까운 슬픔에 휩싸였다. 처음으로 그는 아버지가 죽었다는 것을 확실히 깨닫고 있었던 것이다. 조시아가 그의 얼굴에서 슬픔의 그늘을 포착하고 그의 손을 조심스럽게, 그러나 힘 있게 잡았다. 더 이상 나이를 짐작할 수 없는 고통의 목소리로, 올된 교육과 그를 성숙시킨 어떤 인간적 경험의 흔적이 남아 있는, 그래서 환상이 제거된 목소리로 야네크가 말했다.

"도브란스키는 번역을 하면서 몇 마디 추가해야 했어. 그들은 중요한 것은 어떤 것도 사라지지 않는다고 주장하는데, 거기에 담긴 의미는 결국, 한 사람은 죽었다거나 이제 곧 사람들이 죽임을 당하게 되리라는 것이지."

"너 화났구나. 그럴 필요 없어."

"나 화 안 났어, 조시아. 하지만 나는 결국 배우게 되었어. 결국 그렇게 되고 말았어. 그들은 우리를 훌륭한 학교에 보냈고,

나는 언제나 훌륭한 학생이었어. 우리는 유명한 교육을 받은 거야. 타데크 흐무라 기억하지? 그는 그것을 우리의 '유럽의 교육'이라고 불렀어. 그때는 이해하지 못했어. 내가 너무 어렸거든. 그는 자신이 곧 죽으리라는 것을 알고 있었어. 그래서 아무 데서나 빈정거리고 다녔어. 하지만 나는 이제 알아. 그가 옳았어. 그가 그토록 비꼬아 말했던 그 유럽의 교육이란 바로, 그들이 너희 아버지를 쏠 때, 또는 너 자신이 뭔가 대단한 명분을 내세워 누군가를 죽일 때, 또는 네가 죽도록 굶주리고 있을 때, 또는 네가 마을을 파괴하고 있을 때 이루어지는 거야. 우리는 훌륭한 학교에 있었어. 우리는 정말 교육되었어."

조시아가 살며시 손을 내밀었다.

"너는 이제 나를 사랑하지 않는구나."

"어떻게 그런 말을 할 수 있어? 어째서?"

"왜냐하면 너는 불행하니까. 네가 누군가를 사랑하고 있을 때는 그 무엇도 너를 불행하게 하지 못해. 봐, 나도 대단한 걸 배웠어."

야네크는 이제 열다섯 살이었다. 경기관총을 들고 눈에 파묻힌 숲에서 '산사람'들과 함께 행군할 때, 또는 다이너마이트들을 나뭇가지 속에 숨겨 등에 지고 전초기지로 운반할 때, 또는 다른 빨치산들처럼 몸에 숨기고 다니는 시안화물 캡슐을 꺼내 물끄러미 들여다볼 때, 그는 이제 배울 것이라고는 사소한 것들밖에 안 남았다고, 나이는 어리지만 자신은 이미 유식한 어른이라고 느꼈다. 그는 자신이 교육받았다는 것을 증명하려고, 그리고 목숨과 위험을 공유하는 입장인데도 자신을 아직 어린애 취급하며 여전히 다소 우월감을 가지고 대하는 그들과 자신이 동등하다는 것을 증명하려고 열심히 기회를 노렸다. 자유의 맥박이, 그 은근하고 비밀스러운 고동 소리가 유럽의 모든 구석진 곳에서까지 점점 더 강하게, 점점 더 뚜렷하게 높아지고, 그 외진 숲속까지 메아리를 전해주자 야네크는 영웅적 무훈을 꿈꿨다. 빨치산 나데이다가 어린 신병에 대해 자랑스러워할 만한 남자다운 위업을 꿈꿨다.

열 명으로 이루어진 독일 감시병 분견대가 빌레이카 강 기슭의 오막살이에 거주하고 있었다. 그것은 숲을 봉쇄하고 빨치산들을 바깥세상과 고립시키겠다는 헛된 노력에서 적이 숲 주변에 세워놓은 수많은 감시소 중 하나였다. 두꺼운 얼음이 강을 뒤덮고 있었고, 감시병들은 눈을 치우고 그곳에 스케이트장을 만들어놓았다. 감시병들이 그곳에 나와 웃음과 함성 속에 즐겁게 뛰노는 모습이 자주 보였다.

야네크는 빨치산들에게 말하지 않은 채 면밀하게 계획을 세웠다. 그는 등에 나뭇단을 지고서 일주일에 몇 번씩 강을 건너 다니기 시작했다. 그는 감시소에서 하류 쪽으로 1킬로미터 떨어진 지점에서 숲에서 살짝 빠져나와 강을 거슬러 올라감으로써 감시병에게 마치 비에르키에서 오는 사람처럼 보이게 했고, 숲이 시작되는 강 건너편 쪽으로 땔감을 구하러 가게 해달라고 부탁했다. 조금 후 그는 무거운 짐에 몸이 굽은 채 다시 강을 건너왔다. 때로는 잠시 숨을 돌리려는 듯 스케이트장 가장자리에 짐을 내려놓고, 부럽다는 듯 독일 감시병들의 스포츠를 지켜보았다. 마침내 병사들이 함께 놀자고 소년을 불러들이게 되었다.

그들은 그에게 스케이트를 빌려주었고, 그를 감시소 안으로 데리고 들어가 커피와 초콜릿을 대접하는 등 매우 친절하게 대해주었다.

독일 감시병들은 세상과 단절된 듯한 기분을 느끼고 있었고 권태로워했다. 그들은 자신들에게 전혀 적의를 보이지 않고 너무나 스스럼없이 친해지려 하는 폴란드 소년을 매우 빠르게 받아들였다. 그들은 그에게 아내와 아이와 애인과 개의 사진을 보여주었다. 그들 사이에 끼어 그들의 웃음소리를 듣고, 그들의 젊은 얼굴을 보고, 그들의 식량을 나눠 먹을 때 간혹 야네크는 후회가 밀려드는 것을 느꼈고, 가슴이 찢어질 듯했다. 그러면, 그 젊은이들이 죽어 마땅한 적이라는 것을 상기하기 위해 애써 상상력을 동원해야만 했다.

어느 날 그는 나뭇가지 사이에 다이너마이트를 몇 개 밀어 넣고서, 어깨에 나무를 지고 언 강 위로 들어섰다. 날씨가 매우 추워서 독일 감시병들은 감시소 안에 들어가 있었다. 불 옆에 웅크리고들 있었으리라. 굴뚝에서 연기가 명랑하게 피어올랐다. 병사 하나가 얼음판에 나와 스케이트 타는 것을 배우고 있었다. 그는 좀처럼 제대로 해내지 못했다. 둥그런 얼음판 위에서 계속 넘어졌고, 자신의 서투른 솜씨에 소탈한 웃음을 터뜨렸다.

독일 감시병들은 야네크를 오랜 친구처럼 맞아들였다. 병사들은 커피를 마시거나 카드놀이를 하거나 잠을 자고 있었다. 그는 한쪽 구석에 나뭇단을 던져두고는, 그들이 따라준 뜨거운 커피를 마시고 초콜릿 한 조각을 먹었다. 그러고 나서 스케이트를 빌렸다. 그는 두렵지 않았다. 심장도 거의 평소와 같은 속도로 뛰고 있었다. 그는 오직, 거기 있는, 그리고 이제 곧 나머지 것들과 함께 파괴되어버릴 모든 맛있는 것들에 대한 생각에 몰두해 있었다. 초콜릿, 커피, 설탕, 통조림. 그 식료품들을 거두어들여 조시아에게 갖다주고픈 마음이 너무나 간절했다. 특히 초콜릿을.

그는 주머니 속에 있던 기폭장치를 작동시켜, 나뭇가지들과 다이너마이트들 속에 슬쩍 밀어 넣었다. 그리고 스케이트를 타러 나왔다. 그는 가능한 한 감시소에서 멀리 떨어지려고 했으나, 스케이트장 주변의 얼음이 불규칙하고 울퉁불퉁했다. 그래서 위험스럽게도, 굴뚝에서 계속 평화롭게 연기가 피어오르는 감시소 근처에 남아 있어야 했다. 아까의 그 독일 감시병은 스케이트 신은 발로 안간힘을 다해 서 있다가도 조금만 움직여보려 하면 이내 넘어지고 말았고, 그래놓고는 욕을 하며 웃었다. 그들과 감시소 사이의 거리는 50미터를 넘지 않을 듯했다. 시간이 느리게 흘러갔고, 야네크는 기폭 장치가 제대로 작동하지 않은 거라고 생각하게 되었다. 그 순간 마침내 폭발이 일어났다. 그는 가슴에 충격을 받고 벌렁 나뒹굴었다가 이내 다시 일어났다.

역시 거꾸러졌던 독일 감시병이, 이제 멍하니 입을 벌리고 휘둥그레진 눈을 한곳에 고정시킨 채 얼음 위에 앉아 있었다. 그는 너무나도 놀란 표정으로 검은 연기 구름이 솟아오르는 폐허 더미를 바라보았다. 그는 운동으로 다져진 다부진 체격의 금발 청년으로, 뺨이 발그레하고 눈이 파랬다. 그는 다시 일어서려 했지만 잘 되지 않았고, 두 번이나 넘어진 다음에야 스케이트

신은 발로 다시 설 수 있었다. 그러자 그는 물에 빠진 사람 같은 움직임으로 강둑을 향해 나아가려 했다. 하지만 도로 넘어졌고, 다시 한번 일어났다.

바로 그때 그는 야네크의 손에 들려 있는 총을 보았다. 그는 그 자리에 얼어붙었고, 그의 얼굴은 모순되는 갖가지 표정들로 경련을 일으켰다. 자기 눈으로 보고 있는 것을 믿지 못하겠다는 듯한 표정이 궁지에 몰린 짐승의 공포와 절망으로 천천히 변해갔다. 그는 마침내 무기에서 시선을 거두어들이더니 도망치려고 했다. 그러나 이내 미끄러졌다. 야네크는 스케이트를 신고 있어서 매우 불편했다. 그는 아버지가 준 권총을 들고 독일 감시병 주위를 빙빙 돌기 시작했다. 그것은 작은 구경의 브라우닝 권총이었다. 그래서 제대로 겨누기 위해서는 상당히 가까이 다가서야 했다. 다행스럽게도 독일 감시병은 자신을 보호하거나 도망칠 수가 없는 상황이었다. 야네크는 그의 주위를 천천히 맴돌며 한 바퀴 돌 때마다 점점 거리를 좁혀 들어갔고, 그러는 동안 그는 야네크와 얼굴을 마주 대하려고 엉덩이를 바닥에 붙인 채 빙글빙글 돌았다. 그는 다시 한번 일어나 달리려는 노력을 해보았지만, 몸이 뒤집힌 벌레 모양 사지를 쫙 뻗은 채 얼음판 위에 나동그라지고 말았다.

이제 그는 체념한 듯했다. 다시 몸을 일으켜 앉은 그는 야네크의 손에 들린 권총을 슬프게 바라보며 그것이 불을 뿜기를 기다렸다. 야네크가 그에게 바싹 다가가 고작 2미터 거리를 두고 마지막 원을 그릴 때, 젊은 병사는 그저 머리를 숙이고 기다리고만 있었다. 그는 군인 점퍼를 입고 있지 않았다. 그저 두툼한

풀오버와 밝은 색깔의 머플러 차림이었다. 엉덩이를 깔고 앉아, 빛 속에 한층 더 반짝이는 금발의 머리를 숙인 채 무릎 쪽에 손을 모으고 있는 그는 전혀 군인 같아 보이지 않았다. 야네크가 마침내 멈추어 무기를 들었을 때, 갑자기 자신이 스케이트장에서 고전하고 있는 보잘것없는 운동선수를 죽이려 한다는 느낌이 들었다. 그러나 그는 주저 없이 행동에 옮겼다.

야네크는 강둑까지 달려가 스케이트를 벗어 던지고 감시소의 폐허 속을 뒤지기 시작했다. 하늘은 관대했다. 초콜릿 백여 개가 무사히 남아 있었고, 설탕도 한 자루 있었다. 그는 커피와 거의 모든 통조림, 특히 훈제생선 통조림을 거두어들였다. 그는 여러 번 강을 넘나들었고, 들고 갈 수 있을 만큼만 남겨두고 모두 숲과 나무들 밑에 눈을 파고 묻었다.

마침내 그는 속이 꽉 찬 자루 하나를 지고서, 까마귀 소리만 간간이 들리는 하얗고 고요한 깊은 숲속으로 들어섰다. 그는 자신이 마침내 아이에서 벗어났다고 느꼈다. 자신이 정말로 어른이 되었다고 느꼈다. 애국적인 과업을 이끌 수 있고, 자유를 위해 가장 뛰어난 전투원처럼 총을 쏠 줄 아는 능숙하고 결단력 있는 빨치산이 되었다고 느꼈다. 그러나 이러한 고양된 감정, 남성적인 기쁨의 감정은 오래가지 않았다.

크릴렌코와 도브란스키와 흐로마다의 분대들이 은신해 있는 늪지까지 가려면 다섯 시간을 걸어야 했다. 아마도 지친 탓이거나 아니면 단순히 긴장이 풀어진 탓이었겠지만, 갑자기 그의 마음속에서 무엇인가가 부서졌다. 그는 동료들에게 자신의 무훈을 자세히 보고하고, 그들의 발치에 먹을 것이 든 보따리를 던졌다. 그런 다음 그들의 열화 같은 질문에 답도 하지 않고, 정답게 툭 치는 그들의 애정 표현이나 감탄한 표정을 즐길 생각도 하지 않고, 지하운동에 뛰어든 이후 처음으로 울기 시작했다. 야네크의 가슴속에 이상한 원망이 가득 차올랐다. 그는 눈물 너머로 뚫어지게 그들을 쳐다보았다. 그의 눈은 거의 악의에 차 있었다. 놀라서 까닭을 묻는 질문들 앞에서 그는 그저 머리를 저을 수밖에 없었다. 마침내 그들이 잠잠해져 그를 가만 내버려두게 되었을 때, 야네크는 조시아의 팔을 잡아 그녀를 밖으로 데리고 나왔다.

그들은 얼어붙은 늪 위의 나무다리를 천천히 걸어가 작은 배 옆에 멈춰 섰다. 배는 화석화된 갈대들 틈에서 얼음 속에 갇혀 있었다. 그가 말하고 싶은 모든 것, 그가 외치고 싶은 모든 것, 그를 짓누르는 모든 분노 가운데서 그의 입 밖으로 튀어나온 것은 다만, 떨리는 목소리로, 어린아이의 목소리로 발설된 이 말 뿐이었다.

"나는 음악가가 되고 싶어. 위대한 작곡가가 되고 싶어. 나는 평생 동안 음악을 연주하고, 음악을 듣고 싶어. 평생 동안……"

그는 얼어붙어 있는 주변 세계를 바라보았다. 그곳에는 움직이는 것이라고는 아무것도 없었다. 그곳에서는 모든 것이 모든 시대가 저물 때까지 변화하지 못하고, 부화하지 못하고, 부활하지 못하고, 발아하지 못하고, 재생하지 못하도록 선고받은 것만 같았다. 그곳에서는 모든 것이 일급 범죄를 저지르도록, 죽이고 죽도록 선고받은 것만 같았다. 그곳에서 지평선이란 영원히 되풀이되는 과거였다. 그곳에서 미래란 새로운 무기에 불과했다.

그곳에서 승리란 새로운 전투를 의미할 뿐이었다. 그곳에서 사랑이란 눈에 들어온 티끌이었다. 그곳에서는, 얼음이 배를 가두어 힘없는 팔처럼 노를 축 늘어뜨리게 만들듯 증오가 마음을 옥죄었다. 그리고 그곳에서는 그의 손 안에 들어와 있는 조시아의 자그마한 손도 만연한 냉기가 낳은 작은 얼음조각에 불과했다. 조시아가 그의 목에 팔을 둘러 기대더니 따라 울기 시작했다. 세계에 대한 돌이킬 수 없는 슬픔 같은 것이 그녀의 마음을 스쳐서가 아니었다. 그가 너무 슬퍼 보이고 너무 넋을 놓은 듯이 보이는데, 정작 자신은 그를 도울 방법을 알 수 없어서였다.

도브란스키만이 소년의 마음속에서 일어나고 있는 일을 이해했다. 다음 날 아침, 늪지대 끝에서 보초를 서고 있던 빨치산들과 교대하기 위해 갈대숲을 가로질러 함께 걸어갈 때 도브란스키가 야네크에게 말했다.

"곧 끝날 거야. 아마 봄이 오면. 단언하는데, 그러면 증오도 학살도 끝날 거야. 두고 봐. 평화가 찾아오고, 새로운 세계가 건설될 거야. 두고 봐."

"그는 얼음판 위에 앉아 있었어요. 스케이트를 신고, 목에는 밝은색 목도리를 두르고요. 틀림없이 엄마나 애인이 떠주었을 거예요. 그는 당신보다 나이가 많지도 않았어요. 그는 나를 쳐다보지도 않았어요. 그는 받아들였어요. 그저 머리를 숙이고 쏘기를 기다렸어요. 나는 정확히 겨누었어요. 그리고 쐈어요." 야네크가 말했다.

"너한테는 다른 방법이 없었어, 야네크. 그건 그들 잘못이야. 이 추악한 짓을 벌인 건 바로 그들이야."

"추악한 짓을 벌이는 사람은 언제나 존재해요." 야네크가 화가 나 말했다. "타데크 흐무라가 옳았어요. 유럽에는 가장 오래된 성당들, 가장 오래되고 가장 유명한 대학들, 가장 커다란 도서관들이 있어요. 그래서 거기서 가장 훌륭한 교육이 이루어지죠. 세계 구석구석에서 사람들이 유럽을 찾아와요. 공부하기 위해서요. 하지만 그 유명한 유럽의 교육이 가르치는 것은 결국, 자기한테 아무 짓도 하지 않은 사람을 죽이는 데 소용이 될 만한 그럴싸한 이유들과 용기를 찾아내는 법일 뿐이에요. 얼음판 위에 스케이트를 신고 앉아서, 그저 고개를 숙인 채 방아쇠가 당겨지기를 기다리고 있는 사람을요."

"너 많이 배웠구나." 도브란스키가 슬프게 말했다.

그는 무릎까지 빠지는 눈 속에서 걸음을 멈추더니, 고개를 들고 이야기하기 시작했다. 그는 자유, 우정, 진보, 평화, 형제애, 박애에 대해 이야기하기 시작했다. 그는 세계의 의미와 비밀을 발견해내려는 일치된 노력 속에 단결한 대중에 대해 이야기했다. 그는 문화, 예술, 음악, 학교, 대학, 성당, 책, 아름다움……에 대해 이야기했다. 그러나 야네크의 눈에는 갑자기 도브란스키가 말을 하고 있는 것이 아니라 노래를 하고 있는 것처럼 보였다. 그는 군용 점퍼 위에 검은색 가죽 외투를 덧입어 반쯤 앞자락을 열어놓고, 멜빵을 하고, 꼭 끼는 옷 때문에 어깨가 좁아든 모습으로 눈 속에 서 있었다. 그의 두 눈은 희망과 기쁨으로 너무나 밝게 빛나서 아름다운 얼굴 전체가 다 환해질 정도였다. 그의 두 손은 끊임없이 허공에서 활기차게 움직여서, 그와는 대조적인, 그들을 둘러싼 얼어붙은 나무들의 냉랭한 부동자세가 야네크의 눈에 거의 냉소적인 적의의 표시로 비칠 정도였다. 도브란스키는 말하고 있지 않았다. 노래하고 있었다. 그는 노래하고 있었다. 그리고 감흥을 담은 그의 목소리 속에서 인류 불멸의 노래들의 힘과 아름다움이 진동하고 있었다. 더 이상 전쟁은 없을 것이다. 미국과 러시아가 형제처럼 힘을 합해 새로운 행복한 세상, 두려움과 걱정은 영원히 발 들이지 못할 세상을 만들 것이다. 전 유럽이 자유를 찾고 서로 손을 잡을 것이다. 가장 영감이 충만했던 시대에 인간이 꿈꿔보았음직한 모든 것보다 더 비옥하고 건설적인, 정신의 르네상스가 올 것이다.

기나긴 세월이 흐르는 동안 얼마나 많은 꾀꼬리가 어둠 속에서 그렇게 노래를 불렀을까? 야네크는 생각했다. 믿음을 품고 영감을 받은 인간 꾀꼬리들이 이 영원하고 경이로운 노래들을 부르며 얼마나 많이 죽어갔을까? 매혹적인 목소리에 담긴 약속이 실현되기도 전에, 추위와 고통과 경멸과 증오와 고독 속에서 또 얼마나 많은 인간 꾀꼬리들이 죽어가게 될까? 또 얼마나 긴 세월 동안? 얼마나 많은 탄생이, 얼마나 많은 죽음이 필요할까? 얼마나 많은 기도와 꿈이, 얼마나 많은 꾀꼬리가 필요할까? 얼마나 많은 눈물과 노래가, 얼마나 많은 어둠의 노래가 필요할까? 얼마나 많은 꾀꼬리가 필요할까?

야네크는 이제 겨우 열다섯 살이었고, 도브란스키보다 열 살이나 어렸다. 하지만 그 대학생을 향한 거의 아버지와도 같은 보호 본능이 갑자기 뜨겁게 솟구쳤다. 그는 빈정거리는 것처럼 보이지 않으려고 조심했다. 우월하고 세상사에 통달한 듯이 보이지 않으려고 조심했다. 그는 웃지 않으려고 애썼다. 어깨를 으쓱하지 않으려고 애썼다. 얼마나 많은 꾀꼬리가 필요한 거냐고 신랄하게 묻지 않으려고 애썼다.

그는 도브란스키의 어깨에 손을 얹고 부드럽게 말했다. "가요. 그들이 기다리고 있잖아요. 벌써 초조해하고 있을 거예요."

에필로그

폴란드 육군 소위 트바르도브스키가 운전병에게 신호를 한다.
"여기 세워. 남은 길은 걸어서 가겠다."
빛 속에서 숲이 움직이고 속삭인다. 도저히 추억에 저항할 수
가 없다. 나뭇잎의 떨림 속에서 어떤 비밀스러운 감정의 표지를
구하려 들지 않을 수가 없다. 숲이 자신을 알아보고 기쁘게 맞
고 있다는 느낌을 떨쳐버릴 수가 없다. 숲의 속삭임 위로 갑자
기 즈보로브스키 맏형의 목소리가 들려온다. "자유는 숲의 딸
이지. 위험에 처했을 때 자유는 항상 숲으로 숨어들거든."
"여기서 기다리고 있을까요, 소위님?"
"아니. 좀 오래 걸릴 거야. 점심 먹고 두 시간 후에 다시 오게."
야네크는 군 복무의 마지막 며칠을 보내고 있다. 한 달 후면
그는 바르샤바의 음악 아카데미에서 공부를 시작하게 된다. 폴

란드 병사에게 '소위님' 소리를 듣는 것은 기분 좋은 일이다. 오래전에 적의 발자취가 사라진 길 위를 드러내놓고 걸을 수 있다는 것 또한 기분 좋은 일이다. 특히 주머니 속에서, 실현된 약속인 양 작고 귀중한 책을 만질 수 있다는 것은 기분 좋은 일이다. 나무들은 모두 거기에 있다. 그들은 쉽게 죽지 않는다. 어렸던 나무들이 야네크 자신처럼 성장했다. 야네크는 전나무 하나하나, 덤불 하나하나를 알아본다. 거친 껍질 위에 있는 주름살들은 나이 많았던 친구들의 얼굴 위에 팬 주름살이다. 이것이 그 커다란 떡갈나무다. 그 아버지 같은 가지들, 그리고 무서움을 느낀 소년이 찾아와 꼭 껴안곤 했던 그 강한 줄기. 그 나무 또한 변한 게 없다. 가지들은 떡갈나무의 언어로 여전히 같은 말을 속삭이고 있다. 하지만 야네크는 이제 그것들을 이해할 수 있을 만큼 어리지 않다. 분명 떡갈나무들 역시 희망과 금빛 약속으로 가득한 그들의 영웅 전설, 그들의 아름다운 노래, 그들의 동화를 가지고 있다. 죽을 때 아마 그들도 자신들이 불멸의 정의로운 이유를 위해 죽는 거라고 생각할 것이며, 쓰러지면서 자신들이 쓰러진 자리에 언젠가 생겨나게 될 어떤 완벽한 행복의 숲을 상상할 것이다. 만약 인간의 마음이라는 것이 존재하지 않는다면 땅 위에 절망이란 없을 것이다.

여기가 바로 그곳이다. 멀리서 들려오는 해방의 첫 대포 소리에 그들이 독일군 감시소를 공격했던 장소다. 야네크는 발걸음을 빨리하며 고개를 돌린다. 그러나 대낮의 빛으로도 몰아낼 수 없는 환영들이 있다.

싸움 중에 부상당한 독일 중사가 길 한가운데 누워 있다. 머리가 돈 스탄치크가 흥분하여, 그의 주변을 미친 파리처럼 맴돈다. 그는 단도를 들고 있다. 그의 그 끔찍한 작업을 막기 위해서 즈보로브스키 삼형제가 모두 달려들어 안간힘을 써야 한다.

'두 아이 다! 두 아이 다!' 숲속에서 절망적인 목소리가 외친다.

독일인이 손으로 상처를 붙잡고 있다. 그러나 그의 얼굴에는 공포만이 가득하다. 그는 쉰 목소리로 애원한다.

'이봐요, 이봐요! 누가 좀 말려줘요. 이봐요!'

'두 아이 다!' 스탄치크가 외친다. '날 내버려둬!'

동정심을 느낀 야네크가 권총을 뽑아 든다.

'그래, 좋아! 좋아! 어서!'

그는 죽은 자의 입술에 매달려 있던 그 안도의 미소를 평생 잊지 못할 것이다. 숲이 울창해질수록 숲의 목소리는 더욱 깊어진다. 나뭇가지들이 정답게 그의 얼굴을 만진다. 아마 이제 곧 소나무들이 길을 터줄 것이고, 그러면 체르프가 그의 앞에 나타나 한쪽 눈을 깜빡거릴 것이다. 아니면 크릴렌코 노인의 쉰 목소리가 들려올지도 모른다.

'우리와 함께 가도 된다, 백인 친구! 우리 이글루에 오는 걸 환영한다!'

"위그웜." 얀 트바르도브스키 소위가 자기도 모르게 중얼거린다.

'뭐라고?'

'인디언 집은 위그웜이에요. 이글루는 에스키모 집이고요.'

하지만 체르프는 죽었다. 그리고 늙은 우크라이나인 크릴렌코는 리아비니코보로 돌아가, 오랜 친구 보고로디차를 비롯한 그곳 주민들에게 열렬한 환영을 받았다. 마을 어린이들의 손에 들린 깃발들에는 '환영, 스탈린그라드 승리자의 아버지!'라고 쓰여 있었다. 제화공 사비엘리 르보비치 크릴렌코의 가게를 찾아가는 사람은 아버지로서의 그의 충고와 노련한 경험 덕분에 그의 아들 디미트리가 어떤 식으로 그 영웅적인 도시를 해방시킬 수 있었는지 그에게 직접 설명을 들을 수 있을 것이다.

야네크가 발을 멈춘다. 여기가 그의 은신처다. 그는 아버지의 진지한 얼굴을 보고, 아버지의 목소리를 듣는다.

'인내심을 가져라, 올드 섀터핸드. 볼가 강에서, 스탈린그라드에서 사람들이 우리를 위해 싸우고 있단다.'

'우리를 위해서요?'

'그래. 너와 나를 위해서, 또 다른 수백만의 사람을 위해서.'

덤불숲에서 무엇인가 움직인다. 다람쥐일 뿐이지만, 환영을 쫓아내려면 그런 사소한 것이 필요하다.

'행운을 빈다, 올드 섀터핸드.' 멀어져간 목소리가 속삭인다.

야네크는 은신처를 바라본다. 숲이 그곳을 잘 돌봐주었다. 그의 아들이 태어난 그곳을 이끼와 뒤죽박죽 자라난 풀이 뒤덮었다. 그는 8월의 그 더웠던 밤을 생각한다. 그리고 조시아의 신음소리를 듣는다. 그는 땀으로 범벅이 된 그녀의 얼굴, 쫓기는 어린 짐승 같은 그녀의 눈을 본다. 마호르카가 거기 있다. 소매를 걷어붙인 그 농부가 불 옆에서 분주히 움직이며 물을 데우고 홑이불을 준비한다. 새 홑이불이다. 그날 아침 마호르카가 목숨을 걸고 한 농부 아낙에게서 훔친 것이다.

'대포 소리가 들려.' 그가 말한다. '좋은 신호야. 아이는 자유롭게 태어날 거야!'

야네크의 손 안에서 조시아의 손이 뒤틀리는 것이 느껴진다.

'저리 가. 끝나면 부르러 갈게.' 마호르카가 명령한다.

야네크는 은신처에서 나와, 멀리서 울리는 정다운 대포 소리를 듣는다. 그때 갑자기 땅 밑에서부터 올라오는 떨리는 울음소리, 약한 신음 소리, 세상을 향한 최초의 주장…… '벌써!' 무한한 애정을 느끼며 그가 생각한다. 그러나 그 모든 것은 과거가 되었다. 녹슨 낡은 문은 이제 돌쩌귀 위에서 삐걱이지 않을 것이다. 그의 아들은 제 엄마와 빌노에 있다. 세 살이고 건강히 자라고 있다. 그리고 구덩이는 메워졌다. 무덤으로 쓰기에 적당했던 것이다.

'자, 올드 섀터핸드, 울지 마라.'

"울지 않아요." 트바르도브스키 소위가 눈물을 닦으려 애쓰며 말한다. "하지만 그는 내 가장 좋은 친구였어요."

눈물은 환영을 쫓아버리지 못한다. 눈물은 환영을 불러온다. 야네크는 빌레이카 강가 풀밭에 누워 있는 도브란스키를 본다. 그는 강 건너편에서 들려오는 대포 소리를 듣는다.

'말하지 말아요. 기운을 아껴요. 그들은 여기서 10킬로미터 거리에 있어요. 그들은 의사와 구급차를 갖고 있어요. 그들이 당신을 구해줄 거예요.'

'야네크.'

'제발 말하지 말아요.'

'제대로 쏘았군, 나쁜 놈들.'

'그래요. 그들은 조준을 잘해요. 아파요?'

'응.'

'대포 소리를 들어요. 그들이 이제 곧 여기로 올 거예요. 그들이 당신을 치료해줄 거예요. 이제 아프지 않을 거예요.'

'나는 이제 여기 없을 거야.'

'무슨 말이에요. 여기 있을 거예요. 당신 운명은 여기 있는 거예요. 그래서 그들을 맞아들이는 거예요.'

'아니야. 유감스럽지만. 친구의 손을 보고도 잡을 수 없는 것과 같지.'

'밖에 나가지 말았어야 했어요. 아무도 나가지 않았어요. 즈보로브스키 형제도, 얀켈도. 몇 시간만 더 기다리면 됐는데. 우리는 삼 년이나 기다렸잖아요.'

'내민 손을 붙잡고 싶었어.'

'말하지 말아요, 제발. 기운을 아껴요.'

'대포가…… 많구나…… 대포뿐이야……'

'곧 다른 것도 생길 거예요.'

'맞아. 음악과 책, 모두를 위한 빵, 형제애의 온기. 전쟁도 없고, 증오도 없고……'

'그래요.'

이제 그 눈이 웃고 있다. 하늘을 보고 있다.

'새로운 세상…… 일과 기쁨 안에서 하나가 되는……'

야네크의 품에 안긴 그의 어깨는 너무 좁았고, 볼품없는 점퍼 속에서 심장이 가까스로 뛰고 있었지만, 목소리에 깃든 힘과 아름다움은 끝이 없는 것 같았다. 꾀꼬리가 다시 노래하고 있다.

'나는 믿어. 이번엔 다를 거야. 이제는 되풀이하지 않을 거야. 우리는 빛을 향해 가고 있어.'

얼마나 많은 꾀꼬리들이 필요할 것인가? 얼마나 많은 노래가, 얼마나 많은 아름다운 노래가 더 필요할 것인가?

포탄 하나가 숲 위로 휘파람 소리를 내며 지나갔다. 대학생의 얼굴은 백지장이었지만, 눈과 입술은 여전히 웃고 있었다.

'야네크……'

'나 여기 있어요.'

'우리가…… 이겼어……'

'그래요.'

'이건…… 다른 승리들과는…… 다를 거야……'

'그럼요.'

'중요한 것은 어떤 것도 사라지지 않아……'

'그래요, 알아요. 알아요……'

그는 '그 노래를 안다'고 말할 생각이었다. 하지만 그는 단지 이렇게 말했다.

'아는 것만으로는 충분하지 않아요.'

'중요한 것은 어떤 것도 사라지지 않아…… 오직…… 인간과 나비들만이……'

땅 위에서 개미들이 긴 행렬을 이루며 자갈 사이로 달려가고 있다. 작고 분주한 수백만의 개미들. 그들 각자는 자기 일의 위대함을, 자기들이 그토록 힘겹게 끌고 가는 풀잎 하나가 지닌 최고의 중요성을 믿고 있다.

'야네크.'

'나 여기 있어요. 당신 곁을 떠나지 않았어요.'

'책을 끝낼 시간이 없었어.'

'끝내게 될 거예요.'

'아니야. 부탁해, 나 대신 그걸 끝내줘.'

'당신이 직접 하게 될 거예요.'

'약속해줘……'

'약속해요.'

'그들에게 굶주림과 무시무시한 추위, 희망과 사랑에 대해 얘기해줘.'

'그들에게 그 얘기를 할게요.'

'나는 그들이 우리를 자랑스러워했으면 좋겠어. 그리고 자신들을 부끄러워했으면 좋겠어……'

'그들은 스스로를 자랑스러워할 거예요. 그리고 우리를 부끄러워할 거예요.'

'노력해. 그들은 알아야 해. 그들은 기억해야 해. 그들에게 말해……'

'그들에게 모두 말할게요.'

트바르도브스키 소위의 주머니 속에는 그 작은 책이 들어 있다. 그는 그것을 땅에, 개미들의 길 위에 내려놓는다. 그러나 개미들로 하여금 그 천년의 길에서 방향을 바꾸게 하려면 다른 방법이 필요할 것이다. 개미들은 그 장애물로 기어올라, 커다란 검은 글씨로 쓰인 슬픈 단어 위로 무심하게 서둘러 달려간다. '유럽의 교육'. 개미들은 그들의 가소로운 잔가지들을 고집스럽게 끌고 간다. 그들로 하여금 그들의 '길'에서 벗어나게 하려면,

앞서 또 다른 수백만의 개미들이 따라갔고 다시 또 다른 수백만의 개미들이 지나갔던 그 '길'에서 벗어나게 하려면 책 말고 다른 것이 필요할 것이다. 얼마나 오랜 세월 동안 개미들은 그렇게 고생하고 있는 것일까? 어리석고 비참하고 지칠 줄 모르는 이 종족은 앞으로 얼마나 오랜 세월 동안 더 고생해야 할까? 신은 그들에게 그토록 연약한 허리와 그토록 무거운 짐을 주었는데, 개미들은 신을 경배하기 위해 또 얼마나 많은 새로운 성당들을 세우게 될까? 싸우고 기도하고 희망하고 믿는 것이 무슨 소용이 있을까? 인간이 고통당하고 죽어가는 세상이나 개미들이 고통당하고 죽어가는 세상이나 다 마찬가지다. 잔인하고 불가해한 세상. 우스꽝스러운 잔가지 하나, 지푸라기 하나를 늘 더 멀리 끌고 가는 것밖에는 생각할 줄 모르는 세상. 이마에 땀을 흘리고 피눈물을 쏟으면서도 늘 더 멀리! 숨을 돌리거나, 왜냐고 질문하기 위해 한 번도 멈추는 법 없이…… '인간과 나비들이……'

절망과 희망의 화해

러시아 태생의 프랑스 작가 로맹 가리(1914~1980)에게는 삼십여 편의 소설을 발표하고 공쿠르상을 수상한 작가라는 사실 외에도 늘 몇 가지 설명이 따라붙는다. '자유 프랑스' 운동의 용사이자 외교관이었으며, 〈슬픔이여 안녕〉, 〈네 멋대로 해라〉의 여배우 진 세버그와 결혼했던 남자이고, 역시 공쿠르상 수상작인 《자기 앞의 생》의 비밀스러운 작가 에밀 아자르와 동일인이라는 것 등이다. 여기에다 노년의 나이에 자살했다는 사실까지 덧붙이면 그는 매우 극적인 삶을 살았던 작가로 보인다.

　　로맹 가리의 첫 번째 작품인 《유럽의 교육》은 2차세계대전 중에 쓰여 1944년에 영국에서 먼저 출판되었다. 이 작품과 작가의 성공을 예감한 영국 출판사가 서둘러 번역과 출판을 추진했다고 한다. 영국판의 제목은 '분노의 숲The Forest of Anger'이었

다. 예상대로 이 작품은 영국에서 큰 성공을 거두었고, 이듬해
인 1945년에 프랑스에서 출판되어 비평가상을 받았다.

이 작품은 1942~1943년의 폴란드를 배경으로, 숲속에 숨어
살며 독일 점령군에 맞서 싸우는 빨치산들의 이야기를 담고 있
다. 전쟁을 다루는 소설들이 으레 그렇듯이 여기서도 물론 생존
을 위협하는 극한 상황, 부조리한 살상, 소중한 존재들의 상실
의 이야기가 펼쳐진다. 그러나 이것은 시종 비장하고 엄숙하게
전쟁의 비극을 이야기하는 소설은 아니다. 전쟁이라는 불행과
맞선 사람들의 다양한 모습이 로맹 가리 특유의 해학 속에 녹
아들어, 때로 눈물이 날 만큼 슬픈 이야기들 가운데서도 웃음을
잃지 않게 한다.

이 작품의 중심 인물은 야네크라는 열네 살 소년이다. 빨치
산 무리에 합류해 전쟁을 경험하면서 겨우 나이 한 살을 더 먹
는 동안 '세상사에 통달해버린', 점차 희망에 대해 회의하고 냉
소를 키워가는 인물이다. 그와 대비되는 인물은 대학생 빨치산
대원 도브란스키다. 그는 전쟁과 증오가 사라지고 형제애 넘치
는 아름다운 새 세계를 건설하게 되는 날이 오리라는 믿음을 간
직한 채, 사람들에게 희망을 불어넣기 위해 끊임없이 글을 쓰는
인물이다. 그가 언젠가 완성될 자신의 책에 붙이고자 하는 제목
은 '유럽의 교육'이다. 그러한 제목은 두 인물 각자에게 다른 의
미로 다가온다. 희망에 대해 회의하는 야네크에게 유럽의 교육
이란 곧 유럽 지성의 전통을 비웃게 만드는 교육, 유럽의 전쟁
이 강요한 살인 교육일 뿐이다. 부조리하고 추악한 인간 현실을
인식게 하고 냉혹한 생존법을 가르치는 교육일 뿐이다. 그러나

희망을 믿는 도브란스키에게 유럽의 교육이란 인간성이 위협받는 짐승의 시간에도 절망하지 않고 희망과 선의를 간직할 것을 가르치는 교육, 전쟁을 딛고서 인간의 손으로 전대미문의 새로운 르네상스를 이루게 되리라고 가르치는 교육, 현실의 추악함에도 불구하고 미래를 기약하는 교육이다. 어쩌면 '유럽의 교육'이라는 것을 바라보는 두 인물의 시각은 두 차례의 대전을 치르고 난 후 유럽의 지성인들이 느꼈던 뼈아픈 좌절과 새로운 모색을 대변하는 것인지도 모른다.

야네크와 도브란스키는 이렇듯 다른 생각을 가지고 있지만 배타적인 관계에 있지 않다. 이들은 그 누구보다도 서로를 잘 이해하고 서로에 대해 연민을 느끼는 사이다. 그리고 야네크 식의 비관과 도브란스키 식의 낙관은 평행선을 달리지 않는다. 폴란드 해방을 목전에 두고 죽음을 맞게 된 도브란스키는 야네크에게 자신의 책을 대신 완성해줄 것을 부탁하고, 야네크는 부탁을 받아들인다. 그 약속의 결과로 탄생된 책 '유럽의 교육'으로 인해, 새로운 세계를 믿지 않고 변화를 믿지 않는 야네크와, 그가 연민을 느낄 정도로 너무나 진지하게 세상과 인간의 선의와 진보를 믿는 청년이 만나게 되는 것이다.

로맹 가리는 자신의 첫 소설 속의 두 인물 야네크와 도브란스키가 만나는 지점에서 평생 글을 썼던 것인지도 모르겠다. 그래서 비극과 해학을 조화시킨 정력적인 이야기꾼이 되었던 것인지도 모르겠다. 그러나 뜻밖에도 그는 자살했다. 1980년 12월 2일, '결전의 날'이라는 제목의 짤막한 유서 속에 불투명한 말들을 남기고 그는 권총으로 목숨을 끊었다. 전처인 진 세버그가 자살한 지 일 년 후에 일어난 일이며, 그녀의 죽음으로 그가 몹시 상심했었다는 것은 분명하다고 로맹 가리의 전기 작가인 도미니크 보나가 전하고 있지만, 어쨌든 그는 '진 세버그와는 아무 관계가 없다'고 유서에서 밝혔다.

도미니크 보나는 자살에 대한 몇 가지 이유들을 추측해보고 있지만 어쨌든 그의 죽음은 그의 마지막 미스터리로 남게 될 것이라고 이야기한다. 그리고 로맹 가리의 아들(진 세버그와의 사이에서 얻은 아들)이 한 이야기를 전해준다. "아버지는 더 이상 만들 것도, 말할 것도, 할 것도 없다고 판단했다. 그의 작품은 완성되었고, 그에게는 진행 중인 작품이 없었다. 그는 내가 대학입학 자격시험에 합격할 때까지 나를 보살폈다. 나는 작년에 시험에 합격했다. 그는 이제 내가 어른이 되었다고 판단했다. 그래서 그는 떠났다." 로맹 가리가 몹시 사랑했던 이 아들은 자살을 선택한 아버지의 심중을 제대로 읽은 것일까? 로맹 가리의 짧은 유서는 모호하기만 하다.

결전의 날.

진 세버그와는 아무 관계가 없다. 상심한 마음에 사로잡힌 사람들은 다른 데다 호소하도록 초대받는 법이다.

사람들은 아마 신경쇠약 탓이라고 여길 것이다. 하지만 그 신경쇠약이라는 것은 내가 성인이 된 이후 계속되어왔으며, 내 문학적 작업을 완수하게 해주리라는 것을 인정해야 한다.

그렇다면 왜인가? 아마도《밤은 고요할 것이다La Nuit sera calme》라는 내 자전적 작품의 제목과, '사람들이 달리 더 잘 말할 줄을 모를 것이기 때문이다'라는, 내 마지막 소설의 마지막 말 속에서 대답을 찾아야 할 것이다. 나는 마침내 완전히 나를 표현했다.

로맹 가리

이 책에는 짤막짤막하게 폴란드어와 히브리어가 노출된 부분들이 많다. 유대인이며 폴란드에서 어린 시절을 보낸 적이 있는 로맹 가리로서는 그런 언어들을 실감을 더하는 장치로 쓰기에 어려움이 없었겠지만, 역자로서는 옮길 능력이 없어 다른 분들의 도움을 받았다. 폴란드어는 김성규 선생님이, 히브리어는 이영익 목사님이 옮겨주셨다.

한선예

로맹 가리

1914년 러시아에서 태어났고 열네 살에 프랑스 니스로 이주했다. 1945년 첫 소설 《유럽의 교육》으로 커다란 호평을 받으며 프랑스 비평가상을 수상했다. 1956년 《하늘의 뿌리》로 프랑스 작가 최고의 영예인 공쿠르상을, 1962년 단편 〈새들은 페루에 가서 죽다〉로 미국의 최우수단편상을 수상했다. 1974년에는 에밀 아자르라는 가명으로 《그로 칼랭》을 발표했고, 다음 해에 같은 이름으로 《자기 앞의 생》을 발표해 공쿠르상을 다시 한번 수상했다. 그 밖에 《새벽의 약속》, 《솔로몬 왕의 고뇌》, 《낮의 색깔들》, 《레이디 L》, 《여인의 빛》, 《흰 개》, 《밤은 고요할 것이다》 등의 작품을 남겼다.

옮긴이 한선예

덕성여자대학교 불어불문학과를 졸업하고, 서강대학교 대학원에서 〈미셸 투르니에의 《방드르디 혹은 태평양의 끝》 연구〉로 석사학위를 받았다. 《따르라기 따르라기 악마》, 《중국인 이야기》 등을 우리말로 옮겼다.

유럽의 교육

펴낸날 1판 1쇄 2003년 4월 15일
개정 1판 1쇄 2013년 2월 25일
개정 2판 1쇄 2018년 4월 10일
개정 2판 4쇄 2019년 9월 5일

지은이 로맹 가리
옮긴이 한선예
펴낸이 김현태
펴낸곳 책세상

주소 서울시 마포구 잔다리로 62-1, 3층(04031)
전화 02-704-1251(영업부), 02-3273-1333(편집부)
팩스 02-719-1258
이메일 bkworld11@gmail.com
광고제휴 문의 bkworldpub@naver.com

홈페이지 chaeksesang.com **페이스북** /chaeksesang
트위터 @chaeksesang **인스타그램** @chaeksesang **네이버포스트** bkworldpub

등록 1975. 5. 21. 제1-517호
ISBN 979-11-5931-228-1 03860

이 도서의 국립중앙도서관 출판시도서목록(CIP)은 서지정보유통지원시스템 홈페이지(http://seoji.nl.go.kr)와 국가자료공동목록시스템(http://www.nl.go.kr/kolisnet)에서 이용하실 수 있습니다.(CIP제어번호 : CIP2018009413)